이원호의 생각

이원호의 생각

이원호 지음 ｜ 난나 그림

저자의 말

이 소설은 대한민국 대통령에 대한 '이원호의 생각' 입니다.

소설의 긴장감과 현실성을 증가시키기 위해서 실존 인물인 '이명박' 대통령을 실명으로 사용하여 '새로운 대통령' 으로 창조했음을 말씀드립니다.

또한 나는
김영삼 대통령 임기 4년 차에   레임덕 1(월간조선)
김대중 대통령 임기 4년 차에   레임덕 2(월간조선)
노무현 대통령 임기 4년 차에   고독한 영웅(월간조선)
                                              X시대의 영웅(한결미디어)
이렇게 실명 대통령 소설을 출간했음을 밝힙니다.
갑자기 '대통령' 소설을 쓴 것은 아닙니다.

모두 '이원호의 생각'인 대통령상이었고 지금 출간된 이 소설도 그렇습니다.

자, 새로운 대통령을 보시지요.

그리고 이 소설은 2012년 3월부터 《주간동아》에서 〈레임덕은 없다〉라는 제목으로 연재되고 있습니다.

2012년 8월

생각이 많은 이원호가

목차

1회 광우병

"대국민담화 연설문입니다."

대통령실장 류우익이 서류를 내려놓으면서 말했다. 2008년 6월 초, 창밖의 하늘은 맑았고 나뭇잎은 푸르다. 대통령 취임 첫해, 그 감흥이 6월의 푸름에 비교할 것인가? 그러나 밤만 되면 서울은 광우병 시위로 아수라장이 되었다. 시위가 두 달째 계속되면서 이명박의 감개는 억울함과 분노, 그리고 지금은 무기력증으로 바뀌어졌다. 서류를 편 이명박이 꼼꼼히 읽는 동안 류우익은 잠자코 기다린다. MBC의 PD수첩이 촉발시킨 광우병 파동은 이제 유모차 부대까지 동원되는 상황에 이르렀다. 광우병에 걸린 소의 우유를 먹고 내 아이가 뇌에 구멍이 뚫려 죽는다면서 아우성을 친다. 정부는 기를 쓰고 해명을 했지만 역부족이다. 사전에 충분한 홍보 없이 미국과의 협정을 밀어붙인 것, 정부의 성과 위주 정책이 현 상황을 불러일으켰다고 하지만, 그 바탕에는 반정부세력의 치밀하고 조직적인 음모가 있다. 이것이 주원인이라고 정부와 집권세력은 믿는다. 그때 이명박이 머리를 들었다. 손끝으로 연설문 원고 한쪽을 짚고 있다.

"이거, 내가 청와대 뒷산에서 '아침이슬'을 따라 부른다는 내용 말이요."

"예, 대통령님."

긴장한 류우익이 그곳을 보았다. 그렇다. 감성을 자극하기 위해서 그렇게 썼다. 대통령도 그런 방향으로 나가라는 언질을 주었기 때문이다. 이명박이 말을 이었다.

"가만 생각해보니까 안 되겠어. 뺍시다."

류우익의 시선을 받은 이명박이 입술 끝을 비틀며 웃었다.

"우리의 상대는 상대가 약하다고 생각하면 더 잔인해지는 자들이야. 내가 그자들 습성을 알지."

"아아, 예."

"달래면 안 돼, 더 내놓으라고 할 거야."

그러고는 이명박이 서류를 덮더니 류우익을 보았다. 류우익은 이명박의 시선 초점이 자신을 뚫고 뒤로 뻗어나간 것처럼 느껴졌다. 그때 이명박이 말했다.

"담화는 당분간 보류하고 내가 갈 데가 있어요. 연락해봐요."

"에? 노무현 씨한테 가신다구요?"

기획조정비서관 박영준이 질색을 했다.

"아니, 대통령님이 왜 노무현 씨를 만납니까?"

했지만 정무수석 박재완이 알 리가 없다.

박재완도 방금 류우익한테서 들었기 때문이다. 둘은 청와대 복도에 서 있었는데 지나가다 만났다.

"아니, 대국민담화는 안 합니까? 방송 일정도 잡아놓았다던데."

박영준이 다시 묻자 박재완은 입맛을 다셨다.

"글쎄, 나도 답답합니다. 류 실장도 내막을 모르시는 모양입니다."

"이거 매스컴이 난리가 나겠구먼."

박영준이 혼잣소리처럼 말했다. 노무현은 지금 봉하마을에 내려가 있다. 아마 노무현도 놀랄 것 같다고 박재완은 생각했다.

"얼씨구."

했지만 안병한의 얼굴은 굳어져 있다. 안병한은 광우병방지대책위원회 상임고문이며 민주노동당 서울시 당위원장이기도 하다. 눈을 가늘게 뜬 안병한이 강성규를 노려보았다. 둘은 지금 시청 근처의 커피숍에 앉아 있다. 오늘밤 행사 계획을 세우기 위해서다. 강성규는 요즘 인터넷에서 뜨는 리포터 겸 해설자로 역시 광우병 위원회 임원이다. 안병한이 물었다.

"노통한테 뭐 하러 간다는 거야?"

"글쎄, 시국이 시국이니만치 조언을 받으러 가는지, 아니면 협박을 하러 간다는 소문도 있던데…."

"뭐? 협박?"

"비자금 문제로 협박하고 광우병 시위 진압에 협조해달라고 한다는 거요."

"지랄허고."

"어쨌든 민주당도 난리가 났어요. 일부는 봉하마을에 내려가고 일부는 만나지 말라고 전화를 했다던데."

"이런 지기미."

안병한의 이맛살이 더 찌푸려졌다. 안병한에게는 모든 뉴스의 초점이 광우병 시위로 맞춰져야만 하는 것이다. 그런데 지금 타이틀을 이명박의 노무현 방문에 빼앗긴 것 같다.

전화기를 내려놓은 노무현이 옆에 선 비서관 김경수에게 말했다.

"앞으로 전화 바꾸지 말그레이."

"예, 대통령님."

김경수는 아직도 노무현을 대통령님으로 부른다. 힐끗 김경수에게 시선을 준 노무현이 손을 내밀었다.

"담배 있나?"

"예."

김경수가 주머니에서 담뱃갑을 꺼내 내밀자 노무현이 한 개비를 빼 입에 물었다. 다시 김경수가 켠 라이터 불꽃에 담뱃불을 붙인 노무현이 씩 웃었다.

"이명박이 날 찾아온다고 할 줄은 나도 예상하지 못했구먼."

혼잣소리였으므로 김경수는 듣기만 했다. 길게 담배 연기를 내뿜은 노무현이 창밖의 마당을 보았다. 잔디를 깔아놓았지만 어딘지 어색하다. 아직 집 단장이 덜 끝났고 기성복을 사 입힌 것 같아서 집과 주변이 잘 맞지 않는다.

"난리가 났구먼. 만나지 말라는 사람이 있는가 하면 이번 일에 절대로 협조해줄 필요가 없다는 사람도 있고…."

다시 한 모금 연기를 뱉은 노무현이 말을 잇는다.

"다, 즈그들 계산을 바닥에다 깔고 하는 소리들이지, 하긴."

자리에서 일어선 노무현이 김경수를 향해 빙그레 웃었다.

"나도 심심했다가 이명박 씨가 찾아온다카이 정신이 바짝 나는 거 안 있나?"

김경수는 노무현의 시선을 받지 못하고 머리를 숙였다. 그렇다. 그동안 대통령님은 소외되었던 것이다. 이명박이 찾아온다고 하자 이쪽저쪽

에서 전화통에 불이 나도록 전화를 해온다. 그때 다시 전화벨이 울렸으므로 김경수는 전화기로 다가갔다. 노무현은 이미 방을 나가고 있다.

"항복하러 가는 겁니다."

KBS 보도국 기자 이병진이 단정하듯 말했다.

"시위에 두 손 두 발 다 든 거죠. 그러니까 살려달라고 가는 거라고요."

"너는 그래서 진급이 안 되는 거다."

정색한 보도국장 임명수가 말을 이었다.

"니 기준으로 모든 것을 판단하기 때문에 니 눈에는 쫌생이들만 보이는 거다."

"아니, 그게."

아무리 임명수가 직속 국장이었지만 이병진이 벌컥 화를 냈다.

"제가 쫌생이란 말입니까?"

"맞다."

"그 이유를 대십시오."

"이 시벌놈 봐라?"

했지만 임명수가 정색한 채 말을 잇는다.

"아무리 쇼라고 해도 굽히고 들어가는 쇼는 하기 힘든 거다. 니가 명박이 입장에서 생각해봐라. 항복하고 적진에 기어 들어가는 꼴이 될 텐데 그 짓을 할 수 있을 것 같으냐?"

이병진이 머리를 비틀었지만 이명박 입장은 감당이 안 되는 표정이다. 임명수가 한마디씩 힘주어 말했다.

"지금 온 국민의 관심이 그쪽으로 쏠려 있어. 어젯밤 시위 군중 분위기도 흔들리고 있었단 말이다."

14

"아니, 더 기세를 올리고 있다던데요?"

이병진이 기를 쓰듯이 나서자 임명수는 머리를 저었다.

"나도 봤어. 더 목청들을 높였지만 불안정했어. 노빠들은 환호하면서도 적의가 식어가고 있단 말이다."

"그렇습니까?"

눈을 가늘게 뜬 이병진이 임명수의 가슴을 노려보았다. 임명수가 노빠였기 때문이다.

이명박이 앞에 선 류우익에게 지시했다.

"우리 측 참석 인원은 나하고 총리, 그리고 비서실장, 거기에다 대변인으로 하지."

"그렇게 하겠습니다."

서둘러 메모한 류우익이 이명박을 보았다.

"해당 장관을 데려가는 것이 낫지 않겠습니까?"

농림수산식품부 장관 정운천을 말하는 것이다. 광우병 사태에 대한 협조를 구하려고 이명박이 봉하마을에 내려간다는 소문은 이미 전 세계로 퍼졌다. 그때 이명박이 머리를 내저었다.

"우리가 소 유전자 이야기하러 가는 건 아니니까. 그리고 그쪽도 우리하고 구색을 맞춰야 할 테니 번거로울 것 아닌가? 그대로 합시다."

그래서 이쪽 진용은 갖춰졌다.

전화기를 내려놓은 김경수가 노무현을 보았다.

"대통령, 총리, 그리고 비서실장에 대변인이 공식 방문자라고 합니다."

"거, 참."

쓴웃음을 지은 노무현이 입맛을 다셨다.

"웬 총리까지? 귀찮게."

"저기, 대통령님, 어떻게 할까요?"

김경수의 온몸에 활기가 돌고 있다. 노무현의 시선을 받은 김경수가 말을 이었다.

"지금 문 실장님하고 윤수석은 와 있습니다만."

문 실장은 문재인 비서실장을 말하고 윤수석은 대변인 겸 홍보수석을 맡았던 윤승용인 것이다. 노무현이 눈을 크게 떴다.

"그 사람들 언제 왔어?"

"오전에 왔습니다."

"지금 뭐해?"

"예, 고….."

"고스톱치고 있어?"

"예에."

"나아참."

했지만 노무현의 얼굴에 웃음이 떠올랐다. 부를 필요가 없어졌기 때문이다. 그들도 이명박의 봉하마을 방문 소식을 듣고 달려왔던 것이다. 김경수는 이제 이명박 측과 회담 구색을 맞추려면 노무현 정권 때 총리를 맡았던 인사 한 명만 더 오면 되겠다고 생각했다. 그런데 한 시간쯤 지났을 때 한명숙과 이해찬이 거의 동시에 전화를 해왔다. 뉴스를 보고 연락을 해온 것이다. 문재인, 윤승용과 함께 고스톱을 치던 노무현이 김경수의 보고를 받고 말했다.

"누가 먼저 전화한 거야?"

"예? 예, 한 총리께서….."

김경수가 더듬대며 대답하자 노무현이 똥피를 먹으면서 말했다.

"그럼 한 총리더러 오라고 해, 그리고….."

힐끗 앞에 쌓인 밑천을 훑어본 노무현이 말을 잇는다.

"천 원짜리 좀 많이 바꿔오라고 해, 한 총리한테."

2008년 6월 중순, 봉하마을 위쪽의 하늘은 구름 한 점 보이지 않았다. 그래서 마치 푸른 종이를 덮어씌운 것 같다. 그러나 지상은 수백 명의 기자와 수천 명의 구경꾼, 전경, 시위대까지 엉켜서 요란했고 혼잡했다. 오전 11시, 응접실 옆 회의실에는 직사각형의 테이블이 놓였고 그 양쪽 끝에 이명박과 노무현이 앉았다. 좌측 옆에는 한승수, 류우익, 이동관이 차례로 앉았으며 우측에는 한명숙, 문재인, 윤승용이다. 김경수가 주빈 측 연락원으로 벽 쪽 의자에 앉아 있었는데 방 안 분위기는 화기애애했다. 노무현이 분위기를 이끌었기 때문이다.

"근데, 요즘 고생 많으시데요."

하고 노무현이 웃음 띤 얼굴로 말했으므로 마침내 모두 긴장했다. 노무현이 먼저 입을 떼어 준 것이다. 노무현의 시선을 받은 이명박이 앉은 자세에서 머리를 깊이 숙였다.

"도와주십시오. 신세는 잊지 않겠습니다."

"어허."

그 순간 정색한 노무현이 자리에서 일어섰다. 그리고는 한명숙 쪽의 뒤를 돌아 이명박의 옆으로 다가와 섰다.

"이 대통령, 우리 둘이 이야기하십시다."

"그러시죠."

이명박이 자리에서 일어났을 때 노무현이 주위를 둘러보며 말했다. 여전히 굳어진 표정이다.

"우리, 이 방에서 있었던 일은 입 다물기로 하십시다."

제일 먼저 머리를 끄덕인 것은 류우익 등 이명박 쪽이었고 노무현의 시선을 받은 한명숙 등이 나중에 머리를 끄덕이며 그러겠다는 표시를 했다.

전·현직 대통령 둘이 나간 곳은 회의실 밖 베란다였다. 베란다에서는 뒷산이 보였고 흔들의자가 두 개 앞쪽을 향해 나란히 놓여졌다. 둘이 조심스럽게 의자에 앉았지만 몸이 조금씩 흔들렸다.

"오신다는 말 듣고 좀 놀랐습니다."

노무현이 앞쪽을 향한 채로 먼저 입을 열었다. 입맛을 다신 것이 담배 생각이 난 것 같다. 어깨를 들었다 내린 노무현이 말을 잇는다.

"5년이 눈 깜박하는 사이에 갔구만요."

"도와주십시오."

이명박이 말하더니 가슴 안주머니를 뒤적거렸으므로 노무현이 긴장했다. 그때 이명박이 담뱃갑과 일회용 라이터를 꺼내 노무현에게 내밀었다.

"한 대 태우시지요."

"아이구."

환하게 웃은 노무현이 담뱃갑과 라이터를 받아들었다.

"이거, 뇌물입니까?"

"비서관 시켜서 겨우 샀습니다."

"아이구, 이 귀한 것을."

그때 이명박은 노무현의 치켜뜬 눈에 물기가 가득 고이는 것을 보았다.

한 시간쯤 후 이명박과 노무현은 봉하마을이 내려다보이는 저택 뜰에 나란히 서 있다. 공동성명을 발표하는 것이다. 연단 좌우에는 전·현 정권의 고위 인사가 나란히 배석했고 앞쪽은 수백 명의 방송국, 신문사 기자가 모였다. 이윽고 노무현이 먼저 입을 열었다.

"이명박 대통령은 본인의 협조를 요청하셨습니다만…."

말을 멈춘 노무현이 카메라를 똑바로 응시했다. 이젠 메이크업을 안 해서 얼굴이 거칠다. 그래서 더욱 서민 티가 난다. 노무현이 말을 이었다.

"난 그렇게 말씀드렸습니다. 이 미친 소동은 곧 끝날 것이라고. 내가 시작했던 협상을 이명박 정권이 마무리를 짓는 터라 나도 책임이 있다고 했습니다. 아니, 내가, 그리고 이명박 대통령이, 두 전·현직 대통령이 뇌 송송 구멍탁 하는 쇠고기를 국민에게 먹이겠습니까?"

그러더니 노무현이 씨익 웃었다. 노무현만의 독특한 웃음이다.

"시발, 끝났다."

광우병방지대책위원회 상임위원이란 긴 명함을 두 달 동안 갖고 다니던 안병한이 TV 앞을 떠나면서 말했다.

"그 빌어먹을 뇌물현이, 개새끼."

안병한은 노무현 욕을 처음 한다.

2회 고소영

청와대 소회의실에는 무거운 정적이 덮였다. 대통령이 주재한 임시회의다. 임시회의에는 대통령실장과 해당 수석비서관이 참석하지만 비서관들이 동석하기 때문에 참석 인원이 적어도 20여 명 된다. 오늘은 인사 관계 회의여서 국정기획수석, 정무수석, 민정수석에다 기획조정비서관 박영준, 인사비서관 김명식까지 참석했다. 이명박은 방금 청와대 비서관 인사 서류를 반려했다. 승인하지 않은 것이다. 그래서 분위기가 굳어져 있다. 봉하마을에 내려가 노무현을 만난 후로 일주일 만에 광우병 시위는 막을 내렸다. 시청 앞은 깨끗이 정비되었고 유모차를 끌고 나왔던 주부들도 일상으로 돌아갔다. 그러나 청와대는 숨 쉴 틈이 없다. 이번에는 인사다.

"시중에선 내 인사를 고소영이라고 한다던데."

이명박의 목소리가 회의실을 울렸다.

"고대, 소망교회, 영남인들만의 인사라는 거요. 거참, 이름을 잘도 지어내."

그러고는 이명박이 쓴웃음을 지었지만 아무도 따라 웃지 않았다. 그렇다. 인사는 인사권자의 고유 권한이지만 이명박 정권의 첫 인사 때부터 말이 많았다. 그리고 오늘 이명박의 입에서 처음으로 '고소영'이란 단어가 튀어나왔다. 이명박의 말이 이어졌다.

"전임 대통령을 만났을 때 말인데."

그 순간 모두 숨을 죽였다. 노무현을 말하는 것이다. 이번의 광우병 사태는 그야말로 기습적인 노무현 방문으로 해결되었다. 반(反)정부 세력으로서는 뒤통수를 맞은 셈이었다. '노빠'들도 노무현이 이명박을 싸고돌리라고는 예상하지 못했을 것이다. 항간에는 이명박과 노무현 사이에 '밀약'이 있다는 소문까지 횡행하고 있다. 그래서 모두 긴장한 채 이명박의 입을 주시했다.

"노 대통령이 말하더군."

이명박의 얼굴에 쓴웃음이 번졌다.

"5년이 눈 깜박하는 사이에 갔다고 말이요."

주위를 둘러본 이명박의 말이 이어졌다.

"그 말을 들은 순간 가슴이 철렁 내려앉았어요. 아, 이 사람 외롭구나. 5년 동안 진이 다 빠졌구나. 내가 일으켜줘야겠다. 이런 생각도 들고…."

"…."

"그 짧은 5년 동안 알량한 권력 다툼이 일어난다든지, 시기, 중상모략 또는 호가호위…."

말을 멈춘 이명박이 천천히 머리를 저었다.

"반면교사라는 말이 있지요. 난 노 대통령을 보고 크게 깨우쳤어. 난 외롭더라도 견딜 거요. 충신을 만들어 임기 후에 외롭지 않겠다는 짓도 안 할 것이고, 그저 5년 동안 국민이 원하는 정치를 하다가 갈 테니까."

상체를 편 이명박이 눈을 치켜떴다.

"나하고 뜻을 같이 할 자신이 없는 사람은 안 돼. 내가 가려내기 전에 미리 나가야 될 거요."

"그거, 언론용이야."

민정수석실 행정관 이문수가 말했다. 이문수는 서울시청, 대선캠프, 인수위원회를 거친 성골(聖骨) 측에 든다. 비록 행정관급이지만 같은 상에서 밥 먹은 동지들 중에 수석비서관, 장관급이 수두룩한 것이다. 그래서 온갖 모임에 다 불려 간다. 오늘은 경제수석실 행정관 둘하고 삼청동의 한정식집에서 술을 마시는 중이다. 이문수가 지그시 30대 후반의 행정관 둘을 바라보았다. 자신보다 10년쯤은 연하다.

"다 처음에는 그렇게 조이는 거야. 어쩔 수 없다고."

지금 이문수는 이명박의 고소영 인사 퇴치 방침에 대한 해설을 해주는 중이다. 경제수석실 행정관들은 각각 기획재정부와 지식경제부에서 차출된 멤버라 이명박에 대해서는 문외한이다. 술잔을 쥔 이문수가 말을 이었다.

"내가 보스를 서울시청에서 모시고 있을 때도 그랬어. 그래야만 군기가 잡혀."

"그럼 조금 있으면 풀릴까요?"

하나가 묻자 이문수는 빙긋 웃었다.

"당근이지. 그리고 보스는 자기 사람이다 싶으면 절대 안 잘라. 그걸 알면 돼."

"오늘 선배님한테서 많이 배웁니다."

다른 하나가 머리를 숙여 보이고는 물었다.

"그런데 선배님이 부탁하실 말씀이 있다고 하셨는데, 무슨…."

"기업은행에다 전화 한 통 해주소."

대뜸 말한 이문수가 주머니에서 쪽지를 꺼내 내밀었다.

"기업은행 거래선인 내 친지인데, 담보도 충분해. 그러니까 담보 대출하는 데 편의 좀 봐달라는 거지."

그러고는 둘을 번갈아 보았다.

"물론 아우님들한테도 인사를 할 거야."

"아아, 예."

쪽지를 받은 하나가 힐끗 동료와 시선을 부딪치더니 머리를 끄덕였다.

"잘 알겠습니다. 담보만 확실하다면 무슨 문제가 있겠습니까?"

"서로 좋은 게 좋은 거야."

기분이 좋아진 이문수가 한 모금에 술을 삼켰다. 그러고는 붉어진 얼굴로 말을 잇는다.

"시발, 미꾸라지도 한철이여. 죽을 고생을 하고 청와대 땅 밟았는데 보스도 우리 심정 알고 있을 거라고."

"잘못하다가는 개판되겠어."

아침식사를 하면서 이명박이 말하자 김 여사가 시선을 들었다. 뜬금없이 무슨 말을 하느냐는 표정이다. 한 모금 된장국을 삼킨 이명박이 말을 이었다.

"인사 말이야, 인사."

"인사가 어쨌다고 그래요?"

바깥일은 상관하지 않는 게 버릇이 된 터라 김 여사는 오직 그렇게만 묻는다. 그러자 잠자코 씹던 것을 삼킨 이명박이 말했다.

"고소영이 맞는 것 같아."

"탤런트 말예요? 걔 예쁘던데."

"장난 말고."

눈을 치켜뜬 이명박이 다시 밥을 떠 입에 넣었다. 이명박이 씹는 동안 김 여사가 말했다.

"이번에 봉하마을 내려간 것, 잘했다는 말이 많더군요. 당신이 달라졌다고도 하고."

"쥐박이가 죽을 때가 돼서 그런다고 하는 놈도 있던데."

"애들이 장난하는 거죠."

정색한 김 여사가 말을 잇는다.

"절대로 그런 말에 신경 쓰지 마세요."

그러자 수저를 내려놓은 이명박이 웃었다.

"당신이 더 신경 쓰는 것 같구먼 그래."

이명박이 웃음 띤 얼굴로 일어섰다.

"당신하고 이야기하는 동안 마음을 정했어."

김 여사가 시선을 주었지만 이명박은 말을 잇지 않았다. 그것이 둘의 스타일이다. 속 편하게 말하되 깊은 이야기는 않는 것, 그러면 영감이 떠오를 때가 있다.

"소망교회는 10명도 안 됩니다."

인사비서관 김명식이 말했다.

"해당자 부인이 소망교회에 다니는 경우가 대여섯 명 있었습니다만, 통계에는 넣지 않았습니다."

이명박이 잠자코 머리를 끄덕였다. 집무실 안에는 대통령실장 류우익

과 기획조정비서관 박영준, 그리고 김명식까지 넷이 둘러앉았다. 지금 김명식은 청와대와 정부 부처, 공공기관 고위직의 고소영 분포도를 조사해온 것이다. 김명식이 말을 이었다.

"현재까지 고려대와 영남 비율도 전(前) 정권과 비교해서 크게 달라진 것이 없습니다."

이명박이 통계를 보았다. 영남이 36% 내외, 고대는 8% 내외다. 그때 박영준이 말했다.

"고대는 오히려 정권 출범 당시 23명의 차관급 인사에서 1명뿐이라 고대학살자라는 비판도 있었습니다."

박영준도 고대 출신인 것이다. 이명박의 시선을 받은 박영준이 말을 잇는다.

"비판을 위한 비판입니다. 전(前) 정권도 인사위, 캠프 출신으로 싹쓸이하다시피 요직을 독식해놓고는 저희만 비판하는 것입니다."

박영준이 정권 초기의 인사 실무를 맡았던 것이다. 박영준은 정권 창출의 일등 공신이며 이명박의 심복이다. 이명박과는 영남, 고대, 서울시, 한나라당, 대선캠프, 인수위까지 같은 배를 타고 온 유일무이한 충복이며, 더구나 이상득의 보좌관 출신이다. 이런 인연으로 얽힌 인물은 박영준뿐이다.

"그렇군."

마침내 이명박이 이 사이로 말하고는 천천히 머리를 끄덕였다.

"맞아, 박 비서관이 억울한 점이 많겠어."

"아닙니다."

당황한 박영준의 얼굴이 상기되었고 목소리가 떨렸다. 시선을 내린 박영준이 겨우 말을 잇는다.

"저는 대통령님께서만 인정해주신다면 다 감내할 수 있습니다."

"다 박영준 그놈의 농간이라고."

정두언이 눈을 치켜뜨고 말했다.

"그놈이 국정 농간의 주범이야."

국회 의원회관의 정두언 의원실 안이다. 방 안에는 인수위에서 함께 일했던 이해봉, 장기순이 찾아와 있는데 둘 다 아직 자리를 잡지 못했다. 실업자인 것이다. 그 많은 공공기관의 감사 자리도 받지 못한 이유는 단 하나, 둘이 정두언과 친했다는 이유로 박영준이 밀어낸 것이다. 박영준과 가까운 놈들은 다 한자리씩 차지했으니까. 정두언이 이 사이로 말을 잇는다.

"박영준 이놈, 호가호위하다가 결국 주군을 해칠 놈이야."

그때 노크도 하지 않고 보좌관이 들어서는 바람에 정두언이 머리를 들었다. 보좌관의 얼굴이 하얗게 굳어져 있다.

"의원님, 청와대에서…."

"왜?"

놀란 정두언이 갈라진 목소리로 묻자 보좌관이 책상 위의 전화기를 들면서 말했다.

"대통령님이십니다."

저도 모르게 일어선 정두언이 전화기를 받아 들었고 이해봉과 장기순이 덩달아 일어섰다. 전화기를 귀에 붙인 정두언이 말했다.

"예, 정두언입니다."

"저, 의전비서관 김창범입니다. 의원님."

"아아, 예."

"대통령님 연결해 드리겠습니다."

그러더니 곧 이명박의 목소리가 수화구를 울렸다.

"정 의원?"

"예, 대통령님."

정두언의 목소리가 떨렸다. 만감이 교차했기 때문이다. 그때 이명박이 말했다.

"인마, 남부끄럽다. 박영준이 놔둬라, 알았나?"

"예, 대통령님."

"위로해줘라, 알았나?"

"예, 대통령님."

대답은 했지만 정두언은 저도 모르게 어금니를 물었다가 풀었다. 그때 대통령이 말을 잇는다.

"내가 한번 부를게, 곧 만나자."

"예, 대통령님."

그리고 보면 대답만 네 번하고 끝난 통화였지만 전화가 끊기고 나자 정두언은 지친 듯 어깨를 늘어뜨렸다.

방으로 들어선 이문수는 이쪽을 바라보고 앉은 사내와 시선이 마주쳤다. 이문수가 마당발이지만, 이 사내가 최근에 민정수석실 비서관으로 채용되었다는 것밖에는 모른다. 그러나 어깨를 편 이문수가 사내 앞으로 다가가 묻는다.

"한영국 비서관이십니까?"

"예, 어서 오세요."

40대 중반쯤의 사내가 빙긋 웃기까지 하니 이문수는 앞쪽 의자에 앉았다. 이곳은 수석실 옆방인데 문패도 없다. 그저 한영국 비서관실이라고만 했다. 그때 한영국이 부드러운 얼굴로 이문수를 보았다.

"무슨 일로 뵙자고 했는지 모르시지요?"

"아, 예."

이문수는 심호흡을 했다. 물론 온갖 예상을 했다. 갑자기 민정수석실에서 호출이 오면 긴장하게 마련인 것이다. 그러나 민정수석 이종찬과도 알고 지내는 사이고 기획조정관 박영준, 인사비서관 김명식도 다 친한 사이다. 그때 한영국이 말했다.

"감사에 걸리셨습니다. 사직서 쓰시고 오늘 중으로 자리 비우시지요."

그 시간에 이명박은 집무실에서 이상득을 맞는다.

"어서 오십시오."

대통령실장 류우익의 안내를 받고 들어선 이상득이 풀썩 웃었다. 집무실 안에는 국정기획수석 곽승준과 정무수석 박재완까지 기다리고 있었기 때문이다.

"이거 내가 외국 국가원수 대접을 받는구먼."

"그럴 자격이 있으십니다."

하고 류우익이 화답하자 이상득은 정색하고 머리를 젓는다.

"싫어. 오늘 한 번으로 끝낼 테여."

소파로 안내한 이명박이 이상득에게 자리를 권하고는 자신도 앞쪽에 앉는다. 따라서 류우익과 곽승준, 박재완도 옆쪽으로 비껴 앉았다. 상석 두 자리만 빼고 모두 비껴 앉은 것이다. 직원이 들어와 각자의 앞에 인삼차 잔을 놓고 돌아갔다. 그때 찻잔을 든 이상득이 방 안을 둘러보았다.

"방이 좀 허전하지? 병풍이라도 갖다놓는 게 낫지 않을까?"

"아, 예."

이명박이 따라서 방 안을 둘러보는 시늉을 했다.

"그렇구먼요."

머리를 끄덕인 이상득이 차를 한 모금 삼켰다.

"그려, 자네 맘을 이해하네."

그러자 이명박이 상체를 세웠고 셋은 숨을 죽였다. 이상득이 말을 잇는다.

"대통령으로 나를 만나려는 마음을 말여."

"형님."

"오면서 생각했다. 자, 동생인 대통령이 집무실로 불렀는데 내가 내놓을 것이 뭔가 하고 말이다."

"형님."

이명박의 얼굴이 상기되었고 목소리가 떨렸다. 이상득은 이명박의 멘토였다. 형님처럼 되는 것이 꿈이었다. 그리고 지금의 이명박은 이상득이란 형님이 있었기 때문에 가능했다. 그때 이상득이 말했다.

"화무십일홍이다. 나도 언젠가는 그만둘 몸. 이 방을 나가면 정계 은퇴 선언을 하겠다. 동생한테 부담을 덜어줘야지."

"형님."

마침내 이명박의 눈에서 주르르 눈물이 흘렀다. 다시 이상득의 말이 이어졌다.

"그렇지. 박영준이도 사퇴하게 하고 내 지역구에서 출마하게 하면 되겠다."

그러더니 지그시 웃었다.

"정두언이하고 두 놈이 국회에서 박 터지게 싸우게 하면 볼만하겠다."

30

3회 박근혜

지난 4월 총선에서 친박연대는 지역구 6명과 비례대표 8명을 합해 14명의 의석을 확보했다. 여당의 빛깔을 가진 의정사상 초유의 이색 파벌이 출현한 것이다. 여당 공천을 받지 못한 박근혜 계열의 당선자들이다. 이것만으로도 박근혜가 이명박 정권에 대해 얼마나 절치부심했을지 알수 있을 것이다. 오죽하면 공천 칼자루를 쥐었던 이명박 계열의 이방호가 박근혜 지지자들의 낙선운동 대상이 됐겠는가. 결국 이방호는 낙선했고, 그 대신 등장한 두루마기 차림의 강기갑을 볼 때마다 국민은 '친이' '친박'의 전쟁을 떠올리게 됐다. 따라서 여당 당선자가 153석이나 됐지만 친이, 친박으로 나뉘어 원수처럼 지내는 데다 친이는 또 이상득, 이재오 등의 세력으로 나뉘었다. 이것은 모두 이명박 책임이다. 이명박이 그렇게 되도록 방치한 것이나 같다. 정치가 실종돼 광우병 사태 등 국가 대란에 여당이 제구실을 못했던 것도 그 때문이다. 그러나 이상득이 정계은퇴를 선언한 지 나흘째 되는 날 오전, 박근혜는 보좌관이 건네준 전화기를 받는다.

"저기, 정무수석인데요."

보좌관의 얼굴은 굳어졌다. 이것은 청와대와의 첫 교신인 것이다. 지금까지 청와대가 아니라 백와대에서 온 전화도 없다. 잠깐 보좌관 얼굴에 시선을 주었던 박근혜가 천천히 손을 뻗어 전화기를 받는다. 박근혜는 20대 초반부터 퍼스트레이디를 대신한 경험이 있다. 조그만 동작 하나에서도 품위가 배어난다. 전화기를 귀에 붙인 박근혜가 응답하자 박재완이 정중히 말했다.

"의원님, 안녕하셨습니까? 저, 정무수석 박재완입니다."

"네, 안녕하세요?"

"갑자기 전화를 올려서 결례를 했습니다."

"아니, 괜찮습니다."

"다름 아니오라 대통령께서 의원님을 뵙고 싶어 하십니다. 이번 주 중에 시간이 있으신지요?"

그 순간 박근혜는 심호흡을 했다. 옆쪽에 서 있던 보좌관 이신길이 숨을 죽이고 있다. 아마 저쪽 이야기까지 다 들었을 것이다. 며칠 전 이상득이 의원직을 사퇴하고 물러난 일은 박근혜 계열, 이른바 친박계에 전혀 영향을 주지 않았다.

"이제 이명박이가 제 형까지 쳐내고 혼자 다 해먹을 작정인갑다."

하는 것이 친박계는 물론, 정치권과 국민의 생각이었으니까. 이윽고 박근혜가 말했다.

"좀 생각해 보고 말씀드리지요."

"예, 의원님."

박재완의 목소리에 간절함이 배어났다.

"대통령께서는 의원님을 찾아뵐 수도 있다고 하셨습니다. 그러니까…."

"알았습니다."

"연락 기다리겠습니다."

"네, 그럼, 안녕히."

해놓고 전화기를 이신길에게 건네준 박근혜가 말했다.

"회의를 해야겠어요."

"대운하를 파려면 우리 협조를 받아야 할 테니까요."

하고 맨 먼저 말을 꺼낸 인물은 김무성이다. 김무성이 굵은 목소리로 말을 잇는다.

"그 양반 재빠르게 움직이는구면요. 예전하고 전혀 다른 스타일입니다. 그래서 시중에는 그 양반이 돌았다는 소문도 돕니다."

회의석상이어서 좋게 표현한 것이지 인터넷에서는 '미쳤다' '약 먹었다' 등으로 퍼져 나가고 있다. 그러나 대다수는 긍정적이며 신선하게 받아들인다. 그때 홍사덕이 입을 열었다.

"갑자기 노무현을 찾아가 협조를 받아내고, 또 아버지 같았던 형을 은퇴시키더니 이젠 우리한테로 창끝을 겨누는 느낌이 드는구면요."

홍사덕의 목소리는 낭랑해서 여운이 있다. 웃음 띤 얼굴로 홍사덕이 말을 잇는다.

"언론 플레이도 발맞춰 하고 있습니다. 여기 오면서 들었는데 벌써 매스컴에다 면담 제의 정보를 제공했더군요. 여러 군데서 전화가 왔습니다."

박근혜의 시선을 잡은 홍사덕이 말을 잇는다.

"거절한다는 것은 모양이 좋지 않습니다. 그럴 이유도 없으니 준비하고 만나시는 것이 나을 것 같습니다."

"이건 또 무슨 꿍꿍이 속셈인지."

듣기만 하던 유승민이 혼잣소리처럼 말했을 때 김무성이 결론을 냈다.

"만나시지요. 우리가 손해 볼 것은 없을 것 같습니다."

여의도의 일식당 방 안에는 넷이 둘러앉았다. 박근혜와 김무성, 홍사덕, 유승민이다. 청와대 전화를 받고나서 급하게 불러모았기 때문이다. 홍사덕은 집에 있다가 넥타이도 안 매고 왔다. 이윽고 박근혜가 입을 열었다.

"지난번 공천에 대한 납득할 만한 해명과 사과가 없으면 안 된다는 생각이 듭니다."

그러자 조금 들떴던 분위기가 순식간에 가라앉았다. 박근혜가 말을 잇는다.

"이 만남이 물론 요즘 이 대통령의 행동을 보면 그런 것 같지는 않지만, 선전용으로 이용되는 것이라면 사태는 더 악화될 테니까요."

"그렇습니다."

유승민이 먼저 말을 받는다.

"그럼 절대 용납할 수 없습니다."

"그럴 리 있겠습니까?"하고 김무성이 낙천적으로 되물었고 홍사덕이 머리를 끄덕이며 박근혜를 봤다.

"그럼 미리 정무수석한테 그렇게 말해주는 게 낫지 않을까요?"

"그러는 게 낫겠네요."

대답한 박근혜가 김무성을 봤다.

"김 의원이 해주시지요."

그 시간에 이명박은 청와대 식당에서 이재오와 저녁을 먹는 중이다. 이재오는 지난번 총선에서 낙선한 후 청와대는 처음 들어온다. 식탁에는 대통령실장 류우익과 정무수석 박재완이 배석했다.

"박 비서관이 잘되었구먼요."

수저를 내려놓은 이재오가 말했다.

"이 의원님 지역구까지 물려받게 되다니, 그 사람, 관운이 저보다 세네요."

"아이고, 그러지 마세요."

쓴웃음을 지은 이명박이 물그릇을 들면서 말을 잇는다.

"그 사람이 그 말 들으면 국회의원 안 하려고 할 겁니다."

"잘하셨습니다."

정색한 이재오가 지그시 이명박을 봤다. 이재오가 누구인가. 이명박의 정치적 동지이자 후배로 대권 도전에서부터 당선할 때까지 선봉장 구실을 했다. 대선의 일등공신이며 친이계의 좌장. 그러나 친박계로부터는 경계 대상이 됐다. 이재오가 말을 잇는다.

"박근혜 씨는 거부할 명분이 없습니다. 만날 겁니다. 하지만 해명이나 사과를 요구하겠지요."

식사를 하면서 박근혜와의 회동 제의를 이야기해준 것이다. 이명박의 시선을 받은 이재오가 가지런한 이를 드러내고 웃었다.

"광우병 사태부터 이 의원님 정계 은퇴, 그리고 기습적인 박근혜 의원과의 회동."

말을 그친 이재오가 눈을 가늘게 뜨고 이명박을 봤다.

"지금 반정부세력은 물론, 민주당도 정신을 못 차리고 있습니다. 그건 저도 마찬가지구요."

그러자 이명박이 쓴웃음을 짓는다.

"글쎄, 시중에는 내가 미국산 쇠고기 먹고 미쳤다고 하는 사람도 있는 모양인데 나도 모르겠습니다."

식탁에 앉은 셋을 차례로 둘러본 이명박이 머리를 한쪽으로 기울였다. 자신도 영문을 모르겠다는 시늉 같다.

"안 나가요?"

하고 박금옥이 묻는 순간 안병한은 혈압이 확 솟구쳤다. 오후 6시 반, 예전 같으면 지금 출정 준비를 하고 집을 나가야 할 시간이었다. 전장(戰場)은 시청 앞. 어린 전경들한테는 가끔 미안한 생각이 들었지만, 함성을 지르며 수만 인파를 밀어붙일 때의 쾌감은 말도 못 한다. 세상이 확 뒤집어지는 느낌이 드는 것이다. 그런데 그놈의 쥐박이가 노통을 만난 직후부터 소금 맞은 지렁이가 돼버렸다. 그리고 보름이 지난 지금, 이렇게 마누라한테서 수모를 당하는 신세가 됐다. 마누라는 뻔히 알면서도 저렇게 한마디씩 내질러 오장을 뒤집어놓는 것이다. 그때 개수대에 선 박금옥이 다시 구시렁거렸다.

"쇠고기 먹으면 금방 다 죽을 것처럼 난리치더니, 지금은 왜들 이렇게 멀쩡한지 모르겠네? 언제 죽는 거여?"

오종택과 서상국은 전라도 전주 출신으로 고등학교 동창이다. 각각 50대 중반으로, 상경한 지 30년 가깝게 됐는데 지난 대선 때 정동영을 찍었다. 둘 다 먹고살기 바쁜 터라 정치에는 관심 없었지만 그냥 동향인 정동영을 찍은 것이다. 같은 고향이라 연줄을 따지면 이리저리 얽혀 있기도 하다.

"너 들었냐? 이명박이가 박근혜 만난다는 거."

홍대 앞 삼겹살집에서 오종택이 불쑥 물었을 때는 소주를 두 병쯤 마신 후였다. 얼굴이 벌겋게 상기된 서상국이 머리를 끄덕였다.

"어, 명박이가 대운하를 팔라면 근혜 협조부터 받아야지."

"협조 허까? 그동안 그렇게 당혔는디."

오종택은 인테리어 업자로 밥은 먹는다. 그래서 오늘도 오종택이 술을 샀는데 출판사 사장인 서상국은 셋밖에 없는 직원 월급도 못 만들어 빌빌거린다. 그렇지만 정치인 자서전도 냈고 기업 경영에 대한 책도 낸 터라 대화 폭이 넓다. 공부는 오종택이 잘했는데도 사회생활의 영향을 받으면 이렇게 된다. 서상국이 말을 이었다.

"명박이가 빤한 꼼수를 쓰는 겨. 허지만 근혜는 안 만날 수가 없어."

"허긴 그렇지."

"틀림없이 명박이가 무신 제의를 헐거셔. 당대표를 맡어 달라든지 전권을 준다든지 허고 말여."

"신문에도 그렇게 나왔더만."

"그럼 근혜는 점잖게 사양허겄지. 그러다가 쫌 시간이 지나고 나서 받어들이고."

"암먼, 지가 안 받고 배겨?"

"그리고 대운하가 시작되는거셔."

"민주당은 가만 있으까?"

"뎀비겄지만 노통이 명박이한티 붙었는디 기운이 나겄나?"

"긍게 말여."

술잔을 든 오종택이 쓴웃음을 짓는다.

"좆 돼 부렀지. 노통 땜시."

역사적인 회담이라고 부를 형편은 못되지만 언론은 그렇게 되는 것처럼 법석을 떨었다. 청와대도 놔두는 분위기여서 동아일보 취재기자 말대로 개나 소나 청와대로 다 모였다. 어디 기자인지 휴대전화로 사진을 찍어대는 놈도 있었다. 박근혜는 김무성, 홍사덕 등 중진은 물론이고, 초선까지 10여 명의 의원을 대동하고 왔다. 친이계에서는 김형오와 박진, 공성진 등 대여섯이 그들을 맞았는데 마치 대선 직후의 모임 같았다. 모두 상기됐고 조금 얼떨떨했으며 어색한 분위기였던 것이다. 그런데 연회실의 대형 원탁에서 이명박과 박근혜를 중심으로 친이, 친박, 그리고 청와대 고위층까지 모여 덕담을 나눈 지 10여 분이 지났을 때였다. 자리에서 일어선 이명박이 박근혜에게 청했다.

  "자, 가실까요?"

  옆방으로 가자는 말이다. 순간 연회실이 조용해졌을 때 이명박이 웃음 띤 얼굴로 주위를 둘러봤다.

  "독대라는 걸 하려고 합니다. 박 의원하고."

  그러자 몇 명이 웃었고 분위기에 흥이 난 초선 한 명이 박수를 치다가 말았다.

  자, 둘이 마주보고 앉았다. 방에는 둘뿐이다. 의자도 낮고 푹신한 가죽의자 둘뿐이었고, 둥근 탁자 위에는 생수병과 잔이 놓여 있다. 그리고 조용하다. 소음이 딱 끊기면서 숨소리까지 들렸다. 그때 이명박이 말했다.

  "지난 공천 문제, 또 그전에 일어났던 여러 사건에 대한 사과부터 해야겠군요."

  그러면서 이명박이 머리를 숙였다.

  "진심으로 사과드립니다. 결과를 위해 수단을 가리지 않았습니다."

머리를 든 이명박이 박근혜를 봤다.

"용서해주시기 바랍니다."

이명박의 표정을 본 박근혜의 입술이 떼어졌다. 여전히 담담한 표정이다.

"잘 알겠습니다. 그럼 앞으로는 그 말씀을 행동으로 보여주셨으면 좋겠네요."

"그래야지요. 그런데."

어깨를 들었다가 내리면서 긴 숨을 뱉은 이명박이 박근혜를 봤다.

"저하고 박 의원 둘이서 국정을 이끌어가야만 합니다. 앞으로 국회에서 할 일이 산적해 있으니만치."

박근혜는 시선만 줬다. 구렁이 담 넘어가듯 은근슬쩍 장사를 시작하는 것으로 느낀 것 같다. 이명박의 말이 이어졌다.

"박 의원이 차기를 보장받으시려면 그래야만 하구요. 쉽게 말씀드리면 우리는 일심동체가 돼야 한다는 말씀입니다."

"대통령님, 잠깐만요."

쓴웃음을 지은 박근혜가 이명박의 말을 막았다. 얼굴이 굳어져 있다.

"누구한테서 차기를 보장받는단 말씀입니까?"

"누군 누굽니까? 바로 저 아닙니까?"

눈을 가늘게 뜬 이명박이 박근혜를 노려봤다. 이명박의 얼굴도 굳어져 있다. 그 표정으로 이명박이 말을 잇는다.

"저하고 함께 국정을 이끌어가든지, 그래서 명실 공히 2인자가 돼 차기 대권을 쥐시든지 그럴 의향이 없으시다면."

다시 심호흡을 한 이명박이 똑바로 박근혜를 봤다.

"이 방을 나가신 즉시 탈당해주시지요. 예, 친박계 의원들하고 말씀입니다."

"아니, 지금…."

박근혜의 얼굴이 하얗게 굳었다. 이런 상황에 대비하지 못한 것이다. 그래서 이렇게만 묻는다. 말끝이 떨렸다.

"그 말, 진심이세요?"

"진심입니다. 다시 한 번 말씀드리지요."

어깨를 편 이명박이 말을 잇는다.

"나하고 고락을 함께하면서 자연스럽게 차기를 보장받든가, 아니면 추종 세력과 함께 떠나시라는 말씀입니다. 임기가 4년 반이나 남았는데 도저히 이런 식으로는 장사, 아니 국정을 운영 못 합니다. 이해 가십니까?"

이명박의 눈이 치켜떠졌고 어느덧 얼굴은 상기됐다.

4회 세우리당

청와대에서 돌아온 다음 날 오전, 여의도 국회의사당 별관 소회의실 안이다. 외부인사 출입을 금지시킨 회의실 안에는 10여 명의 의원이 둘러앉아 있었는데 모두 친박계 중진들이다. 방 안 분위기는 격양되어 있다가 슬슬 가라앉는 중이다. 상석에 앉은 박근혜는 담담한 표정을 유지하고 있지만 조금 상기되었다. 어제 이명박한테서 들은 이야기를 토씨 하나 빼지 않고 말해준 것이다. 모두 한두 번씩 격한 표현으로 이명박을 성토한 후라 지금은 머릿속의 계산기가 제대로 작동하고 있다. 그때 홍사덕이 말했다.

"이명박이 이재오 코치를 받는 것이 분명합니다. 이건 이명박 스타일이 아닙니다."

"나갑시다."

서청원이 다부진 표정으로 말했다.

"나가라고 했는데 안 나가면 더 무시를 받습니다. 나가십시오."

"아니, 잠깐만."

이맛살을 찌푸린 김무성이 손바닥을 펴 보였다.

"그럼 그쪽 페이스에 말려듭니다. 이명박이 그걸 예상 못 하고 있겠습니까?"

"글쎄, 그걸 따질 상황이 아니라니까 그러네."

하고 서청원이 역정을 내었을 때 진영도 한마디했다.

"지금 상대방 의표를 찌르고 자시고 할 상황이 아닙니다, 여러분."

시선이 모였고 진영이 말을 잇는다.

"정도로 나가면 됩니다. 그래야 국민이 납득할 테고 그것이 대의올시다. 이명박 눈치 볼 것 없습니다."

"그 대의가 무엇이오?"

홍사덕이 바로 이어서 묻는 것이 진영의 말에 무게를 실어주려는 의도 같다. 그러자 진영이 말했다.

"이명박과의 앙금이 남아 있는 상태로 함께 행동할 수 없다면 나가는 것이 낫습니다. 같은 당에 있으면서 물과 기름처럼 분리되어 있다면 국정은 표류할 것이고 국민의 신뢰를 잃게 될 것입니다."

맞는 말이다. 그러나 국어책 읽는 것 같아서 지루하다. 모두 알고 있는 일이었기 때문이다. 박근혜도 입을 꾹 다문 채 듣기만 한다.

"무엇이?"

마포을 초선의원 강용석이 굵은 눈썹을 추켜세웠다. 오후 4시경, 의원회관 안 의원실에서 강용석은 보좌관 이필수에게 되묻는다.

"무슨 당이라구?"

"세우리당이랍니다."

"그러니까 이 대통령이 그 세우리당을 창당한다고?"

"아닙니다. 당명을 바꾸는 것이라는데요."

"세우리?"

"예."

"좆을 세우는 거여, 머여. 당명이."

투덜거린 강용석이 눈썹을 찌푸렸다. 오전부터 친박계 중진들의 회동이 이어졌고 어제 청와대 면담의 정보가 속속들이 전해졌기 때문이다. 그렇지만 빠르다. 광우병 난동이 이어지자 이명박의 우유부단한 처사에 대한 불만과 불신이 한나라당 내에서도 팽배해진 것이다. 그것이 갑자기 며칠 사이에 바뀌었다. 그러고는 박근혜를 불러 설득시키는 제스처를 취하더니만 다음 날 좆을 세우다니. 보좌관 이필수가 말을 잇는다.

"조금 전에 청와대 대변인이 발표를 했으니까 곧 당에서도 연락이 올 겁니다. 아마 당 중진들끼리는 다 상의했겠지요."

"시발, 요즘 정신 못 차리겠구먼."

강용석이 눈을 치켜떴다가 곧 어깨를 늘어뜨렸다. 이명박의 처지를 이해할 수 있었기 때문이다. 이 상태로는 여당이 제구실을 못 한다. 그래서 분당하자는 말까지 나오고 있었지 않은가.

"이거 또 뒤통수 맞은 기가?"

버럭 소리친 김무성이 보좌관을 노려보았을 때 옆쪽에서 전화벨이 울렸다. 비서관이 전화를 받았지만 김무성의 굵은 목소리가 이어졌다.

"당명을 바꿔? 이건 분당 해나가겠다는 것 아냐?"

그때 비서관이 굳은 얼굴로 김무성을 보았다. 수화구를 손바닥으로 막고 있다.

"의원님, 칭와대 비서실장입니다."

눈을 치켜뜬 김무성에게 비서관이 말을 잇는다.

"대통령께서 통화하고 싶으시답니다."

대한민국 국민인 이상 대통령 전화는 받아야 하는 것이 원칙이다. 김무성이 손을 내밀어 전화기를 받아 들었다.

"예, 김무성입니다."

전화기를 귀에 붙이고 응답했더니 류우익의 목소리가 울렸다.

"김 의원님, 저 류우익입니다. 이거 바쁘신데 죄송합니다."

"아닙니다. 괜찮습니다."

"저기, 대통령님 바꿔드리겠습니다."

그러더니 곧 이명박의 조금 갈라진 목소리가 수화구에서 울렸다.

"김 의원, 납니다."

"아아, 예. 대통령님."

방 안은 조용하다. 보좌관 둘, 비서관 하나, 여직원 둘이 이쪽저쪽에서 있거나 앉았다. 오늘밤 안으로 이 소문은 전국으로 아니, 세계로 퍼져나간다. 이명박이 김무성에게 전화를 해온 것이다. 그때 이명박의 목소리가 이어졌다.

"김 의원, 도와주시오. 내가 박근혜 의원하고 갈라서자는 뜻이 아닙니다. 용서해달라고까지 했습니다. 지금은 국정 현안이 급한 상태니만치 일단 뭉쳐서 뚫고 나가자는 것입니다. 그럴 수가 없다면 차라리 떨어져서 확실하게 나가자고 했지요."

"대통령님, 저는…."

"시간 소모할 수가 없어서 한나라당 내에서 세우리당을 만든 겁니다. 예, 대한민국을 다시 세우자는 의미지요. 내가 직접 당명을 지었습니다."

18분 후 차 안에서 서청원이 이명박과 통화를 하고 있다. 서청원은 상기된 표정으로 듣기만 한다.

"서 의원, 도와주십시오. 우리가 뭉쳐야 할 것 아닙니까? 우리, 한번 결실을 거두고 나서 다음으로 이어가십시다. 내가 더 무엇을 바라겠습니까?"

선거법 때문에 곧 재판을 받아야 하는 서청원은 복잡했던 머리가 환해지는 느낌을 받는다. 지금 대통령이 간절하게 부탁을 하고 있다.

홍사덕은 유정복과 여의도 일식당에서 저녁을 먹다가 이명박의 전화를 받았는데 다른 사람과는 달리 이쪽도 말을 좀 했다. 이명박의 부탁을 들은 홍사덕이 조리 있게 말한다.

"대통령님, 세우리당 창당을 너무 서두르시는 것 같습니다. 저도 힘써보겠지만 이쪽에 여유를 좀 주셔야 되지 않겠습니까?"

그러더니 이명박의 부탁을 다시 받고 점잖게 응대하고는 통화를 끝냈다.

"이 양반, 정말 달라졌네."

홍사덕이 상기된 얼굴로 유정복을 보았다. 유정복은 얼굴에 웃음만 띨 뿐 대답하지 않았다. 그것은 마치 똑같은 자식인 줄 알았는데 갑자기 자신이 서자라는 사실이 확인된 것 같은 표정이다.

그런데 저녁식사가 끝날 무렵에 유정복도 이명박의 전화를 받는다. 홍사덕의 시선을 받은 유정복이 어깨를 폈지만 콧구멍이 조금 벌름거렸을 뿐 차분한 표정이다. 이명박의 부탁을 들은 유정복이 가라앉은 목소리로 말했다.

"예, 대통령님. 수고하십니다."

다음 날 아침 7시경, 한강 고수부지를 조깅하던 유승민이 앞쪽 트랙 옆의 벤치에 앉아 있던 사내가 엉거주춤 일어서는 것을 보았다. 사내는 붉은색 트레이닝복 차림이었는데 흰 운동화를 신었다. 그런데 어쩐지 낯이 익다. '청원하려고 기다리는 선거구민인가' 하면서 다가가던 유승민은 기절초풍했다. 이명박이었던 것이다. 얼굴 윤곽이 분명하게 드러났을 때 이명박이 어색하게 웃었다. 오늘은 머리 위가 납작하게 죽었다. 머리를 다듬지 못한 것 같다. 유승민이 다가섰을 때 이명박이 그 표정으로 말했다.

"아이구, 잘 뛰시네요."

"내가 시발, 대통령이라구."

그날 저녁, 청와대에서 김 여사와 둘이 저녁을 먹던 이명박이 불쑥 말했다. 놀란 김 여사가 먼저 주위부터 둘러보았다. 근처에는 아무도 없다. 그러고 나서 이명박의 얼굴을 보았더니 눈을 치켜떴지만 눈동자가 흔들렸다. 이건 허세 부릴 때나 거짓말할 때의 제스처다. 40년을 함께 살면 콧구멍만 벌렁거려도 다 안다. 김 여사의 시선을 받은 이명박이 그 표정으로 말을 잇는다.

"내가 끝까지 다 올라갔단 말야."

"누가 뭐래요?"

했지만 이명박의 기세는 죽지 않는다.

"무릎 꿇고 엎드려서도 사정할 거야."

김 여사는 입을 다물었다. 오늘 신문은 물론이고 방송에서도 대통령의 친박계 의원들에 대한 접촉을 대서특필했다. '구애' '요청'은 점잖은 표현이고 '유인' '협박' '구걸' '독재로의 장정' 등 물어뜯는 언론도 많다. 한 모금 국을 삼킨 이명박이 혼잣소리처럼 말했다.

"내가 다 버리고 부탁하는데 들어주지 않는 놈은 역적이고 매국노지."

놀란 김 여사의 시선을 받은 이명박이 말을 잇는다.

"난 5년 후에 죽을 각오를 하기로 했어. 그랬더니 무슨 짓이든 할 수 있을 것 같아."

김 여사는 그것이 무슨 짓인지는 알 수 없었지만 전과는 달라져 있다는 것을 깨닫는다. 짊어진 짐을 다 내려놓은 것 같다.

이재오가 머리를 들고 박근혜를 보았다. 입을 꾹 다물고 눈을 크게 뜨고 있어서 무서운 형상이 되어 있다. 여의도의 일식당 '동경' 밀실에는 넷이 모여 앉았다. 박근혜와 유승민, 그리고 이재오와 류우익이다. 오후 7시 반, 식탁 위에는 깨작거리다 만 회와 음식 접시가 놓여 있다. 방 안에는 잠깐 무거운 정적이 덮였다가 이재오의 목소리로 깨졌다.

"저기, 대통령께서는 전(前) 대통령 노무현, 그리고 김대중, 전두환, 김영삼 네 분을 세우리당 고문으로 영입하시기로 했습니다."

놀란 박근혜가 숨을 삼켰고 유승민의 입이 쩍 벌어졌다. 이재오의 저녁 초대를 받아들이기는 했어도 아직까지 마음을 굳히지 않았던 박근혜다. 이명박의 대의는 이해했지만 요즘 며칠간의 압력은 과시, 과장의 성격이 짙었다. 진정성이 결여된 것처럼 느껴졌고 여론도 마찬가지였던 것이다. 그때 이재오의 말이 이어졌다.

"모두 승낙하셨습니다. 대통령께선 비밀리에 네 분 전임 대통령을 직접 찾아뵈었고 허락을 받았습니다."

박근혜의 시선을 받은 이재오가 희미하게 웃었다.

"각각 다른 점이 있었지만 한때 대한민국을 이끌어가신 지도자들이시니 장점은 취하겠다는 대통령의 생각입니다."

"…"

"지난번 광우병 사태를 도와주신 노 전 대통령 경우와 같습니다. 김대중 전 대통령께서도 기뻐하셨습니다."

"그럼 앞으로 어쩔 작정이신데요?"

마침내 박근혜가 그렇게 물었다. 처음으로 구체 사항을 언급한 것이다. 그러자 이재오가 가볍게 헛기침을 했다.

"박 의원께서 세우리당 창립위원장 겸 비상대책위원장을 맡아주시지요."

"시발, 박근혜가 안 넘어갈걸?"

인테리어업자 오종택이 말했지만 서상국은 머리를 내저었다. 둘이 오늘 밤에는 포장마차에 앉아 술을 마시고 있다. 오늘은 술을 오종택이 산다. 어제 서상국이 거래하는 총판 한 놈이 부도를 내고 도망갔기 때문에 서상국은 1000만 원이 넘는 피해를 입었다. 서상국이 입을 열었다.

"어쩔 수 없어. 대세를 따라야지."

오종택의 시선을 받은 서상국이 말을 잇는다.

"이명박은 주변에서부터 공략을 했고 박근혜는 뻔히 알면서도 놔둔 거다. 그리고 대세를 따라 못 이기는 척 세우리당에 합류하는 것이지."

그러고는 덧붙였다.

"이제는 예측 가능한 정치를 해야 돼. 그것이 순리고 대세다. 박근혜는 이명박의 사과도 받았겠다, 세우리로 간다."

"뭘로? 대표로?"

"아마 당을 맡게 되겠지."

"그렇군. 새롭게 태어난 세우리당에서 박근혜가 새로 시작한단 말이지?"

그러고는 오종택이 쓴웃음을 지었다.

"시발, 세우리당에서 못 세운 놈들은 모두 근혜한테 짤리겠군."

그 시간에 이명박은 봉하마을의 노무현과 통화를 한다. 오늘 통화는 노무현이 청와대로 연락을 한 것이다.

"예, 말씀하시지요."

이명박이 말하자 노무현은 잠깐 침묵하더니 입을 열었다.

"인연이란 게 가위로 줄 자르듯이 그냥 뚝 자를 수가 없는 것이드만요."

"그렇죠."

맞장구를 친 이명박이 말을 잇는다.

"그게 인간 아닙니까? 기계처럼 그럴 수 없지요. 흘리고, 때 묻고, 뜻 대로 되지 않는 겁니다."

"지금 담배 피우고 있습니다."

불쑥 노무현이 말했으므로 이명박이 짧게 웃었다.

"베란다에 혼자 나와 계시는구먼요."

"참 조용합니다, 이곳이."

"언제 룸살롱이나 한번 모시고 갔으면 좋겠는데…."

"그때가 언제가 될까요?"

그러고는 둘이 동시에 낮게 웃었다.

"그런데, 참."

먼저 입을 연 것은 노무현이다.

"세우리당에 가겠다는 사람이 몇 명 있어서요."

"아, 예. 얼마든지."

"박근혜씨한테 보낼까요?"

"제가 이야기해놓겠습니다."

"실업자들이 되어서요."

웃음 띤 목소리로 노무현이 말을 잇는다.

"저도 마찬가지지만 말입니다."

"하실 일이 있을 겁니다."

그러자 노무현이 다시 짧게 웃는다.

"우리가 이렇게 다시 엮일 줄 누가 상상이나 했겠습니까?"

"아직 시작이지요."

"앗, 뜨거."

노무현이 짧게 외쳤으므로 이명박은 숨을 죽였다. 그때 입맛 다시는 소리를 낸 노무현이 말했다.

"담배를 끄다가 불똥이 떨어져서…."

"사모님한테 들키실라구…"

그렇게 말한 이명박의 가슴이 쩌르르 울렸다. 그쪽은 조용하다고 했다. 그날 노무현과 나란히 앉았던 베란다가 눈앞에 생생하게 펼쳐졌던 것이다.

5회 독재자

청와대 소회의실에서 당·정·청 회의가 열리고 있다. 2008년 8월 초, 이명박 정권 6개월째가 되어가는 날이다. 당·정·청 회의라지만 소규모다. 핵심 실무 회의라고 해야 맞는 표현일 것이다. 원탁에는 이명박과 청와대 수석들, 그리고 정부 측은 국무총리 한승수와 법무부 장관 김경한, 행정안전부 장관 원세훈, 국방부 장관 이상희, 국정원장 김성호, 검찰총장 임채진과 경찰청장 어청수가 참석했다. 당에서는 세우리당 비상대책위원장 박근혜와 원내총무대행 김무성, 위원장 비서실장 진영이 앉아 있다. 인사말이 끝나자 이명박이 바로 본론을 꺼내었다.

"통보 드렸습니다만, 준비하고 예고하는 따위의 절차는 필요 없습니다."

한 마디씩 자르듯 말한 이명박이 주위를 둘러보았다. 모두 긴장한 채 시선을 준다.

"뭐, 모두 밥 먹듯이 이야기들을 했지만 한 번도 제대로 시행한 적이 없는 일."

그러고는 이명박이 이사이로 말했다.

"법과 원칙을 지키고 그것을 시행하는 일 말입니다."

심호흡을 하고 난 이명박이 다시 주위를 둘러보았다. 두 눈이 번들거리고 있다.

"지난 석 달 동안의 광우병 난동에 대한 주모자, 적극 가담자, 유언비어 유도자 등 범법 행위자를 처벌하지 않고는 국가 기강을 바로 세울 수 없습니다."

이명박의 시선이 행정부 장관들을 훑고 지나갔다.

"그중에는 이적세력, 국가 전복 세력이 섞여 있었고 선량한 시민을 선동했습니다. 이것을 발본색원해야만 합니다. 법과 원칙을 제대로 시행해야 됩니다."

그러고는 이명박이 결론을 내었다.

"내가 대통령으로 책임을 집니다. 틀림없이 공안정국이네, 독재네, 탄압이네 하면서 분위기를 띄우겠지만 헛소리입니다. 철저하게 가려내주기 바랍니다."

"너무 심하신 게 아니에요?"

하고 박근혜가 조심스럽게 묻자 방 안 분위기가 금방 굳어졌다. 그러나 방 안에는 대통령실장 류우익과 원내총무대행 김무성까지 넷이 있을 뿐이다. 회의를 마치고 대통령이 넷만의 자리를 따로 마련한 것이다. 박근혜의 시선을 받은 이명박이 빙그레 웃었다.

"지난 10여 년간 민주화 바람을 타고 혼탁해진 사회 질서를 바로잡을 겁니다."

박근혜의 시선을 받은 이명박이 말을 잇는다.

"떼법이 법 위에 군림하는 세상이 되었습니다. 내가 이걸 바로잡을 테니 박 위원장은 어머니 노릇을 해주시지요."

"어머니 노릇이라니요?"

"난 법과 원칙을 지키는 엄한 대통령이 될 테니 박 위원장은 때로는 그런 나를 비판하면서 국민을 다독거리는 어머니 노릇을 해주시란 말입니다."

"그럼 대통령께선 욕만 얻어드실 텐데요?"

하고 묻는 박근혜의 얼굴에 처음으로 웃음기가 번졌다. 이명박이 따라 웃지도 않고 머리를 끄덕였다.

"난 이제 대통령까지 되었습니다. 욕 얻어먹어도 됩니다."

"아이고, 그래도."

했다가 박근혜도 정색하고 이명박을 보았다. 쓴웃음을 지은 얼굴이다. 그때 이명박이 말했다.

"안희정, 이광재, 문재인, 유시민 씨가 세우리당에 입당하겠다고 노 고문을 통해서 연락이 왔습니다."

순간 방 안 분위기가 굳어졌다. 노 고문은 노무현이다. 이명박의 시선을 받은 박근혜가 천천히 머리를 끄덕였다.

"민주당에서 반발이 심하겠군요."

그러나 정동영의 대선 패배 후부터 민주당에서는 노무현과 노골적으로 거리를 두려는 행태를 보여왔던 것이다. 이제 와서 공작정치 운운하면 어불성설이다. 더욱이 노무현이 세우리당 고문이 되어 있는 상황이다. 어쨌든 민주당은 뒤통수를 맞았다. 박근혜가 말을 잇는다.

"검토해보겠습니다, 대통령님."

박근혜와 헤어진 이명박이 옆방으로 들어선다. 옆방의 원탁에는 총리를 중심으로 국방·행정안전부 장관과 국정원장, 검찰총장, 경찰청장이 앉아 있다가 대통령을 맞는다. 서둘러 자리에 앉은 이명박이 길게 숨을 뱉고 나서 말했다.

"대통령을 비하하는 것은 곧 국가, 국기(國基)의 비하나 같습니다. 이명박 개인이라면 얼마든지 참겠지만 난 대한민국 대통령입니다."

그러고는 이명박이 눈을 치켜떴다.

"쥐박이, 가카새끼, 쥐새끼 등 인터넷과 트윗에서 난무하는 욕설 유포자를 발본색원해서 처벌해야 합니다."

모두 굳어진 표정으로 이명박을 보았다. 이명박이 말을 잇는다.

"언론자유? 그놈들이 김정일 씨를 욕한 적이 있는지 캐보고 간첩죄나 반역죄를 물어도 될 겁니다."

"알겠습니다."

법무부 장관 김경한이 먼저 대답했고 행정안전부 장관, 검찰·경찰 총수가 차례로 머리를 끄덕여 동의했다. 이명박의 시선이 경찰청장 어청수에게 옮겨졌다.

"곧 세우리당에서 법안을 통과시키면 경찰은 총기 발포권을 행사하게 될 겁니다. 전경들 고생시킬 것 없이 흉기를 들고 덤비는 난동자는 발포해서 제압해야 됩니다. 그럼 한 명의 경찰이 백 명의 시위대를 상대할 수 있어요, 아니."

쓴웃음을 지은 이명박이 머리를 내저었다.

"아예 불법 폭력시위는 없어질 겁니다."

2008년 8월 중순 오후 5시경, 세우리당 의원 강용석이 벨소리를 듣고 바지 주머니에서 휴대폰을 꺼내 보았다. 그러나 모르는 번호다. 그냥 끊을까 하다가 혹시 마포구민일지도 모른다는 생각에 핸드폰을 귀에 붙였다.

"예, 강용석입니다."

"강 의원님이시죠?"

낮고 정중한 사내의 목소리가 울린다.

"예, 그렇습니다만."

"여긴 청와댄데요. 대통령님 전화이십니다."

문득 장난전화가 아닌가 했지만 잠시 후에 사내의 목소리가 울렸다.

"강 의원?"

순간 강용석의 머리끝이 곤두섰다. 이명박이가 맞는 것 같다. 요즘 거시기 세우리당이라고 험담하고 돌아다닌 것을 국정원이 보고했을까? 짧은 순간에 걱정이 스치고 지났지만 대답은 했다.

"예, 강용석입니다."

"요즘 바쁘시지?"

지난 총선에 당선되고 나서 이명박의 축하 전화를 받은 이후 첫 전화다. 강용석이 어깨를 펴고 대답했다.

"예, 열심히 하고 있습니다."

"세우리당 당명이 어때요?"

그 순간 강용석의 심장이 얼어붙었다. 국정원 놈들이 보고를 했구나. 그러나 대답은 했다.

"예, 아주 좋습니다."

"음, 그럼 됐고. 강 의원, 다름이 아니라."

"예, 대통령님."

숨을 죽인 강용석의 귀에 이명박의 목소리가 이어졌다.

"가만 생각하니까 강 의원이 적격일 것 같아서 말요."

그 순간 강용석의 눈앞에 정부청사가 떠올랐다. 장관? 청와대도 스치고 지나간다. 수석급은 안 한다. 비서실장? 그때 이명박의 말이 이어졌다.

"국회에서 국가 정책의 시행에 대한 허위 선전, 방해 등으로 국론을 분열시키고 국가 경제에 손해를 끼친 자들을 입법 처리하는 조직이 있어야 됩니다. 여야가 모여도 좋고 세우리당만으로도 좋으니 강 의원이 주도해서 결성하세요."

"예, 대통령님."

강용석의 눈앞이 환해졌다.

"무슨 말씀인지 알겠습니다. 인천공항이 바닷속으로 가라앉는다고 주장했던 사람이나 미국산 쇠고기 먹으면 즉사한다는 사람이 지금도 활보하고 있습니다."

"그렇지. 금방 알아듣는군."

"천성산 도롱뇽이 죽는다고 몇천억 원 국가에 손해를 끼친 중이 지금도 떵떵거리고 있습니다."

"자신의 말과 행동에 책임을 져야 돼요."

"당장 고소하겠습니다."

어깨를 부풀렸다 내린 강용석이 말을 잇는다.

"저한테 맡겨주십시오."

"이거 독재자 아녀?"

KBS 보도국 차장 박동민이 신문을 내던지면서 투덜거렸다. 점심시간이 되어서 보도국 안은 한산했다. 자판기에서 커피를 뽑아가던 보도국장 임명수가 그 말을 듣더니 멈췄다.

"얀마, 니 기준에 안 맞으면 독재자냐?"

보통 때는 표준말을 쓰다가 성질이 나면 임명수의 입에서 전라도 사투리가 나온다. 임명수는 전라도 광주 출신이다.

"아니, 그럼 이명박이가 독재자 아니란 말입니까?"

박동민이 지지 않겠다는 듯이 대들자 임명수가 헛웃음을 지었다.

"이명박이 법 안 지킨 것이 있으면 대봐. 솔직히 지금까지 떼법이 세상을 지배혔지. 안 그냐?"

"정말 국장님이 이렇게 변하실 줄은 몰랐습니다."

"제정신이 난 것이지."

한 모금 커피를 삼킨 임명수가 발을 떼며 말을 잇는다.

"이명박이가 물명박인지 알았던 놈들이 인자 큰코다치게 된 거셔."

"그건…"

하다가 입을 다문 박동민이 임명수의 등을 향해 찢어질 듯이 눈을 흘겼다. 이명박을 물명박, 쥐명박으로 선두에 서서 성토했던 자가 바로 임명수다. 그런 임명수가 이명박이 봉하마을에 내려간 순간부터 달라지더니 지금은 팬이 되어버렸다. 임명수야말로 제 기준으로 이명박을 들었다 놨다 하는 것이다. 임명수가 국장실로 사라지자 박동민이 한마디 했다.

"시발, 저러니까 전라도가 욕을 얻어먹는다니까."

그러는 박동민은 전라도 순창 출신으로 정동영의 골수 후원자다.

세우리당 고문으로 위촉된 전(前) 대통령 넷은 지금까지 한 번도 모임을 갖지 않았다. 오직 이명박과 따로따로 만났을 뿐이다. 또한 박근혜하고도 만난 적이 없었기 때문에 원내 총무대행 김무성은 그들 넷의 대립에 무심했던 것이 사실이다. 그런데 8월 중순의 어느 날 오전 김무성은 김영삼의 전화를 받는다.

"난데."

첫마디로 대번에 그러는 바람에 얼떨떨했던 김무성이 번쩍 정신을 차렸다. 그래도 4선 중진인 자신한테 이럴 위인은 영삼이인 것 같다.

"아이구, 안녕하십니까?"

상반신을 세운 김무성이 인사를 했더니 김영삼의 목소리가 부드러워졌다.

"고생많제?"

"아이구, 예, 저야 뭐."

"이맹박 씨가 잘하는 것 같재?"

"아아, 예."

정신을 수습한 김무성이 머리를 굴리기도 전에 김영삼의 말이 이어졌다. 여전히 선수 치기에 능한 김영삼이다.

"내가 세우리당 고문 서열로는 1번이 되어야긋제? 전두환이는 감옥에 댕겨 왔으니 점수가 깩일 것이고 김대중이는 내 후순위 아이가?"

"아, 예."

"그걸 명심하길 바라고. 그, 현철이 말인데. 다음 보궐선거에 최우선으로 배려해주기 바라네."

"아, 예."

"바쁘니, 이만 끊네."

그러고는 통화가 끊겼으므로 김무성은 심호흡을 했다. 정신이 없었지만 어쨌든 알아듣기는 쉽게 말하는 양반이다.

2008년 8월 하순의 오전 10시경, 국방부 청사로 대통령 전용차가 들어선다. 오늘 대통령이 전군 지휘관 회의를 주재하는 것이다. 잠시 후에 대

회의장에서 기다리고 서 있던 100여 명의 장군은 들어서는 이명박을 보고는 대경실색을 했다. 아니, 정확히 말하면 이명박의 뒤를 따라 들어서는 인물을 보고 기절초풍을 한 것이다. 전두환이 이명박의 뒤를 따라오고 있다. 전두환이 누구인가? 1931년생이니 2008년 당시의 나이로 78세, 이명박은 10세 연하로 68세가 된다. 이명박은 전두환과 나란히 앉았는데 국방부 장관 이상희는 세 번째 서열의 자리를 차지했다. 식순에 따라 의식이 끝나고 대통령의 말씀 차례가 돌아왔을 때다. 이명박이 장군들을 둘러보며 말했다.

"우리가 군사정권이라는 시기를 지나 문민정부, 국민의 정부, 또는 서민의 정부로까지 이어져 왔지요?"

이명박의 카랑카랑한 목소리가 회의장을 울렸다.

"주적을 삭제하네, 전작권을 반환하네, 햇볕정책으로 북한을 포용하네 하면서 국군은 혼란기를 겪었고 사기가 저하되었습니다."

그러고는 이명박이 쓴웃음을 지었다.

"이제는 군인이 민간인 시위대에게 맞고 도망가는 처지가 되었습니다."

이명박의 시선이 옆에 앉은 전두환에게로 옮겨졌다.

"앞으로 전두환 고문께서 군을 재정립하고 강군으로 육성하도록 도와주실 것입니다. 여러분의 적극적인 협조 바랍니다."

그 순간 지휘관들은 일제히 박수를 쳤다. 눈물이 글썽해진 장군이 있는가 하면 불안한 표정이 된 장군도 있다. 그때 전두환이 헛기침을 했으므로 회의장은 조용해졌다. 전두환이 회의장을 쓰윽 둘러보았다. 참모총장급과도 20년쯤 차이가 나는 터라 전두환이 12·12를 일으켰을 때 대부분이 위관급 장교였다. 그러나 그 명성을 누가 모르겠는가? 전두환이 입을 열었다.

"나는 이 자리에서 대통령께 목숨을 바쳐 충성을 하겠다는 맹세를 한다."

전두환의 목소리가 회의장을 쩌렁쩌렁 울린 것은 모두 숨도 죽이고 있기 때문이다. 전두환의 말이 이어졌다.

"내 나이 곧 80, 일국의 대통령을 지냈고 이제 마지막으로 대한민국 국군의 재정립을 명 받았다. 너희는 다시 태어난다, 알았나?"

소리쳐 물은 순간이다. 별 넷짜리 참모총장, 군사령관까지 화들짝 놀라 우렁차게 대답했다.

"예에!"

회의장이 들썩거릴 정도다. 이명박은 심호흡을 했다. 이제 시위대한테 얻어맞는 군인은 없을 것이다. 군인이 약해서 맞았던 것이 아니다. 사기가 떨어져서 그랬다. 시위대가 덤벼 물고 늘어지면 귀찮다고 지휘관들이 기피했기 때문이다. 그래서 병사들이 기가 죽었다. 그때 전두환이 머리를 돌려 이명박을 보았다.

"대통령님, 말씀하시지요."

이명박은 전두환의 눈빛에 담긴 충성심을 읽을 수 있었다.

6회 국민투표

"들었어?"

민노총 선전부장 김춘식이 전교조 사무국장 이병진에게 물었다. 둘은 인사동의 순댓국집 '남원옥'에서 마주앉아 있다. 오전 12시 반이다.

"뭘 말야?"

이병진이 시큰둥한 표정으로 묻자 김춘식은 목소리를 낮췄다.

"국정원, 검찰, 경찰의 공안 요원이 대폭 증강되고 있다는 거야. 뭐, 지난 정권에서 퇴직했거나 잘린 놈들도 다 복귀하고 있다는데."

"…"

"국정원에는 600명이 복귀했다는군. 그리고 앞으로 더 충원할 계획이래."

"들었어."

순댓국이 마침 놓여졌으므로 이병진이 수저를 들면서 말을 잇는다.

"인기가 팍팍 솟는다더구먼. 지지율이 80퍼센트가 넘었다는겨."

"거짓말. 지난주에 76퍼센트였어."

"그거나 저거나."

순댓국을 퍼 넣은 둘은 잠깐 우물거렸다가 먼저 이병진이 말을 이었다.

"6월 초순까지만 해도 비실대면서 금방이라도 넘어질 것 같았던 명박이가 이렇게 업어치기 메치기를 하면서 펄펄 뛸 줄은 누가 알았겠어? 귀신이 곡할 노릇이지."

"시발, 밥맛 떨어지는 소릴랑 말고."

하지만 순댓국을 맛있게 삼킨 김춘식이 길게 숨을 뱉는다. 6월 중순까지만 해도 둘은 광우병대책위 간부로 매일 밤을 광화문에서 보냈던 것이다.

"그 시발놈이 이젠 우릴 겨누고 있다는 말도 있고."

김춘식이 혼잣소리처럼 말했지만 이병진은 들었다. 입맛을 다신 이병진이 머리를 저었다.

"아녀, 우리 전교조를 노린다는 거야. 그래서 그런지 지난 일주일 동안에 1000명이 넘는 연놈들이 빠져나갔어."

둘은 서로의 얼굴을 마주 보았다. 이제는 입맛이 떨어진 것 같다.

그 시간에 청와대의 소식당에서 이명박과 박근혜, 그리고 이회창까지 셋이 원탁에 둘러앉아 밥을 먹고 있다. 식단은 밥에 된장찌개, 열무김치에다 물국수가 놓여진 간단한 한식이다.

"어, 맛있네."

이회창이 밥 한 그릇을 다 비우고는 만족한 표정을 짓고 말한다.

"금강산도 식후경이라고, 이제 대통령 말씀을 듣고 놀랠 준비는 되었구면."

"아이구, 왜 이러십니까?"

웃음 띤 얼굴로 이명박이 말을 잇는다.

"부담 갖지 마십시오, 대표님."

"내가 긴장 안 할 수가 있습니까?"

정색한 이회창의 시선이 박근혜에게로 옮겨졌다.

"안 그렇습니까, 박 위원장? 아마 세상 사람의 시선이 다 여기로 모여져 있을 겁니다."

박근혜는 웃기만 했고 이명박이 차를 마시자면서 일어섰다. 옆방으로 옮겨간 그들은 소파에 앉는다. 주인과 손님의 구분이 없는 안락의자에 셋은 탁자를 가운데 두고 삼각으로 앉았다. 대통령실장도 참석시키지 않은 셋만의 자리다. 이윽고 인삼찻잔을 든 이명박이 입을 열었다.

"지난 광우병 사건 때 정의구현사제단이 앞장서 시민을 선동했습니다."

그 순간 긴장한 이회창이 들려던 찻잔을 내려놓는다. 박근혜도 마찬가지다. 두 손을 무릎에 단정하게 얹고 이명박을 보았다. 이명박이 말을 이었다.

"스님들도 마찬가지였습니다. 2000만 불자를 대표한다면서 반정부 투쟁에 앞장서더군요. 그리고."

정색한 이명박이 두 손바닥을 펴 보였다.

"지금은 성당과 절로 들어가 버려서 법의 손길이 미치지를 않습니다. 이럴 수가 있는 겁니까?"

"그것이."

하고 이회창이 입을 열었다가 닫아버렸다. 말할 엄두가 나지 않았기 때문이다. 난데없다. 이건 상식을 넘어선 딴 세상의 일이나 같은 것이다. 생각하고 상의할 일도 아니다. 감히 종교를 언급하다니. 그때 이명박이 다시 말을 잇는다.

"월남이 망할 때가 생각나더만요. 스님들이 맨날 분신을 했지요. 그러다가 망하고는 공산국가로 통일되자 스님들은 싹 없어졌지요?"

"글쎄, 그것이."

하고 이회창이 다시 나섰다. 이번에는 헛기침을 하고 난 이회창이 말했다.

"어쩔 도리가 없지 않습니까? 그냥 놔두는 것이 상책이요, 이 대통령."

"그래서 제가 뵙자고 했는데요."

이명박의 말에 이회창과 박근혜가 서로의 얼굴을 보았다. 이회창은 얼척 없다는 표정이었고 박근혜는 지친 듯한 얼굴이다. 다시 둘의 시선을 받은 이명박이 말을 이었다.

"신부나 스님이 정치에 참여하는 상황이니 정부도 그들을 투표권자인 국민으로 대우해야 된다고 생각합니다."

둘은 눈만 꿈벅였고 이명박의 목소리가 조금 열기를 띠었다.

"그래서 국민투표를 하려고 합니다. 이 대표님께 협조 부탁을 드리려고 뵙자고 했습니다."

"무슨 국민투표 말입니까?"

이회창이 억양 없는 목소리로 묻자 이명박이 열심히 대답했다.

"신부나 스님도 이제는 세금을 내야 되겠다는 것입니다. 예, 성당과 교회, 사찰에서 세금을 걷어야겠다는 말씀이죠."

놀란 이회창은 숨도 쉬는 것 같지 않았고 박근혜는 석상처럼 굳어졌다. 이명박의 목소리가 방을 울린다.

"그것에 대한 국민투표를 하겠다는 것입니다. 이 대표님께서 국민투표법 통과를 도와주셨으면 합니다."

"…"

"성당과 교회, 사찰에서 세금을 걷으면 연간 몇백 조가 될 것입니다. 그 돈을 기업과 국가에 투자하면 국민소득은 단숨에 1만 달러쯤 올라갑니다."

이명박이 번들거리는 눈으로 둘을 보았다.

"2000만 불자, 1000만 교인 등 3000만이 신자라지만 아마 국민투표를 하면 압도적으로 찬성할 것입니다."

이회창과 박근혜는 아직도 말이 없다.

이회창과 박근혜를 배웅하고 집무실로 돌아오던 이명박이 주춤 걸음을 멈췄다. 머리를 돌린 이명박이 뒤에 서 있는 류우익에게 말했다.

"시작합시다."

한마디만 해도 류우익은 알아듣는다. 이른바 '종교세'에 대한 국민투표 준비 작업을 말하는 것이다. 언론은 물론이고 시민단체, 경제학자, 행정부의 가능한 인력을 총동원해 여론을 형성해야만 한다. 엄청난 작업인 것이다. 이것은 헌법을 바꾸는 것보다도 어려운 작업이다. 종교지도자, 더구나 모든 종교지도자들과의 전쟁이다. 종교 행사날만 되면 서로 눈도장이나마 찍으려고 부르지 않았는데도 달려간 것이 정치인 아니었는가. 그 정치인이 5000만 인구 중에서 3000만 신자를 상대로 전쟁을 벌이다니. 미쳤다고 하는 것이 당연했다.

"이런 미친."

소망교회 담임목사 강수원이 눈을 부릅뜨고 말했다. 목사실 안에는 부목사 박기성과 장로 윤영수까지 셋이 앉아 있는데 방금 방송에서 이명박

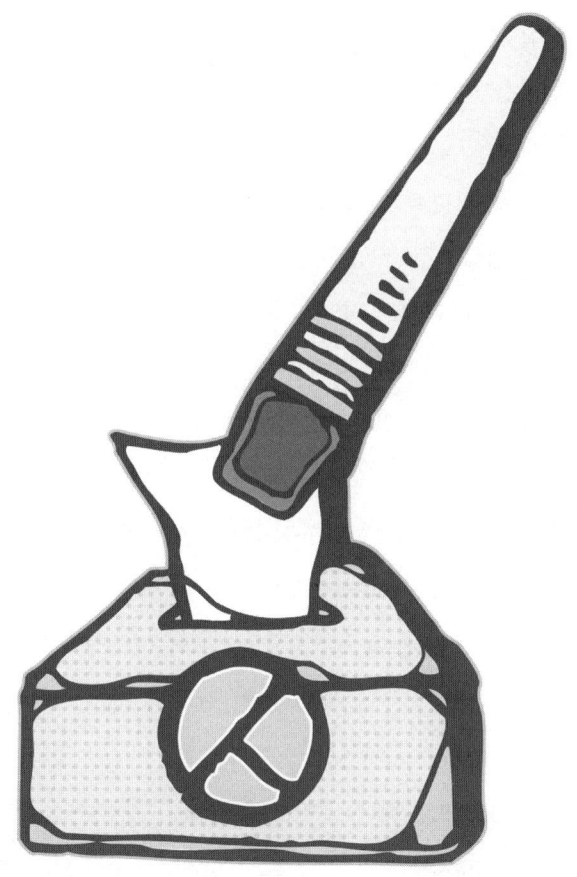

의 국민투표 추진 소식을 들은 것이다.

"배신자."

다시 강수원이 이 사이로 말했을 때 윤영수가 눈을 감고 기도했다.

"주여, 사탄에 이끌린 이명박을 구해주소서."

"지옥에 떨어질 놈."

분이 풀리지 않은 강수원이 둘을 번갈아 보았다. 이제는 얼굴에 일그러진 웃음이 떠올라 있다.

"감히 이명박이가 어디를 건드리겠다는 거야? 우리 기독교인만 1000만이야. 불자까지 합하면 3000만이 넘는다구. 단숨에 정권 퇴진 운동을 벌려 쫓아낼 수도 있어. 미쳐도 단단히 미쳤어, 이 사람."

그러고는 머리를 돌려 박기성을 보았다.

"이명박을 파문시켜. 교회에 오지 못하게 하라구. 아니, 이런 기가 막힐 일이."

강수원은 더는 말을 잇지 못한다. 그야말로 청천벽력 같은 일이다. 인류 역사에 이런 일이 있었던가? 십일조에 세금을 부과하다니. 이런 반역, 이런 배은망덕, 이런 악마 같은 행위를 소망교회 신자가 저지르다니. 강수원은 말문이 막혀 더는 입을 열지 못했다.

그날 저녁 KBS TV 토론에 긴급히 초청한 기획재정부 장관 강만수가 등장했다. 갑자기 어제저녁부터 종교세 국민투표가 뉴스로 터지면서 시중에서는 "관심을 다른 데로 돌리려는 이명박의 쇼다" "불교를 죽이기 위한 공작이다" "세우리당과 선진당의 통합을 위한 내부 정비용이다" 따위의 추측만이 난무했다. 그래서 강만수의 얼굴이 KBS 화면에 떡하니 등장했을 때의 순간 시청률이 68%. 그것을 본 정연주 사장은 종교세고 지랄이고 좋아서 환장할 지경이 되었다. 68%라니. 대박이다. 그때 강만수가 정색하고 말했다.

"이 세금으로 전 대학생의 등록금을 반값으로 줄일 수 있습니다."

그 말을 들은 남녀 MC 둘은 뺑했다. 다시 강만수의 말이 이어졌다.

"이 세금으로 무주택자 전원에게 20평에서 50평까지의 주택을 20년 임대로 제공해줄 수 있습니다."

그때서야 정신을 차린 시청자들이 제각기 머릿속으로 계산기를 두드리기 시작한다. 이제 시청률 70%가 된 강만수가 시청자들을 보았다. 자신감이 넘치는 표정이다.

"이 세금으로 30만 명에게 일자리가 제공될 것입니다. 각 사찰과 성당, 교회를 담당할 세금 징수원만 5만 명이 더 필요합니다. 그리고."

심호흡을 한 강만수가 열렬한 표정으로 시청자를 보았다.

"여러분, 올해부터 이 법을 시행한다면 내년 말에는 대한민국 국민소득이 1인당 4만 달러가 될 것입니다. 이것은 제가 모든 것을 걸고 약속드립니다."

"이명박은 사탄이다!"

감람교회 담임목사 이수천은 다혈질이다. 가끔 TV에 비친 집회 장면을 보면 열정적이며 격한 목소리로 청중을 이끈다. 오늘 이수천은 악마가 된 이명박을 처음부터 규탄하고 있다.

"배신자! 주의 은혜를 악마에게 팔았으니 곧 열화 지옥에 떨어진다!"

교회 안에는 2000여 명의 신자가 가득 차 있다. 이수천이 말을 그칠 때마다 '주여' '구하소서' '아멘' 등으로 소리쳐 답하고 있는 터라 분위기는 뜨겁다.

"반값이야."

대학생부 양민호가 눈을 치켜뜬 채 앞에 선 배경옥, 유신철에게 말했다.

"가능해."

"정말?"

시간당 3500원짜리 알바로 등록금을 모아온 배경옥이 갈라진 목소리로 묻는다.

"언제부터?"

"세금 걷자마자 가능해."

"하긴."

어깨를 부풀렸다 내린 유신철이 먼저 주위부터 둘러보았다. 그들은 집회에 참석하지 않고 복도에 모여 있다. 유신철이 말을 잇는다.

"괜히 중동이나 회교권에 몇천 만원씩 들여서 선교활동 가는 것보다 그 돈으로 등록금 보조해주는 게 낫지."

불자(佛子) 이인식이 뒤에서 들리는 엔진소리에 길가로 비켜섰다. 이곳은 전라도 진안에 위치한 유서 깊은 사찰 동광사 골짜기다. 그때 이인식 옆으로 최신형 벤츠 500이 미끄러지듯 지나갔다. 주지 하담스님의 전용차다. 다시 발을 뗀 이인식이 잠자코 뒤를 따르는 김분자를 보았다. 9월 초였지만 골짜기는 덥다. 김분자의 이마 주름에 땀이 배어서 번들거렸다. 둘은 독실한 불자여서 오늘도 108배를 드리고 하산하는 길이다.

"거시기, 이명박이 국민투표 야그 들었제?"

불쑥 이인식이 운을 떼자 김분자가 시선을 들었다.

"그기 증말이다요? 정식이 등록금 반절만 낸다는기."

"증말인개벼."

혼잣소리처럼 말한 이인식이 힐끗 앞쪽을 보았다. 벤츠는 모퉁이를 돌아서 사라졌다.

"지기미 시발, 우리가 부처님 믿지 벤츠 타고 댕기는 중 믿냐? 세금 걷어 뻗졌으면 조커따."

씹어뱉듯이 말하자 김분자가 손등으로 이마의 땀을 닦는다.

"이맹배기가 미쳤다는디."

"아, 시끄러!"

"투표헌다면 이명배기 찍으면 된다요?"

"아니, 그게⋯."

"정식이 등록금 반절만 낸다면 어떤 놈이건 찍어줄팅게."

김분자가 자르듯 말했지만 이인식도 토를 달지 않았다. 50대 중반의 둘에게 전주에서 대학에 다니는 아들 이정식이야말로 희망이었다. 그러나 비닐하우스로 상추를 길러 등록금 대기에는 벅차다. 더구나 올해 상추는 농사가 잘되었지만 값이 폭락해 운임도 안 나온다. 둘은 터덜거리며 골짜기를 내려온다. 그러나 머릿속 생각은 똑같다.

"이건 비공식 코멘트입니다만."

수석비서관 회의가 끝날 무렵 대통령실장 류우익이 조심스럽게 입을 열었다. 방 안은 조용해졌고 류우익의 말이 이어졌다.

"바티칸에서 대주교 하나가 한국의 종교세 국민투표에 관해 종교탄압이라고 논평했습니다."

그러자 이명박이 쓴웃음을 지었다. 모두의 시선을 받은 이명박이 묻는다.

"그 사람, 한국의 정의구현사제단에 대해서 말한 적이 있던가요?"

"없었습니다."

"있지도 않은 사실을 과장해 국민을 선동하고 반정부투쟁에 앞장선 행위에 대해서도 아무 말 없죠?"

"없습니다."

"그럼 우리도 누구 시켜서 논평을 해요. 신부가 정치에 참여하니까 당연히 국민으로 세금을 받는 것이라고요. 세계 어느 나라가 대한민국처럼 종교인이 앞장서 선동하고 반정부투쟁을 합니까? 정치인이 줄줄이 석가탄신일이네, 종교행사에 달려가 눈도장 찍는 나라가 세계에 어디 있습니까?"

이명박의 목소리가 방을 울렸다. 심호흡을 한 이명박이 말을 맺는다.

"국민투표를 합시다. 국민의 현명한 판단에 따라서 나도 거취를 결정할 테니까."

그 순간 방 안에는 숨소리도 나지 않는다.

7회 국가정립

서울역 대합실의 대형 TV 앞에 수백 명의 시민이 모여 있다. 2008년 9월 초순의 오후 5시경, 지금 TV에서는 기획재정부 장관 강만수가 도표를 펼쳐놓고 말하는 중이다.

"종교세와 관련해 일부 성직자께서 자발적으로 소득세를 납부하자는 운동을 하고 계십니다만, 현재 정부에서 추진하는 내용과는 다릅니다."

도면에 강만수의 얼굴이 클로즈업되었다.

"이번 종교세는 전 종교단체에 유입되는 모든 자금에 관한 세금입니다. 기부금, 성금, 십일조까지 포함한 모든 자금에 소득세를 징수하고 성금을 낸 신자들께는 당연히 세금 감면 혜택이 돌아갑니다. 따라서 신자들께는 오히려 득이 될 것입니다."

그리고 강만수가 현재 종교계에 유입되는 어마어마한 자금에 대해 설명했다. 십일조나 기부금, 사찰 건립비에 누가 얼마나 성금을 냈는지 오직 해당 종교 단체만 안다. 그것을 정부에서 확인하겠다는 것이다. 어깨를 편 강만수가 똑바로 이쪽을 보면서 말했다.

"그렇게 되면 종교계에서 걷히는 세금이 매년 최소한 100조는 될 것입니다."

국가 예산의 3분의 1이 들어오는 것이다. 반값 등록금은 말할 것도 없고 전 국민 무상급식도 가능한 자금이다.

"큰일났군."

부산행 KTX를 타려고 일어서면서 영도에 사는 오금택 씨가 혼잣소리로 말했다.

"국민투표 해볼 만하겠데이."

"내도 종교세 걷는디 찍을란다."

호남선 광주표를 끊은 박남훈 씨가 커다랗게 말했다. 박남훈 씨는 불교신자다.

"암만, 국민이면 다 세금 내야제. 무신 돈이건 말여."

당 · 정 · 청 수뇌 회의다. 아니, 선진당 이회창까지 참석했으니 우군 연합이라고 해야 맞을 것 같다. 그러나 인원을 제한해서 정부 측은 총리와 기획재정부 장관, 행정안전부 장관, 법무 · 문화 · 국토해양부 장관만 참석시켰고 당에서는 박근혜, 김무성, 홍준표, 홍사덕이 왔다. 청와대에서는 비서실장과 정무 · 민정 · 경제수석만 배석했다. 요즘 이명박은 수시로 회의를 연다. 특히 당 관계자를 자주 불렀는데 정권 초창기에는 당을 뭘로 보고 무시하느냐며 불평하던 중진들이 지금은 귀찮다고 느낄 정도다. 세우리당 창당위원장이 된 박근혜하고도 지금 네 번째 만난다. 이명박이 먼저 말했다.

"민주당과 반정부 시민단체가 종교계와 연대를 추진하지만 예상하고 있었던 일입니다."

말을 그친 이명박이 주위를 둘러보았다. 이명박과 시선이 마주친 행정 안전부 장관 원세훈은 숨을 죽였다. 뭔가 또 한 건 터뜨릴 것 같은 예감이 든다. 그때 이명박이 말을 이었다.

"이번 종교세 국민투표 추진은 대한민국을 재정립하기 위한 조치입니다. 여러분은 그것을 명심해주시기 바랍니다."

옆쪽에 앉은 이회창이 머리를 조금 비틀었다. 박근혜는 앞만 보고 있었지만 표정이 어둡다. 다시 이명박이 말했다.

"국민투표와 병행해 반국가단체, 반역자, 국보법 위반자를 검거하게 될 것입니다. 반대자들은 공안정국, 독재정권이라고 하겠지만 대선에서 국민은 저한테 그렇게 하라는 명령을 내리셨습니다."

그러고는 이명박이 얼굴을 일그러뜨리며 웃었다.

"지금 대한민국은 민주주의가 범람해서 홍수가 난 것이나 같습니다. 제방을 고쳐 쌓아야지 늦으면 홍수에 휩쓸려갑니다."

"붉은 물에 말이지요?"

하고 이회창이 불쑥 말을 던졌으므로 회의실 분위기가 조금 가벼워졌다. 그때 이회창과 동행한 심대평이 물었다.

"반발이 격렬할 텐데 강경 진압을 하실 계획이십니까? 그럼 광우병 사태 이상 가는 혼란이 일어날 것입니다."

"부딪쳐야지요."

모두의 시선을 받은 이명박이 말을 잇는다.

"10년 만에 정권교체가 되었는데 너도 좋고 나도 좋은 방법으로 가라고 하면 안 되지요. 그럼 나를 찍어준 유권자를 배신하는 것입니다. 확실하게 방향을 잡고 나서 감싸 안든지 발로 차든지 해야만 합니다."

발로 차라는 말이 우스웠는지 이회창이 풀썩 웃었지만 정부 측에서는 오히려 더 긴장하고 있다. 실제로 부딪쳐야 할 당사자는 정부인 것이다. 지금 민주당은 전교조, 전공노, 민노총에다 수백 개의 재야단체와 연합 전선을 구축하는 중이다. 정의구현사제단과 반정부 불교단체도 마치 불길에 기름을 부은 것 같은 분위기가 돼 결집하는 것이다. 그들로서는 광우병 불길이 어이없이 사그라진 후에 이명박이 국민투표라는 자충수를 만들어냈다고 여길 만했다. 그때 이명박이 말했다.

"이제 대한민국 재정립이라는 정권의 목표는 정해졌습니다. 이것이 정권을 교체시킨 국민의 열망이며 우리의 목표이기도 합니다. 우리는 이것부터 시작해야만 합니다."

이명박의 표정은 단호했고 목소리는 힘찼다.

"이명박이 이렇게 강수로 나올 줄은 몰랐는데."

민주당 의원 정세균이 머리를 한쪽으로 기울이며 동료 의원 이강래에게 말했다.

"이거 어디까지 예상하고 있는 것 같습니까?"

"글쎄요."

이맛살을 좁힌 이강래가 시선을 주었지만 초점이 멀다. 의원회관의 정세균 의원실이다. 8월의 베이징올림픽 열기가 끝나자마자 이명박은 기다렸다는 듯이 대형 사건을 터뜨렸다. 이른바 종교세 국민투표. 그러나 이쪽도 만만치 않다. 오히려 이것이 광우병 패전을 만회할 호기가 될지도 모른다. 그때 이강래가 입술을 뗐다.

"그런 소문 못 들었습니까?"

"뭘 말요?"

정세균이 묻자 이강래가 헛기침부터 했다. 그러고는 목소리를 낮췄다.

"이명박이 무대뽀로 이러는 게 아니라는 소문이 있습니다."

"글쎄 그 소문이 뭐냐니까?"

"이대로 나가면 정국에 엄청난 혼란이 일어날 것 아닙니까?"

"당연하죠. 종교계가 다 일어나는 데다 시민단체, 언론기관, 야당에다 노조까지 다 뭉치게 되었는데…."

"그럼 어떻게 되겠습니까?"

이강래가 묻자 정세균이 입을 벌렸다가 닫았다. 정세균은 경솔한 사람이 아니다. 이강래 또한 머리가 명석하기로는 천정배 못지않다. 이강래의 시선을 받은 정세균이 심호흡을 했다.

"아니, 그럼…."

정세균이 말을 그쳤을 때 이강래가 대신 대답했다.

"이명박이 전두환을 군(軍) 고문으로 영입한 것이 등에 칼끝을 대고 있다는 느낌이 안 듭니까? 나만 그런가?"

"그, 그러면."

얼굴이 하얗게 굳어진 정세균이 눈을 부릅떴다.

"전, 전두환이…."

"이 기회에 전두환을 앞세워 다시 친위쿠데타를 일으킬 수도 있지 않겠습니까?"

"아니, 지금이 어떤 세상이라고…."

"그렇죠. 옛날하고 다르죠."

쓴웃음을 지은 이강래가 길게 숨을 뱉는다.

"지금 젊은 친구들이 옛날처럼 민주주의 투쟁에 목숨을 바칠까요?"

"에이, 농담 마시오."

머리까지 흔들며 정세균이 말했지만 얼굴은 여전히 굳어 있다.

"북한은 70대, 80대 장군이 수두룩합니다. 국군에 이런 인재가 있어야 군과 국가를 받치는 기둥이 됩니다."

열렬하게 말한 전두환이 이명박 앞에 서류를 내밀었다. 서류에는 이름과 계급, 전(前) 직책이 적혀 있는데 50여 명이나 되었다. 군 장성들이다. 아니, 정확히 말하면 대부분 하나회 출신인 퇴역 장군들이다. 전두환이 말을 이었다.

"이들을 복귀시켜 직책을 맡겨도 전혀 선후배 관계에 지장이 없다는 것을 제가 보장합니다. 군은 계급에 절대 복종하게 되어 있으니까요."

이명박은 눈만 껌벅였다. 청와대 집무실 안에는 이명박과 전두환, 그리고 국방부 장관 이상희와 안보수석 김성환까지 넷이 둘러앉았다. 극비 회동이다. 다시 전두환의 목소리가 방을 울렸다.

"대부분이 하나회라는 이유로, 또는 정권에 맞지 않는다는 이유로 퇴역당한 장군들입니다. 이들이 요직에 재기용된다는 것만으로도 북한 측에는 엄청난 견제 효과가 있을 것입니다."

"그런데 만일에."

하고 이명박이 입을 열었다. 전두환의 시선을 받은 이명박이 정색하고 묻는다.

"뭐, 쿠데타 같은 건 없겠지요?"

"가능합니다."

떡하고 그렇게 말했던 전두환이 이명박을 보았다. 이명박은 태연했지만 김성환의 얼굴이 대번에 누렇게 굳었다. 다시 전두환이 말을 잇는다.

"쿠데타가 가능하도록 보여야 합니다."

"…."

"이번 군 인사의 목적은 북한 측에 대한 경고와 아울러 대한민국 내부의 친북·종북 세력에 대한 압박이니까요."

"…."

"민주화도 좋고 시민운동도 좋다. 하지만 국기(國基)를 흔들면 군이 뛰쳐나온다 하는 위협이 필요합니다."

"위험한데."

입맛을 다신 이명박이 말하자 전두환이 머리를 끄덕였다.

"이번 기회에 확실하게 잡지 않으면 안 됩니다. 겉으로는 그렇게 드러내놓고 내부로는 견제장치를 확실하게 해놓으면 됩니다."

그러고는 전두환이 부드러운 얼굴로 이명박을 보았다.

"제가 쿠데타 도사 아닙니까? 저한테 맡겨주시지요, 대통령님."

이틀 후인 2008년 9월 8일, 청와대 소회의실에서 세우리당 고문 겸 국가원로 자문회 멤버인 전 대통령 넷과 박근혜, 그리고 이명박까지 여섯이 둘러앉았다. 원탁 뒤쪽으로 비서실장과 담당 수석들이 배석했지만 모두 얼어 있다. 인사를 마친 이명박이 입을 열었다.

"원로 여러분의 적극적인 협조가 필요합니다. 그것은 다름 아닌 군 인사 문제인데요."

모두가 놀라 얼굴을 굳혔고 이명박이 단도직입적으로 말했다.

"군 전력과 정신무장을 강화하기 위해서 퇴역 장성을 재복무시켜야 되겠습니다. 나이가 많지만, 북한은 70대, 80대도 현역으로 근무하고 있지 않습니까?"

이명박의 시선이 네 전직 대통령을 차례로 훑었다.

"물론 제 책임이고 업무입니다만, 원로 여러분께서 지원해주신다면 힘이 나겠습니다."

그때 안보수석실 비서관이 모두에게 서류 한 장씩을 나눠주었다. 이번에 재복무할 장군들의 명단이다.

"아니, 이기 뭐꼬?"

먼저 그렇게 말한 원로는 김영삼이다. 눈을 치켜뜬 김영삼이 서류를 손에 쥔 채 이명박을 보았다.

"모두 하나회 놈들 아이가?"

"어허."

그때 전두환이 외침을 뱉었는데 방이 울렸다. 전두환이 김영삼을 노려보았다.

"거, 말씀 삼가시오. 하나회 놈들이 뭐요? 놈들이?"

"아니, 그럼 하나회 양반이가?"

지지 않고 김영삼이 대들자 전두환이 손바닥으로 테이블을 쳤다. 눈이 이글거리고 있다.

"어따 대고 반말이야, 응?"

"아니 뭐라꼬?"

그때 김대중이 입맛을 다시며 말했다.

"어, 그만들 합시다. 남부끄럽게."

"아이고, 왜들 이러십니까?"

하고 노무현까지 나섰으므로 둘은 겨우 입을 다물었다. 그때 이명박이 헛기침을 했다.

"이것이 저를 당선시킨 국민의 여망입니다. 저는 그 여망을 실행해야 합니다."

그러고는 이명박이 네 원로를 차례로 보았다.

"하지만 모든 일은 네 분 원로께 꼭 보고를 하겠습니다. 그것은 절대로 보복 정치를 하지 않겠다는 제 의지를 보여드리는 것입니다."

"명배기가 전두환이허고 짰어."

돌아가는 차 안에서 김영삼이 옆에 앉은 김현철에게 말했다. 청와대에 김현철이 수행하고 온 것이다. 심호흡을 한 김영삼이 말을 잇는다.

"두 놈이 손발을 맞춰 군사정권 시절로 돌아가려는 기라."

"아이고, 아버님. 그럴 리가요."

쓴웃음을 지은 김현철이 머리까지 내젓는다.

"지금이 어떤 시대라고요. 전두환 씨를 이 대통령이 이용하려는 것이 겠죠."

"전두환이가 어떤 놈인데 이용당하겠노?"

버럭 역정을 낸 김영삼이 이 사이로 말했다.

"내가 하나회 잡아서 군대를 다 정리해놓았더니 이명배기가 전두환의 꼬임에 넘어간 기라. 큰일났데이."

그 시간에 김대중과 노무현도 같은 차를 타고 청와대를 나오는 중이다. 김대중의 차에 노무현이 탄 것이다.

"공안정국에다 군이 전두환 씨를 내세워 힘을 과시할 테니 정국이 험하게 되지 않겠습니까?"

노무현이 묻자 김대중이 머리를 끄덕였다.

"아매 한편으로는 싸안으려고 할 거요. 강온 양면으로 나가겠제."

"지금 종교세까지 벌여놓아서 전면전 양상이 되지 않겠습니까?"

"그렇께 군대를 끌어들인 거지."

김대중이 눈의 초점을 잡고 노무현을 보았다.

"법과 원칙으로다가 밀구 나가면서 공권력을 행사허면 꿈짝 못 하제. 더군다나 군까지 뒤에 버티고 있응께."

"그러지 않아도 친위쿠데타 소문이 났었습니다."

"아주 강공으루 나가는고만."

"종교세 국민투표 여론이 정권에 호의적으로 돌아갑니다."

"긍께 시대가 변혔당께."

길게 숨을 뱉은 김대중이 의자에 등을 붙였다.

"이명백 씨가 인자 나를 어뜨케 이용헐지 나는 그것이 알고 싶고만."

노무현도 의자에 등을 붙이고는 입을 열지 않았다. 전직 다섯 명 중 병상에 있는 노태우를 빼놓고는 전·현직이 다 모인 셈이다. 그것이 이명박의 쇼라는 사람도 많았지만 슬슬 전직의 임무가 드러나고 있는 것이다.

"당신, 돌아갈 거요?"

박성주가 묻자 오철환은 머리를 끄덕였다.

"당연하지. 아직 5년은 더 일할 수 있어."

"어이구, 이게 웬일인지. 도무지 난…."

한숨을 쉰 박성주가 오철환을 보았다.

"당신 나이가 지금 예순아홉이요. 그죠?"

"만으로 예순여덟이야. 아직 팔팔해."

"예순여덟에 소장 달고 10여 년이나 어린 상관한테 경례하겠네?"

"아, 그럼 어때?"

눈을 치켜뜬 오철환이 가슴을 폈다.

"백 장군도 가겠대. 이번에 통보받은 예비역 중 안 간다는 사람은 한 명도 없어."

"그렇게 좋소?"

"아, 그럼."

마침내 오철환이 이를 드러내고 웃었다. 소장에서 전역한 지 14년, 하나회 숙청에 걸려 말 한마디 못하고 옷을 벗었다가 이제야 기적 같은 일이 일어났다. 오철환이 번들거리는 눈으로 아내 박성주를 보았다.

"내 명예회복 따위는 관심도 없어. 오직 대한민국을 지키는 데 내 목숨을 바칠 테니까."

오철환은 물론이고 이번에 복귀할 퇴역 군인들은 모두 자신이 재기용된 이유를 아는 것이다.

"이명박이가 미쳤어."

전교조 사무국장 이병진이 이 사이로 말했다. 사무실 근처의 커피숍 안이다. 이병진이 앞에 앉은 민노총 선전부장 김춘식을 보았다. 둘은 광우병대책위에서 같이 일하다가 친해졌다. 오늘은 김춘식이 이병진을 찾아온 것이다.

"이번에 전두환이하고 군을 장악해서 기반을 굳혀놓고 종교세 국민투표를 통과시킨 다음 여세를 몰아 헌법을 개정한다는 거야."

이병진이 말하자 김춘식이 눈을 가늘게 뜨고 묻는다.

"요즘은 하도 소문이 많아서. 헌법을 어떻게 개정한다는 거야?"

"대통령 연임, 5년씩 두 번."

"정말인가?"

"소문이지만 이번에 종교세가 통과하고 보안법 위반자를 대대적으로 소탕하면, 우리 전력이 위축될 것은 당연하지 않아? 그때 대통령 연임을 밀어붙일 수 있는 거지. 가능성 있는 소문이야."

"야단났는데."

"이명박이 이렇게 나올 줄은 몰랐어. 정말 미친놈 같아."

혼잣소리처럼 말한 이병진이 주위를 둘러보는 시늉을 했다. 커피숍 안에는 손님이 그들 둘뿐이다.

"우리 뒷조사를 하는 건 분명해. 곧 들이닥칠 거야."

"씨발, 투쟁해야지."

어깨를 부풀렸다 내린 김춘식이 이 사이로 말했다.

"가만히 앉아서 당할 수는 없어."

그때 이명박은 집무실에서 서류를 읽고 있었는데 책상 옆에는 대변인 이동관이 서 있다. 서류는 연설 원고다. 이윽고 서류에서 시선을 뗀 이명박이 이동관을 보았다.

"여기 말야."

이명박이 연설문 한 곳을 손으로 짚었다.

"중도실용 정책으로 국정을 이끌어가겠다고 한 말, 뺍시다."

이동관의 시선을 받은 이명박이 쓴웃음을 지었다.

"날 찍어준 유권자는 이른바 우파고 자유민주주의에 기반을 둔 건국세력의 맥을 이어온 사람들이야. 난 이번에 대한민국을 확실하게 재정립하겠어."

그러고는 이명박이 심호흡을 했다.

"내가 중도를 표방한다고 해서 좌익 세력, 친북·종북 세력이 협조해주지 않아. 내가 그 사람들을 잘 알아."

8회 세대결연

　집무실로 들어선 행정안전부 장관 원세훈과 문화부 장관 유인촌의 얼굴은 굳어져 있다. 그도 그럴 것이 6월 이후 이명박 대통령의 행적이 그야말로 경천동지(驚天動地)하는 나날이었기 때문이다. 둘이 말은 안 했지만 청와대로 오라는 연락을 받았을 때 별 걱정을 다 했다. 원세훈은 이번 종교세 투표에 대비한 자료를 한 보따리 챙겼고, 유인촌은 우황청심환을 두 개나 먹고 왔다. 집무실에는 이명박과 정무·민정·교육과학 수석 등이 배석하고 있었는데 모두 찜찜한 표정이다. 그것을 본 둘의 심장박동이 빨라지기 시작했다. 원세훈과 유인촌이 장방형 원탁에 앉았을 때 이명박이 말했다.

　"우선 둘이 해당되는 것 같아서. 나중에는 전 국무위원이 나서야겠지만."

　둘은 숨을 죽였고 이명박의 말이 이어졌다.

　"한마디로 표현하면 세대결연이야. 세대결연, 무슨 말인지 알지?"

갑자기 무슨 새똥 빠진 소리인가 속으로는 그러면서 둘이 동시에 대답했다.

"예."

했지만 자매결연은 자주 들었어도 세대결연은 처음이다. 그때 이명박이 말했다.

"장년층과 젊은 층의 결연을 말하는 거야. 50, 60대는 너무 바쁘게 살아오다 보니까 젊은 층하고 소통이 안 되었어. 그렇지, 소통."

제 말이 마음에 드는지 이명박이 소통이란 말을 강조하면서 머리를 끄덕이기까지 했다. 원세훈과 유인촌은 아직 새똥 빠진 소리라는 인식이 가시지 않았다. 그러나 그것은 속마음이고 겉으로는 열심히 듣는 척한다.

"그래서 말인데, 두 부에서 주관을 해가지고 전국 50대 이상의 공무원은 말할 것도 없고 직장인, 택시 운전사도 좋아. 식당 주인도 좋고. 그들하고 10대에서 20대까지의 젊은이들과 일대일로 결연을 해주는 거야, 결연."

이제 둘의 눈썹이 좁혀졌다. 유인촌은 속이 더부룩해서 우황청심환을 괜히 먹었다는 생각이 들었다. 이명박의 말이 이어졌다.

"50, 60대는 산업세대야. 대한민국의 기적을 만든 세대지. 10, 20대는 그것을 지키고 계승할 세대인데 지금 단절되어 있어. 이것은 교육의 영향이 커."

이명박의 얼굴이 조금 상기되었다.

"50, 60대는 바쁘다 보니 제 자식들하고도 대화할 시간이 별로 없었지. 그래서 젊은이들이 유혹에 빠지기 쉬웠던 거야, 그래서."

이명박이 숨을 고르고는 교과수석 이주호를 보았다.

"거기서 설명해."

"예, 대통령님."

이제는 이주호가 나섰다.

"전국의 세대결연 희망자를 모집하고 정부 차원에서 취업 등 각종 혜택을 주는 것입니다. 청장년 세대결연을 정부에서 주선하고 선생님과 제자 관계, 또는 대부(代父) 관계가 되어도 상관없습니다. 이것을 시발로 각종 사회사업 단체, 조직이 자발적으로 만들어질 것입니다."

이번에는 민정수석 이종찬이 나섰다.

"전혀 정치색이 없는 민간 결연, 민간단체이고, 이것으로 대통령님 말씀대로 세대간 소통에 큰 구실을 하게 될 것입니다."

그러자 이명박이 결론짓듯 말한다.

"목적은 산업세대와의 이해와 소통, 그리고 젊은 세대의 국가관 확립이지."

그러고는 덧붙였다.

"부수적으로 젊은 세대의 취업문제 해결, 대부 보증이 있다면 기업체에서 가산점을 준다든지 하는 혜택도 고려할 테니까."

원세훈과 유인촌이 이제 서로의 얼굴을 보았다. 이건 또 얼마나 기발한 발상인가.

이 뉴스는 다음 날 오전에 전국으로 퍼졌다. 뉴스 특보로 보도되었고 시간마다 살이 붙었는데 정부에서 정보를 흘린 느낌이 들었다. 처음에는 뼈대를, 그리고 시간마다 조금씩 늘려가는 수단을 보면 그렇다.

"이건 또 무슨."

민주당 의원 박주선이 이용섭에게 말했다. 그들은 지금 의원회관의 박주선 의원실에 앉아 TV를 보는 중이다.

"세대결연이라니. 도대체 뭘 하겠다는 수작이야? 이렇게 해서 정부 측 재야 특공대를 구성하겠다는 건가?"

"그렇게 되겠구만요."

이맛살을 찌푸린 이용섭이 말을 잇는다.

"노인은 뒤에 서고 젊은 놈은 앞세워서 데모를 하겠구만."

"이거 법으로 막아야 해. 당장 유인촌이, 원세훈이를 고소해야지."

"글쎄, 그것이 법에 저촉될까?"

머리를 기울였던 이용섭이 곧 길게 숨을 뱉는다.

"모양이 그럴듯하잖요? 소통과 화합이라. 이름도 잘도 지었네."

"이대로 두면 안 돼."

했다가 박주선도 입맛을 다시고는 의자에 등을 붙였다.

"이명박이 머리가 좋은 건가? 아니면 이런 아이디어를 내는 놈이 어디 있는 거여?"

이용섭은 대답하지 않았고 TV에서 아나운서의 목소리가 방을 울렸다.

"이 세대결연은 소통과 화합의 시대를 여는 것이라고 합니다. 정부는 곧 이 계획을 구체화하여 발표한다고 했습니다."

"50대 이상이면 대부분 보수거든."

인테리어업자 오종택이 삼겹살을 씹으면서 말을 잇는다.

"더구나 쫌 먹고살 만헌 놈이면 세우리당 지지자다. 이건 세우리당을 확장허겄다는 꼼수다."

그건 방송에 나온 민주당 인사가 한 말이었으므로 서상국은 머리만 끄덕였다. 오늘은 출판사 사장 서상국이 술을 산다. 역시 홍대 근처의 삼겹 살집이다. 그때 오종택이 결심한 듯 말했다.

"그려서 나도 결연을 신청허기로 혔다. 대학생놈 하나 받어서 열심히 민주당 놈으루다가 맹글어야지."

쓴웃음을 지은 서상국이 한 모금에 소주를 삼켰다.

"이 자식이 이명배기 수단에 넘어갔고만."

"얀마, 내가 그 수단을 뒤집는 거여."

눈을 치켜뜬 오종택이 말하자 서상국은 머리를 저었다.

"어쨌던 세대 소통은 되었응게 이명배기 목적이 달성된 것이여."

"얀마, 내가 맡은 놈을 민주당 투사로 맹근다니께."

"그려도 마찬가지여."

이제는 정색한 서상국이 오종택을 보았다.

"요즘 아들이 니 설득에 넘어갈 리도 없지만 세대 간 소통이 광범위허게 퍼지면 정부와 정권에 대한 신뢰도가 높아지는겨. 그렇지, 아들 국가관도 확고혀지고."

말을 그친 서상국이 길게 숨을 뱉는다.

"이명배기가 이번에 종교세 국민투표까지 성공허면 진짜루 장기 집권 헐 수도 있겄다."

이제 오종택도 말을 잇지 않는다.

예상했던 대로 종교계의 조직적이며 광범위한 반발이 시작되었다. 종교탄압은 어떤 정권도 성사시킬 수 없는 시대이기도 하다. 이명박 이전 정권에서는 상상도 못한 일이었다. 이제 성당에서, 교회에서, 사찰 법회에서 신부와 목사, 고승의 강론은 이명박 정권 타도로 통일되었다. 그러나 현 정권도 만만치 않다.

첫째로 군(軍)의 발언이 시작된 것이 국민을 놀라게 했다. 군은 국방부 대변인을 통해 앞으로 국가 안보를 위협하는 어떤 세력도 좌시하지 않을 것이라고 수시로 경고했다. 그리고 이번에 복귀한 73세의 기무사령관 정호동 중장은 간첩단 체포 작전을 공공연하게 시작했다. 공안정국이라고 민주당이 펄펄 뛰었지만 정호동은 인터뷰에서 이렇게 대답했다.

"그렇습니다. 간첩들한테는 공안정국입니다."

하나회 출신인 이 노장군이 그러고 나서 덧붙였다.

"그러나 99%의 보통 대한민국 국민에게는 전혀 관계가 없는 일입니다."

그렇다고 종교계 전체가 다 종교세에 반대하는 것도 아니었다. 종교 지도자의 절반 정도는 침묵했으며 신도의 절반도 종교세에 찬성했다. 그리고 그 수가 늘어나는 중이다. 날마다 TV에서, 라디오나 모임에서 공개적으로 종교세 찬반 토론이 이어졌는데 여론도 찬성률이 과반을 넘어섰다. 유보율이 20퍼센트, 반대가 30퍼센트다.

노무현이 상경했을 때는 9월 중순이다. 지난번 고문 모임이 끝나고 봉하마을로 내려갔다가 일주일 만에 온 것이다. 물론 이번에도 이명박이 초대했기 때문인데 초대 이유는 술 한잔 마시자는 거였다. 그렇지만 노무현은 권 여사한테 이명박이 국정 때문에 보잔다고 거짓말을 했다. 노무현은 이명박이 보내준 대통령 전용 헬기편으로 도착했는데 경호실 요원들의 안내를 받고 바로 이명박이 기다리는 이곳에 도착했다. 이곳이란 삼청동의 한정식집 '이화'다.

"아이고, 어서 오십쇼."

이미 방에서 기다리던 이명박이 자리에서 일어서며 노무현을 맞았는데 일행 하나가 더 있었다. 바로 정몽준이다.

"안녕하셨습니까?"

정몽준이 정중하게 인사를 하자 노무현은 활짝 웃었다.

"반갑습니다."

이명박한테서 함께 온다는 이야기를 들은 터라 노무현은 놀라지 않았다. 이명박이 상석을 권했지만 노무현은 나이순으로 하자면서 양보했다. 이곳은 요정이다. 상에는 이미 산해진미가 가득 놓여 있었지만 아가씨가 없다.

"아니, 아가씨 안 데려옵니까?"

정색한 노무현이 묻자 정몽준이 풀썩 웃더니 벨을 눌렀다.

"준비시켰습니다."

정몽준은 지난 대선 전날 연합을 파기한 것이 노무현의 당선에 오히려 일조한 인연이 있다. 거기에다 이명박과는 현대 오너가(家)와 전문경영인 관계로 얽혀 있다. 그래서 양쪽에 편한 상대로 이명박이 부른 모양이다. 그리고 이곳은 정몽준의 단골집이다. 곧 방문이 열리더니 마담의 안내로 아가씨 셋이 들어섰다. 모두 숨이 잠깐 멈춰질 만큼 미인이다. 아가씨들에게 제일 먼저 반응한 것도 노무현이다.

"야아, 내 봉하마을 안 가고 여기서 그냥 살란다."

마담은 얼어 있는 아가씨들을 각각 세 남자 옆에 앉히고는 소리 없이 절을 하고 물러갔다. 이명박도 웃음 띤 얼굴로 제 파트너를 본다.

"넌 이름이 뭐냐?"

"예, 오미연입니다."

"너 내가 좀 만지고 그랬다고 내일 시민단체로 달려가 고발하고 그러는 거 아니지?"

"아뇨."

얼굴이 빨개진 아가씨가 머리까지 젓자 노무현이 소리 내어 웃었다.

노무현은 이미 아가씨 손을 쥐고 있다.

"아따, 요즘 통 크게 나오시더만 그쯤 일로 겁내십니까?"

"아니, 안사람 잔소리가 겁나서요."

"전과가 있으신가?"

그러자 웃기만 하던 정몽준이 말했다.

"오늘 제 집에서 주무시지요. 모시려고 집 비워 놓았습니다."

"그럼 얘 데리고 갈까?"

노무현이 파트너 손을 당기며 말하자 정몽준은 정색하고 대답한다.

"그러시지요."

그러자 노무현이 파트너에게 묻는다.

"너, 나 따라 나갈래?"

"네."

아가씨가 조금도 망설이지 않고 대답했다. 이명박이 소리 내어 웃었다.

"아하하, 그놈 귀엽다. 너 잘 모시면 내가 상 주마."

그러고는 이명박이 머리를 돌려 노무현에게 술잔을 들어 보였다.

"자, 한잔 드시죠."

"건배하십시다."

노무현이 술잔을 들고 말했다. 셋은 건배를 외치고 한 모금씩 소주를 삼켰다. 술은 소주다. 술잔을 내려놓은 이명박이 노무현에게 말했다.

"지난번 북한 가셨을 때 김정일 씨하고 대화가 좀 되셨나요?"

바로 이것이다. 아가씨하고 오입시켜주려고 봉하마을에서 불렀겠는가. 예상하고 있었던 듯 노무현도 바로 고쳐 앉더니 대답했다.

"글쎄, 그 양반. 자기주장만 늘어놓는 바람에 서로 일방적인 이야기만 했는데 성격은 듣던 대로 화끈하더군요."

"내가 공안정국을 만든다고 아주 북에서 날 죽일 듯이 욕하던데."

말을 그친 이명박이 지그시 노무현을 보았다.

"노 전임께서 평양에 가시면 대통령급 대우를 받게 되시겠지요. 안 그렇습니까?"

"아니, 무슨 말씀이신지."

이제는 노무현도 정색하고 시선을 받는다. 이명박이 말을 이었다.

"앞으로 제 대신 북한을 방문해주셨으면 해서요. 노 전임만큼 비중 있는 적임자가 대한민국에 있겠습니까?"

"아이고, 내가 접대 한 번 받고 코 꿰인 것 아녀?"

했지만 노무현은 싫은 기색이 아니다. 금방 웃으면서 아가씨의 손을 다시 잡는 것을 봐도 그렇다.

"내가 요즘 감정 기복이 좀 심해."

다음 날 아침, 숙소로 찾아온 민주당 의원 이광재에게 노무현이 말했다. 물론 숙소는 이태원에 있는 정몽준의 자택이다. 빈집이어서 노무현은 봉하마을에서부터 동행해온 비서관 김경수, 경호경찰 둘과 함께 투숙했다. 어젯밤 호언했던 것처럼 아가씨는 데려오지 않았다. 잠자코 시선만 주는 이광재에게 노무현이 말을 잇는다.

"우울증 같은 거야. 갑자기 바쁜 일상에서 풀려나니까 심신이 가라앉고 감정적이 돼. 그것을 아는지 이명박 씨가 날 자주 불러주는데."

말을 그친 노무현이 커피 잔을 쥐었다. 이광재는 여전히 말이 없다. 퇴임 후 스스로 폐족이라고 부를 만큼 위축되었던 노무현과 측근들이다. 한동안 침묵이 흐른 뒤 이광재가 입을 열었다.

"민주당 내에서는 대통령님과 이 대통령의 관계를 야합으로 매도하는 사람도 있지만 저는 잘하신다고 생각합니다."

노무현의 시선을 받은 채 이광재가 말을 잇는다.

"그리고 국민 여론도 호의적입니다. 기운 내십시오, 대통령님."

이광재는 지금도 노무현을 대통령으로 부른다. 그때 노무현이 말했다.

"뭐, 시간 지나면 다 함께 흘러가겠지. 시간만큼 좋은 약이 없거든."

측근 비리에 대한 검찰 수사가 시작되고 있었지만 노무현도 이광재도
말을 꺼내지 않았다. 방금 말한 것이 그것을 빗댄 것 같다.

세대결연은 문화부가 주관하며 행정안전부가 지원을 맡았다. 신청자
는 주민센터, 구청, 시청, 은행이나 모든 관공서에 비치된 신청서에 인적
사항을 적어 내면 접수가 됐다. 단체 접수도 받았는데 해병대 전우회나
은퇴한 공무원, 기업 퇴직자 단체에서 수십만 명이 신청을 했고 젊은 층
에서는 대학생 신청이 가장 많았다. 서두르는 것 같았지만 전(全) 행정부
를 동원해 보완하면서 추진해나간다는 방침이다.

정부에서는 각 지방자치단체에 세대결연 행사장을 만들어 교육, 홍보
하도록 했는데 지원 내용을 끊임없이 내놓았다. 서울 강남구가 '해외여
행 보조금 지급'이라는 세대결연 지원 내용을 내놓았다가 서울시장한테
혼나고 나서 하루 만에 철회하는 해프닝도 일어났다. 그러나 젊은 층이
가장 관심을 갖는 세대결연 지원책은 취업이다. 정부에서 발표한 것처럼
대부 보증이 있으면 취업시험에 가산점을 받게 되었지만, 그것도 경쟁률
이 심해지면 유명무실해질 것이었다. 당연히 대기업 임원 출신이나 현직
고위층 대부를 선호하는 젊은 층 신청자가 늘어났다. 모 대기업 간부 출
신은 대자(代子) 여섯 명을 거느리는 일까지 생겼다.

"어, 내 대자다."

하고 오종택이 소개를 하자 자리에서 일어선 아가씨가 공손하게 서상국을 향해 인사를 했다.

"음, 반가워."

머리를 끄덕여 보인 서상국이 앞쪽에 앉는다. 홍대 근처지만 오늘은 갈빗집으로 바꿨다. 일착으로 대부 신청을 한 인테리어업자 오종택이 오늘 서상국에게 대자를 선보이는 날이기 때문이다.

"이놈은 진덕여대 4학년이야. 고향이 남원이고, 서울에서 자취한단다."

조금 들뜬 목소리로 말한 오종택이 서상국의 잔에 소주를 따라주었다. 오종택은 같은 전라북도 대자를 고른 것 같다. 이애주라는 이름의 아가씨는 동그란 얼굴에 밝은 인상으로 몸매도 날씬했다. 오종택이 말을 잇는다.

"애주가 출판사에 취업허고 싶다는디, 일단은 니 출판사에서 근무허게 하고 몇 달 댕기다 큰 출판사루다가 옮겨가도록 허자."

이제는 눈만 껌벅이는 서상국을 향해 오종택이 헛기침을 했다.

"그려서 월급은 너허고 내가 반절씩 내서 주기로 허면 안 되겠냐? 니 출판사에서 일 배우는 동안에 말여. 너도 손해 볼 것 없잖여?"

"아뇨, 저는…."

하고 이애주가 웃으며 시선을 내렸지만 미리 오종택하고 말을 맞춘 것이 분명했다. 서상국이 눈을 치켜뜨고 오종택을 노려보았다.

"이 새끼가 저 혼자 감당도 못할 일을 저지르고는 누구헌티 뒤집어씌울라고 혀?"

"나한티 빌린 돈 늦게 줘도 돼."

"무슨 과라고 혔지?"

머리를 돌린 서상국이 묻자 이애주가 가방에서 노란색 봉투를 꺼내 내밀었다.

"여기 이력서하고 자기소개서 가져왔어요. 담당교수님 추천서하고요."

"이런 젠장."

엉겁결에 봉투를 받은 서상국이 오종택을 흘겨보고 나서 말했다.

"내 출판사는 직원이 셋뿐이야. 편집자도 하나고. 그러니까 당분간 편집 일을 도와야 해."

"네, 알고 있습니다. 열심히 할게요."

이렇게 세대결연이 시작되고 있다.

9회 환골탈태

　종교세 국민투표가 9월 30일로 결정되자 세상이 소란했다. 아니, 활기가 넘친다고 해야 맞는 표현일 것이다. 세대결연을 시작한 지 일주일 만에 100만 쌍을 달성한 9월 중순, 이명박이 여의도 국회의사당에 나타났다. 요즘은 시도 때도 없이 국회에 나타나는 통에 민주당은 시큰둥했고, 세우리당도 '또 뭔 일이여?' 하는 기색이다. 석 달 전인 6월 중순만 해도 이명박이 정치는 더럽다고 손에 물 묻히기 싫은 모양이라면서 씹던 사람들이 지금은 귀찮다고들 한다. 세상인심이 다 그렇다. 이명박은 국회의장실부터 들르는 터라 의장 김형오가 기다리고 있다 그를 맞는다.

　"요즘 세대결연이 잘되고 있더만요."

　자리에 앉은 김형오가 덕담을 했다.

　"저도 신청했는데 곧 대자(代子)를 만날 계획입니다. 전라도 순천에서 올라온 대학 3학년생이더군요."

　"의장님은 대자 셋은 두셔야지요."

이명박이 말하자 김형오가 걱정스러운 표정을 짓는다.

"바빠서 시간이 될라나 모르겠습니다."

그때 의장실로 박근혜 세우리당 대표와 정세균 민주당 대표, 그리고 정몽준, 이윤성, 문희상, 추미애 의원 등 여야 지도부가 들어섰다. 맨 마지막에 등장한 이는 박영선 민주당 의원이다. 이명박과 목례를 나눈 의원들이 자리잡고 앉자 김형오가 헛기침부터 했다.

"대통령님께서 여야 지도부 의원님들께 하실 말씀이 있다고 하셔서요."

의장실 안 원탁은 좁아서 모두 빼곡하게 둘러앉았다. 앞쪽 의원의 코털이 보일 정도다. 모두의 시선을 받은 이명박이 입을 열었다.

"요즘 좀 바쁘시지요?"

그러자 추미애와 정세균이 피식피식 웃었다. 이명박의 시선이 한쪽 끝에 앉은 박영선에게로 옮겨졌다.

"내가 어떻게 해야 박 의원님을 기쁘게 해드리지요?"

"BBK를 고백하세요."

대뜸 박영선이 말을 받았으므로 정몽준이 혀를 찼다.

"박 의원, 예의를 지킵시다."

그러자 이명박이 웃음 띤 얼굴로 말했다.

"다 내 불찰입니다. 나는 박 의원의 정의감을 존경합니다."

그러고는 이명박이 주위를 둘러보았다.

"제가 오늘 여러분을 뵙자고 한 것은 법안 개정에 협조를 부탁드리려고요."

주머니에서 쪽지를 꺼낸 이명박이 메모한 글을 읽는다.

"첫째, 회기 내에 국회의원을 구속하지 못하게 돼 있는 법안을 폐기하고, 범법 사실이 있으면 때와 장소를 불문하고 즉각 구속, 형 집행을 할 것. 이건 일반 국민과 똑같이 법을 적용한다는 뜻입니다."

민주당 의원들이 모두 몸을 굳혔지만 아직 입을 열지는 않는다. 세우리당 측도 모두 변화가 없다. 그것은 내용을 알고 있다는 표시다. 다시 이명박의 말이 이어졌다.

"둘째, 법관과 변호사의 자격 검증과 제명법의 제정입니다. 반정부투쟁 전력자, 친북·종북주의자가 법관으로 임용된 현실을 정리해야 합니다. 변호사법도 심의기구를 만들어 자격을 박탈하도록 해야 합니다."

"이젠 사법부까지 공안정국을 만드는 군요."

그렇게 나선 것은 박영선이다.

"우리는 결사반대합니다. 이것을 기회로 이명박 정권 타도 투쟁으로 나갈 겁니다."

박영선이 소리치듯 말했고 추미애가 거들었다.

"세상에, 박정희 독재정권 시절에도 없었던 일을 21세기에 시행하려고 들다니. 역사가 심판할 겁니다."

"무슨 역사?"

하고 정몽준이 나섰다. 작심한 듯 얼굴이 굳어져 있다.

"떼법의 역사? 종북주의 판사한테 무죄를 선고받아 석방되는 반국가 사범들의 역사 말이오?"

"이명박 물러가라!"

하고 박영선이 버럭 소리쳤다. 그러자 이명박이 머리를 숙였다가 들고 말했다.

"한 가지만 더 부탁드리지요. 앞으로 트위터에 근거 없는 '카더라 통신'을 유포하는 자는 구속하고 중형을 받는 트위터법을 제정해주시기 부탁드립니다."

"안 돼! 안 돼!"

하고 박영선이 소리쳤지만, 자리에서 일어선 이명박이 정중히 머리를 숙여 보이고는 발을 떼었다. 김형오와 세우리당 의원들이 서둘러 뒤를 따르고 박근혜는 뒤로 처졌다. 이명박을 경호하듯이 등 뒤에 바짝 붙어 섰던 정무수석 박재완은 추미애의 뒷담화를 들었다.

"도대체 어디까지 나가려는 거야?"

날마다 종교계의 거대한 자산이 드러나고 있다. 물론 정부에서 구성한 종교세국민투표위원회, 약칭 '종국위'에서 발표를 하기 때문이다. 추정이지만 강남권 대형 교회에서 한 달에 거두는 십일조 성금이 100억 원이라고 했다. 특별성금까지 합하면 1년에 수천억 원이라는 것이다. 종교단체 부동산도 추적했는데 몇조는 명함도 못 내밀었다. 특히 불교계의 토지와 임야는 어림잡아 수천조 원이라는 것이다.

"내가 이것만 봐도 배가 부르다."

신문에 난 종교계 부동산 보유 현황을 보던 택시운전사 백영길이 동료 최선동에게 말했다. 둘은 기사식당에서 점심을 먹고 식당 앞에 쪼그리고 앉아 해바라기하는 중이다.

"이 부동산 반만 팔아도 전 국민이 무상급식 10년은 먹겠다."

"아따, 그놈의 무상급식 타령."

최선동이 세차게 혀를 차더니 담배를 꺼내 물었다. 둘 다 60대 중반으로 고향이 서울이다. 백영길은 버스 운전을 하다가 개인택시를 한 지 8년째이고, 최선동은 5년 전까지 중소기업에 다니다가 개인택시를 샀다. 담배 연기를 내뿜은 최선동이 말을 잇는다.

"아마 그 자금으로 재투자하면 건설 경기가 일시에 일어나고 소득이 1

만 달러쯤 뛰어오르겠지."

"그럼 내가 1년에 1000만 원 더 번다는 말인가?"

"아니. 니 식구가 있으니까 식구 몫까정 2천몇백만 원 정도…."

"이해가 안 가는데. 손님이 세 배는 늘어야잖어?"

"손님도 늘겠지만 택시요금도 오를 것이고, 세금은 적게 떼면서 정부에서 나오는 수당이 많아지겠지."

"살맛나겠는데."

그러면서 백영길이 최선동에게 손을 내밀었다.

"야, 담배 한 대 내라."

"아니, 너 나흘째 끊었다면서?"

"피워야겠다. 소득도 오른다는데."

이것도 모두 종국위의 홍보 효과다. 종교세를 걷으면 당장 대학에서 반값등록금이 시행되고, 무주택자에게 20년에서 30년까지 할부해주는 아파트가 제공되며, 일자리 30만 개가 늘어난다고 선전을 해댄 결과 벌써부터 소비가 늘었다. 소비가 늘어나니 경기가 호황이고, 이명박 인기는 세 개 여론조사기관에서 평균 89.5%의 지지율을 보였다. 종교세 국민투표는 통과할 것이었다.

문화관광부 장관 유인촌이 집무실로 들어선 날이 국민투표 일주일 전인 9월 23일이다. 화창한 가을 날씨가 창밖으로 펼쳐졌지만 유인촌의 표정은 무겁다. 함께 들어온 정무수석 박재환, 교육과학수석 이주호, 대변인 이동관도 긴장한 것 같다. 집무실 안 테이블에 둘러앉자마자 유인촌이 먼저 입을 연다. 유인촌이 보고하러 들어온 것이다.

"먼저 천주교 측을 만난 내용을 보고드리겠습니다."

이명박은 시선만 주었고 유인촌의 목소리가 방을 울린다.

"교황청 특사 아그니시오 추기경과 한국 천주교 측 대표 전성민 대주교를 만났습니다, 대통령님."

"…."

"아그니시오 추기경은 타협책으로 앞으로 천주교 사제는 반정부투쟁에 가담하지 않을 것이며, 가담한 사제는 즉시 파문한다고 했습니다."

이명박은 눈만 깜박이고 있다.

"또한 정의구현사제단 전원을 파문하겠다고 했습니다."

그때 이명박이 머리를 돌려 이주호를 보았다. 이주호도 회담에 참석한 것이다. 이명박의 시선을 받은 이주호가 입을 열었다.

"그 조건으로 이번 종교세 징수는 철회해달라는 겁니다. 이것은 종교탄압이라고 했습니다."

이명박이 머리를 끄덕이며 다시 유인촌에게 묻는다.

"불교계와 개신교는?"

"불교계, 개신교계는 의견을 통일하지 못해 협상할 여유가 없는 것 같습니다, 대통령님."

말이 그렇지 내분이 일어난 것이다. 지도자급에서도 찬성과 반대로 나뉘었고, 이 기회에 정화(淨化)해야 한다는 신자들의 열망이 모아지고 있다. 이 때문에 이번 종교세 국민투표를 종교개혁이라 부르는 신자도 있다고 한다. 그때 이명박이 이동관에게 시선을 옮기며 말했다.

"알았지? 지금 바티칸과의 협상 내용을 그대로 발표해요. 그들의 조건까지 모두 다."

놀란 이동관이 메모를 하다가 이명박을 보았다. 이것은 비밀회담이었다. 이동관의 놀란 표정에 이명박이 쓴웃음을 지었다.

"철저하게 매듭을 짓는 거야. 허위사실로 국민을 선동한 뒤 성당 안으로 들어가면 면책되던 풍토는 없어져야 해. 교황청도 이해할 거야."

"아니, 박형."

대변인실로 들어가려던 이동관이 복도 끝을 막 돌아가는 사내의 뒷모습에 대고 불렀다. 그는 대통령 집무실에서 나온 길이었다. 모퉁이로 사라져버렸던 사내가 3초쯤 후 모습을 드러냈다. 기획조정비서관이던 박영준이다. 거리는 20m쯤 떨어졌지만 박영준의 쑥스러운 웃음이 그대로 드러났다. 박영준은 지금 이상득 지역구에서 보궐선거를 준비하고 있었다. 이동관이 다가가자 박영준이 쓴웃음을 지으며 말했다.

"아이고, 들켰네. 잠깐 일 좀 보고 나가려 했는데."

"그럴 수 있습니까? 내 방에서 차 한잔 하고 가십시다."

이동관이 권하자 박영준이 질색하고 손까지 저었다.

"안 됩니다. 대장이 알면 나는 끝납니다."

대장이란 대통령이다. 그래서 이동관은 빈 복도에서 박영준과 마주 보고 섰다.

"근데 말입니다."

하고 이동관이 탐색하는 시선으로 박영준을 보았다.

"대통령께선 전부터 이렇게 딱딱 큰일을 내지르는 스타일이셨습니까?"

"아니, 또 무슨 일 저질렀어요?"

박영준이 묻자 이동관은 머리를 내저었다.

"아니요. 그건 아니지만 뵐 때마다 간이 오그라들어서."

그러자 이맛살을 찌푸린 박영준이 길게 숨을 뱉은 뒤 말했다.

"여기, 청와대 터하고 대장 기운하고 딱딱 맞는 것 아닌가 그런 생각이 들어요."

"어떻게 말입니까?"

"전에는 안 그랬거든. 카리스마는 있었지만 박력은 부족했는데 6월부터 완전 달라진 거라."

"…"

"청와대 귀신이 씌었나 하고 생각한 적도 있다니까. 좋은 귀신 말입니다."

그러더니 시계 보는 시늉을 하면서 몸을 떼었다. 박영준이 손을 흔들며 말했다.

"이만 실례. 대장한테 말이 들어가면 작살나니까 가야겠습니다."

대법원 사무처장 박갑수는 대법원장 이용훈이 이렇게 화내는 모습을 오늘 처음 보았다. 숨죽이고 서 있는 박갑수에게 이용훈이 묻는다.

"그럼 곧 입법이 된단 말인가?"

"예, 아무래도."

입안의 침을 삼킨 박갑수가 말을 이었다.

"선진당까지 찬성한 데다 민주당 내에서도 반란표가 있을 것 같습니다."

"…"

"이광재 의원 등 친노무현계 의원까지 합하면 200석이 훨씬 넘습니다."

"허어."

이용훈이 탄식했다. 그러면 개헌이 된다. 사법부 정화 개헌이라지만 독재를 위한 개헌이나 마찬가지다. 1972년 11월에 있었던 유신헌법 투표나 다를 바 없다. 이제는 눈만 치켜뜬 이용훈에게 박갑수가 조심스럽게 말을 잇는다.

"사법부 개혁위원회가 구성되고 즉시 법관 심사에 들어간다고 합니다. 대법관, 헌법재판관까지 포함되는 이른바 '이적분자' 색출 작업을 한다는데요."

"…"

"대략 10% 정도가 자격을 박탈당할 것이라고 합니다."

"…"

"변호사도 못하게 한다는데요. 변호사는 20% 정도를 자격 정지한다고…"

"그만."

손을 들어 말을 막은 이용훈이 눈을 부릅뜨고 벽을 노려보았다.

"이명박, 이놈."

이용훈은 말을 잇지 못한다.

2008년 9월 24일 오후 7시. 청와대 대변인 이동관이 서울역에 있는 대형 TV 화면에 등장했다. 여행객 수백 명이 앉거나 서서 TV를 응시한다. 요즘은 수시로 빅뉴스가 터져 청중이 많다. 이동관이 입을 열었다.

"교황청 특사 아그네시오 추기경은 앞으로 정치투쟁에 참여하는 사제는 즉시 파문하겠다고 약속했습니다. 또한…"

낭랑한 목소리로 이동관이 말을 잇는다.

"정의구현사제단 전원을 파문하겠다고 했습니다. 단, 종교세 징수를 철회하는 조건으로 말씀입니다."

머리를 든 이동관이 단호한 표정으로 대합실에 자리한 청중을 보았다.

"대통령께서는 제의를 거부하셨습니다. 종교세 국민투표는 시행할 것이고, 국민이 찬성하면 즉시 세금을 징수할 겁니다. 또한 범법행위를 하는 종교인은….”

심호흡을 한 이동관이 말을 잇는다.

“파문이나 제명을 당하기 전 법의 심판을 받게 될 테니까요. 이 또한 국민의 명령입니다.”

종교세 국민투표가 나흘 앞으로 다가온 날 오전. 국방부 장관 이상희는 국가원로이자 세우리당 고문인 전두환에게서 전화를 받았다. 부관이 넘겨준 전화기를 귀에 붙이기 전 이상희는 심호흡부터 했다. 전통이 또 무슨 일 때문에 이러는가. 시어미가 따로 없다. 그러나 정중히 전화를 받는다.

“예, 고문님. 국방장관 이상희입니다.”

“아, 장관. 난데.”

전두환의 목소리는 힘이 넘친다.

“예, 고문님.”

“내가 대통령 각하의 승인을 받았는데 말이야.”

“예, 고문님.”

“대북방송 실시해. 당장.”

“예?”

했다가 정신을 차린 이상희가 바로 대답했다.

“알겠습니다, 고문님.”

“준비하고 시작하려면 며칠 걸리겠나?”

“예, 검토 후 바로 보고드리겠습니다.”

“서두르라고. 놈들이 남한의 종교세에서부터 국회 입법관계, 세대결연까지 모조리 트집잡고 있어. 그리고 무엇보다도."

"예, 고문님."

"우리 대통령 각하한테 쌍욕을 하고 있단 말이야. 이렇게 당하고 있을 수만은 없어."

"예, 고문님."

"그놈들은 우리가 관용을 보이면 약점이 있는 줄 알고 쑤시고 들어오는 놈들이야. 강하게 나가야 물러나. 알지?"

"예, 고문님."

"좋아, 믿는다. 즉시 시행하도록."

그러고는 통화가 끝났다. 이상희는 자기도 모르게 어깨를 늘어뜨린 채 긴 숨을 뱉는다. 그러다가 옆에 선 부관 유영만 대령을 발견하고는 눈을 부릅뜬다.

"얀마, 뭘 봐?"

"예?"

놀란 유영만이 부동자세로 섰다. 이상희가 안 하던 짓을 한 것이다. 금방 전두환에게 물든 것 같다.

그 시간에 이명박은 동교동에서 김대중과 독대하고 있다. 오후 4시 반, 이명박은 이른바 잠행으로 동교동에 왔다. 비밀리에 온 것이다. 김대중을 청와대로 불러도 되지만 연로(年老)한 전임에게 예의를 차린 것이다. 방 안에는 우연히 동교동에 있다가 참석한 박지원과 안보수석 김성환이 배석해 모두 넷이다. 먼저 이명박이 말했다.

"전두환 고문께 대북방송을 다시 시작하도록 조치하라고 했습니다."

놀란 듯 김대중이 몸을 굳혔고 이명박이 말을 이었다.

112

"사사건건 도발적 태도를 보이는 데다, 며칠 전에는 중부전선에서 아군 초소에 기관포를 쏘았습니다. 그래서 우리도 강경하게 대응키로 했습니다."

그때 김대중이 천천히 머리를 끄덕이며 묻는다.

"대통령께서 나한테 부탁하고 싶으신 일이 있습니까?"

"예, 노 전임께도 곧 말씀드리겠지만, 두 분 전임께서 남북한 평화 공존을 바란다는 공동성명을 발표해주신다면 균형이 맞을 것 같습니다."

"흐응."

김대중이 얼굴을 허물어뜨리고 웃었다.

"전두환 씨하고 균형을 맞춘다는 겁니까?"

"북한에는 그런 전임이 없으니 우리가 훨씬 유리하지요."

이명박이 따라 웃고 나서 입을 열자, 김대중이 길게 숨을 뱉으며 말한다.

"알겠습니다. 하지요. 그러고 보면 김정일 씨가 참 징헌 사람이네요잉?"

2008년 9월 30일. 종교세 국민투표가 오전 6시에 시작돼 오후 8시에 끝났다. 밤 11시 45분에 개표가 끝나 결과를 발표했는데, 유권자의 73%인 3200만 명이 투표했고 84%인 2688만 명이 종교세에 찬성했다. 이로써 모든 종교기관에서 세금을 징수할 수 있게 되었다. 이는 이명박 정권의 승리가 아니다. 정부가 환골탈태해 새 틀을 만들어가는 과정 가운데 하나일 뿐이다.

10회 10월유신 ①

　2008년 10월 4일, 종교세 국민투표가 통과된 후유증이 아직 가시지도 않은 시간이다. 오전 9시 35분, 청와대 본관 앞에 멈춘 승용차에서 나오는 박근혜의 표정은 어둡다. 오늘도 이명박에게서 만나자는 연락이 왔기 때문이다. 요즘은 시도 때도 없이 전화하고, 전갈하고, 만나자 하는 통에 '이 양반이 나를 안식구로 생각하는 거 아냐?' 하고 짜증이 났다가도 점점 연대감이 짙어지는 게 사실이다. 자주 만나는 이웃이 떨어져 사는 형제보다 낫다는 말이 맞는 것 같다. 박근혜는 오늘 김무성과 정몽준, 임태희와 이한구를 데려왔다. 이것도 이명박이 지명해준 것이 아니다.

　"상의할 일이 있으니 중진 서너 명만 같이 오십시오."

　하고 이명박이 어제 직접 전화를 해온 것이다. 그래서 대충 골랐는데 요즘은 친박이고 친이고 구분이 흐리멍덩하게 돼버렸다. 서너 달 전만 해도 공천 후유증으로 원수처럼 으르렁거렸지만, 요즘은 가끔 이재오가 왔다 갔다 해도 친박계는 눈썹이 모아지지 않는다. 박근혜 일행을 당장 대통령 집무실로 안내했는데 이것도 달라졌다. 예전에는 당 대표라 해도 목에 무슨 신입사원처럼 개줄에 사진이 박힌 이름표를 차게 하더니 이젠 그러지 않는다.

"어서 오십쇼."

집무실 밖에서 기다리던 이명박이 웃음 띤 얼굴로 일행을 맞는다. 격의 없는 태도여서 박근혜는 물론 의원들의 표정은 밝아졌다. 집무실 원탁에는 회의 준비가 다 돼 있었고 청와대 측 참석자는 대통령실장과 정무, 민정수석뿐이다. 자리잡고 앉았을 때 먼저 이명박이 부드러운 표정으로 입을 열었다.

"또 시작할 것이 있습니다."

"아휴."

한숨부터 쉰 박근혜가 머리까지 내젓는다.

"좀 천천히 하시지요."

김무성과 이한구가 짧게 웃었지만 청와대 멤버들은 여전히 굳은 표정이다. 그때 심호흡을 한 이명박이 입을 열었다.

"개헌을 해야 합니다."

그 순간 집무실 안이 조용해진 느낌이 들었으므로 정몽준이 주위를 둘러보았다. 모두의 시선을 받은 이명박이 말을 잇는다.

"대통령 임기를 4년 중임으로 하는 개헌을 해야 현 단임체제의 비효율성과 여러 가지 폐단을 막을 수 있습니다."

"대통령님."

그렇게 불렀지만 박근혜는 다음 말을 잇지 못한다. 준비도 안 했을 뿐 아니라 충격을 받았기 때문이다. 조금 시간이 지나자 무럭무럭 화가 치밀어 올랐다. 이명박의 시선과 마주친 순간 4년 연임을 해먹으려고 지금까지 또 이용당한 것 같다는 생각이 들었다. 그때 이명박이 말했다.

"지금부터 서둘러야 합니다. 그리고."

심호흡을 한 이명박이 말을 계속한다.

"연임은 차기 대통령부터 하는 것으로 하십시다."

다음 날 이 소식은 대번에 대한민국 전역으로 퍼졌다. 청와대나 세우리 당에서 공식 발표만 안 했을 뿐 비공식으로 다 퍼뜨렸기 때문이다. 기자들이 붙잡고 물어보면 '노 코멘트' '글쎄요, 그런 소문이…' '나는 못 들었습니다' '모르겠습니다' 라고 답변할 뿐, '아닙니다' '그럴 리 없습니다' 따위의 부정적인 말은 어느 입에서도 흘러나오지 않았기에 사실로 굳어진 것이다. 정식으로 발표하는 것보다 이렇게 '모호'한 긍정이 충격을 줄이고, 가랑비에 옷 젖는 것처럼 상황에 익숙해지도록 만드는 것이다.

"이건 전 당력을 기울여 결사투쟁해야 할 일입니다."

민주당 의원 천정배가 눈을 부릅뜨고 말했다. 요즘 야당 측은 연타를 허용한 복서처럼 지쳐 있다. 그래서 천정배의 말하는 모습이 더욱 처절하게 보인다.

"독재정권을 연장하면 대한민국 민주주의는 다 죽습니다. 이건 범야권이 연대해서 목숨을 걸고 저지해야 합니다."

소파에 둘러앉은 추미애와 박영선은 물론, 김진표와 박주선까지 머리를 끄덕였다. 이의가 없는 것이다.

그 시간에 이명박은 청와대 집무실에서 측근들과 둘러앉아 있다. 오늘은 지난 총선에서 낙선한 이재오도 끼었다. 광우병 난동사태가 절정에 이르렀을 때 청와대와 여권은 벼랑 끝에 몰린 분위기였다. 언론과 반정부세력이 연대한 선전선동 기술은 마치 전 국민이 궐기한 것처럼 느끼기에 충분했다.

그런데 그 절정의 순간에 분위기가 반전됐다. 그러고는 계속해서 주도권을 잡아나가는 중이다. 반정부세력은 업어치기, 되치기, 메치기로 계속 당하는 바람에 만신창이가 됐다. 이것이 모두 이명박 개인의 공이었다. 자, 이번에는 개헌, 대통령 연임제 개헌인 것이다. 그리고 이 여세를 몰아가면 가능성이 충분하다. 둘러앉은 측근들의 얼굴엔 생기가 넘쳤고 눈은 번들거린다. 그때 이명박이 말했다.

"세우리당은 박 위원장 책임하에 일사불란하게 입법을 추진할 겁니다. 따라서 여러분은 대국민 홍보, 야권의 설득과 협조를 얻는 데 최선을 다해주기 바랍니다."

"그것 참."

이명박이 말을 잠깐 그쳤을 때 입맛을 다신 이재오가 끼어들었다.

"이번 임기부터 시작하면 대통령께서는 통일까지 이루실 수도 있을 텐데요."

그 순간 10여 명의 배석자가 모두 긴장했다. 농담이지만 진담이기도 하다. 농담으로 받아들여 웃었다가는 큰 실수가 될 수도 있고, 진담으로 듣는다면 분위기가 너무 무겁다. 이재오가 경망한 인품이 아니어서 더욱 민망하다. 그때 이명박이 말을 받는다. 웃음 띤 얼굴이다.

"진인사대천명이라고 했습니다. 우리 목표는 연임 개헌이고 정권 재창출입니다. 난 욕심을 버렸습니다."

그러고는 헛기침을 하더니 다시 주위를 둘러보았다. 어느덧 정색하고 있다.

"연임 개헌 전에 나 대신 여러분이 서둘러줘야 할 것이 있어요."

이명박의 시선이 수석들의 얼굴을 스치고 지나갔다.

"대통령의 권위는 스스로 세워야 옳습니다. 하지만 요즘 트위터나 인터넷에서 대통령에 대한 인신공격이 도가 지나칩니다. 유언비어, 음해, 욕설에 대한 처벌을 강화해 즉시 시행하도록 손을 써주시기 바랍니다."

그러고는 잇새로 말을 맺는다.

"그래요. 너무 풀어줬어요. 이제 혼이 나야 해요."

"씨발놈들, 저희들이 언제부터 우리 생각했다고 그래?"

하고 이광재가 말했다. 인사동에 있는 한 한정식집 안이다. 안쪽 밀실에는 이광재와 이른바 친노그룹의 핵심인사들이 모여 있었지만 모두 백수다. 소주잔을 든 이광재가 불콰한 얼굴로 그들을 보았다.

"폐족 취급을 하더니만, 우리 대통령이 이명박하고 화해를 하니까 이젠 배신했다고? 저희 기준에 맞춰 충신이 되고 역적이 된단 말인가?"

"화해가 아니죠."

봉하마을에서 상경한 김경수가 거들었다.

"이명박이 우리 대통령께 협조를 부탁한 것입니다. 국가를 위해 대통령께서 협조해주신 것이고요."

"어쨌든 난 연임 개헌 찬성이야."

이광재가 자르듯 말했으므로 방 안이 조용해졌다. 오늘 밤 안으로 이 소식은 아직도 결속력이 강한 노무현 세력의 방침으로 굳어질 것이었다. 이광재가 노무현과의 교감 없이 이런 결정을 했을 리 없기 때문이다.

그런데 그들이 앉아 있는 한정식집에서 직선거리로 50m밖에 떨어지지 않은 또 다른 한정식집 방 안에 이재오가 앉아 있다. 교자상 주위에 둘러앉은 면면(面面)을 보면 홍준표, 남경필, 임태희, 원희룡, 정두언 등 신진, 개혁파가 어우러진 세우리당 의원들이다. 이재오가 가지런한 이를 드러내며 웃었다.

"연임 개헌과 함께 굵직한 것 하나 더 끼워 넣읍시다."

상에는 빈 소주병이 다섯 개나 놓였다. 이만큼 마실 때까지 뜸을 들였다는 증거다. 모두의 시선을 받은 이재오가 말을 이었다.

"현행 교육감 제도를 직선제가 아닌 대통령 임명제로 하는 겁니다. 대통령이 교육부 장관과 함께 각 도 교육감을 임명하도록 만들어야 한다는 게 대통령님의 의지십니다. 한반도의 특성상 이념이 다른 교육감이 학생들의 국가관을 왜곡하는 경우가 많습니다. 대통령 직선제 국가에서 국민이 대통령을 선출했다면 그 대통령이 학생들의 교육 방향을 결정해야 하는 겁니다."

이재오의 열변이 끝났으나 모두 눈만 끔벅일 뿐 입을 열지 않는다. 이것도 대통령 연임제만큼이나 엄청난 사건이다. 야권은 물론 시민단체, 지금은 거대 정부비판 세력으로 성장한 전교조의 결사적인 반대투쟁에 직면할 것이다. 이제는 이재오가 정색하고 말한다.

"대통령이 그러십디다. 편하게 누리려고 대통령 되지 않았다고. 국민이 540만 표라는 엄청난 표차로 당선시켜준 건 바로 이런 잘못된 법을 고치라는 뜻으로 받아들인다고."

헬기 로터의 회전으로 먼지가 회오리를 일으키고 있다. 이명박이 다가가자 밀짚모자를 손에 쥐고 있던 노무현이 빙그레 웃었다. 10월 초순이지만 햇살이 제법 뜨거운 오후였다.

"또 무슨 일입니까?"

대뜸 노무현이 묻는 바람에 이명박 뒤를 따르던 정무수석 박재완의 얼굴이 쓴웃음으로 일그러졌다. 노무현은 전(前) 비서실장 문재인과 홍보수석 윤승용을 대동하고 마중 나왔지만 짜증난 것 같지는 않다. 언론사에 알리지 않았는데 재빠르게 탐지한 몇몇 언론사가 사진을 찍어댔다. 하지만 두 전·현직 대통령은 포즈를 취해주지 않았다. 그들은 곧장 봉하마을 안쪽의 노무현 사저로 들어간다.

"어서 오세요."

현관에서 기다리던 권양숙이 웃음 띤 얼굴로 이들을 맞는다. 이명박이 활짝 웃으며 인사를 건넨다.

"어이구, 번거롭게 해드립니다."

"아녜요. 적적했는데 잘 오셨어요."

권양숙이 대답하자 노무현이 서둘러 말을 막는다.

"어허, 그러면 자주 오시잖아. 오실 때마다 내가 당하는 거 당신도 알면서 왜 그러는 거야?"

"참, 그러네요."

하고 권양숙이 말을 받자 이명박이 소리 내어 웃는다.

"아따, 왜들 이러십니까? 좀 도와주십쇼."

"글쎄, 이런 수에 내가 말려든다니까."

하면서 노무현이 안내한 방은 1층 응접실 옆에 있는 회의실이다. 장방형 테이블에는 이미 음료수가 놓였고 회의 준비까지 갖춰져 있다. 테이블에는 전·현직 대통령 둘을 중심으로 양쪽에 측근이 셋씩 앉았다. 이명박 측은 박재완과 이종찬, 이동관이, 노무현 측은 문재인, 윤승용, 김경수가 참석했다. 오전 10시 반, 창밖으로 보이는 하늘은 맑고 푸르다. 먼저 입을 연 사람은 노무현이다.

"아니, 연임 개헌에다 교육감을 임명제로 개헌한다는 소문이 있던데, 맞습니까?"

"예, 맞습니다."

바로 대답한 이명박이 지그시 미소를 지었다.

"민주당은 이것이 1972년 10월유신하고 똑같다면서 반정부 투쟁에 들어설 작정이더만요."

"아, 당연하죠."

정색한 노무현이 이명박을 쏘아보았다.

"연임은 그렇다 치고 교육감 임명제는 애써 이룩한 민주화 토대를 허무는 행태나 같습니다."

"학생들이 반(反)정부, 반(反)대한민국주의자인 일부 교사들에게서 교육을 받고 종북, 친북 투쟁가로 양성됩니다. 이것을 제도적으로 보호해주는 것이 좌파 교육감 체제하의 현실입니다."

호흡을 가눈 이명박도 노무현을 정면으로 보았다.

"국민이 저를 선택한 이상 교육도 제자리를 찾아야겠습니다. 대통령은 국군과 학생, 이 두 집단에게만은 국가관과 애국심을 철저히 주입할 책임과 의무가 있다고 믿습니다."

"그건 민주주의가 아니지요. 독재입니다."

단호한 표정으로 말한 노무현이 의자에 등을 붙였다.

"국민이 선거로 선택한 교육감입니다. 지금 이 대통령께서 하시는 일은 1972년 박정희의 10월유신하고 똑같습니다."

"10월유신도 국민투표로 채택되었지요."

이명박이 혼잣말처럼 중얼거리자 노무현의 표정은 더욱 굳어졌다. 그는 이명박에게 시선을 준 채 묻는다.

"또 국민투표를 하시려고요?"

"국회에서 개헌해주는 것이 제 바람입니다."

"저는 도와드릴 수 없을 것 같네요."

그러자 이명박이 길게 숨을 뱉고 나서 묻는다.

"제가 또 들러도 되겠습니까?"

"어이구."

이맛살을 찌푸린 노무현이 신음부터 뱉었다가, 곧 입맛을 다시고 나서 대답했다.

"아, 오시는 거야 막을 순 없지만 그런 말씀은 더 듣고 싶지 않습니다."

대통령 전용 헬기가 산마루 너머로 사라졌을 때 노무현이 머리를 돌려 문재인을 보았다.

"국민투표 하면 통과될까?"

"될 겁니다."

문재인이 한숨을 뱉고 나서 말을 잇는다.

"지지도가 엄청 높거든요."

"얼마야?"

노무현이 묻자 문재인은 옆에 서 있는 윤승용에게 시선을 옮겼다. 그러자 윤승용이 대답했다.

"어제 3개 여론조사기관 평균으로 89% 나왔습니다."

"그걸 알고 저렇게 날뛰는군."

노무현이 혼잣소리처럼 한 말을 윤승용이 받는다.

"이곳에 다녀갔다는 것을 곧 대대적으로 홍보할 것입니다. 대통령님께 협조를 구했다는 제스처로 전의를 깎으려는 의도입니다."

"도대체 이명박 씨를 누가 저렇게 만든 거야? 이재오인가? 아니면…."

문재인과 윤승용은 서로의 얼굴만 바라보았고, 사택으로 발을 떼면서 노무현이 말을 이었다.

"몇 달 전만 해도 저 사람, 손에 물 묻히기 싫어하는 것으로 소문났던 인간이야. 생색이나 내려 했지. 정치는 더럽고 귀찮고 체면이나 구기니까 가까이 가지 않으려 하는 게 뻔히 보였는데, 이젠…."

말을 그친 노무현이 묵묵히 발을 떼었다. 그 뒷말을 문재인과 윤승용은 똑같이 이을 수 있었다. 이젠 아예 국회에 가서 살고 있는 것이다. 민주당 측이 비꼬아서 이명박을 삼청동 의원이라고 부를 정도가 되었다. 그러니 세우리당 의원이 분발하지 않을 수 없다. 세우리당 의원 누구는 이명박을 삼청동 시어머니라고 불렀다가 박근혜한테 혼났다는 소문도 있다.

2008년 10월 13일, 오후 5시. 청와대의 대통령 집무실로 민정수석 이종찬이 들어선다. 이종찬은 손에 서류 파일을 들었는데 굳은 표정이다. 이명박이 앉아 있는 책상으로 잠자코 다가선 이종찬이 파일을 내밀었다. 그러고는 가라앉은 목소리로 말했다.

"모두 조사했습니다."

이명박은 잠자코 파일을 펼쳤다. 파일에는 이른바 이명박의 최측근에 대한 신상자료가 들어 있다. 이명박이 자료를 읽는 동안 이종찬은 침묵을 지켰으므로 방 안에는 서류 넘기는 소리만 났다. 이윽고 이명박이 머리를 들었을 때는 10분이나 지난 뒤였다. 이종찬은 이명박의 눈이 조금 충혈된 것을 보았다. 안경알 때문에 더 번들거린다. 이종찬의 시선을 받은 이명박이 갈라진 목소리로 말했다.

"본인의 해명을 들을 상황이 아닌 것 같은데, 어떻게 생각하시오?"

"예, 그것이."

당황한 이종찬의 얼굴이 굳어졌다. 이명박은 이미 공직에 임명된 측근들을 말하고 있는 것이다. 다시 자료에 시선을 내린 이명박이 잇새로 말했지만 이종찬은 다 들었다.

"그렇지. '삼국지'에 제갈공명이 울며 마속을 벤다는 말이 있었지."

"…."

"내가 인간 이명박이가 아니라 대한민국 대통령 이명박으로 생각하고 결정해야 할 일이지."

이명박의 시선이 이종찬에게로 옮겨졌지만 초점이 멀다. 시선이 이종찬의 얼굴을 뚫고 나가 뒤쪽 벽으로 간다. 다시 이명박의 억양 없는 목소리가 이어졌다.

"설령 내가 외롭고 무섭더라도 견뎌야겠어. 그렇지. 죽을 각오를 하면 되겠다."

이명박의 시선에 초점이 잡혔다. 그것을 본 이종찬의 몸이 굳어졌다. 그때 이명박이 말했다.

"민정수석실에서 조사한 자료라고 발표하고 바로 검찰에 고발하도록. 그리고 전 수사력을 동원해 이른 시일 안에 조사를 끝내도록."

그러고는 이명박이 길게 숨을 뱉는다.

"나도 의혹이 있다면 처벌을 받아야지."

"알겠습니다."

이종찬이 겨우 대답했다. 이명박이 곧바로 서류에 서명한 뒤 이종찬에게 넘겨주었다. 서류에는 당장 업무가 정지되고 검찰 조사를 받을 최측근 명단이 적혀 있다. 3월에 어렵게 임명된 방송통신위원장 최시중의 이름도 있고, 지금은 보궐선거를 준비하는 박영준에다 선거대책위원회 후보메시지팀장으로 활약해 신임을 받은 신재민, 그리고 이명박의 친구인 천신일도 끼어 있다. 파일을 두 손으로 받은 이종찬이 굳은 표정으로 말했다.

"정치권에 엄청난 충격이 올 것입니다, 대통령님."

"측근 비리로 임기 5년차에 식물대통령이 되는 것보다는 낫지."

잇새로 말한 이명박이 똑바로 이종찬을 보았다.

"이런 측근들과 함께 10월유신을 치를 수도 없고 말이야."

11회 10월유신 ②

2008년 10월 15일, 국회에서 일명 국회의원 신분법이 통과됐다. 기존 법안은 폐지하고 국회의원도 일반 국민과 똑같이 법을 적용받는다는 내용이다. 또한 법관, 변호사의 임용과 제명법, 그리고 SNS를 통한 허위사실 제조와 유포, 인신공격에 대한 처벌법까지 통과됐다. 야당은 단상을 점거하고 본회의장 문을 바리케이드로 막으며 결사적으로 저지했지만 여당은 두 배 가까운 인력을 동원해 강행 처리했다.

그 와중에서 울분을 참지 못한 민노당 소속 강기갑 의원이 단상에 뛰어오르는 사진이 신문에 보도되는 일도 있었다. 이른바 '공중부양' 사건이다. 그러나 특별법은 통과와 동시에 입법화됐으므로 앞으로는 해머로 본회의장 문을 부수거나 의원 명패를 내던져 박살내는 의원이 있으면 즉시 현행범으로 수갑이 채워져 연행될 것이다.

"그건 그렇고."

조금 전까지 열띤 고성이 오갔던 방 안에 잠깐 정적이 덮이더니 이강래가 입을 열었다. 의원회관 이강래 의원실 안에는 강봉균, 김효석, 장세환까지 의원 넷이 둘러앉았다. 우연히 모인 것이다. 10월 17일 오후, 창밖은 청명한 가을 날씨였지만 넷은 하늘 쳐다볼 정신이 없다. 모두 뭔가에 쫓기는 듯한 다급한 기분이다. 누가 목을 조르는 것 같기도 하다. 강봉균은 어젯밤 가위에 눌리기까지 했다고 한다. 고등학생 때 이후 40년 만에 처음이라는 것이다.

"내가 검찰 관계자한테서 들었는데."

하고 이강래가 뜸을 들였더니 모두의 시선이 모아졌다. 이강래가 말을 잇는다.

"오늘 중으로 최시중, 박영준, 신재민, 천신일까지 검찰에서 비리 수사를 시작한다는 겁니다."

"어어."

단말마의 외침을 뱉은 강봉균이 이강래를 보았다. 어이없다는 표정이다.

"갑자기 왜? 누가 고발한 거요? 허, 누군지 몰라도 간이 부었구먼."

"청와대에서."

이강래가 말하자 방 안이 갑자기 조용해진 듯한 느낌이다. 모두 산전수전 다 겪은 터라 그 말이 무슨 뜻인지 대번에 감을 잡은 것이다.

"허어, 이런."

입맛을 다신 김효석이 혼잣소리처럼 말했다.

"측근 청소부터 하고 나서 홀랑 벗고 덤비겠다는 표시구먼."

그러자 잠자코 있던 장세환도 거들었다.

"항상 기선을 잡는구먼, 이명박이."

그날 오후, 이강래의 정보대로 이명박의 멘토이자 최측근으로 분류되

128

던 방송통신위원장 최시중과 심복 박영준, 그리고 실세 신재민과 수십 년간의 친우 천신일을 포함한 인사 10여 명이 검찰에 소환됐다. 언론은 특종을 잡았다. 검찰에 소환된 실세들은 애써 태연한 표정을 지었지만 당혹감을 감추지 못했다. 박영준은 보도라인에 서서 인터뷰에 응하다 끝내 눈물을 보였다.

"화무십일홍이여."

하고 홍대 앞 삼겹살집에서 소주잔을 든 오종택이 말했다. 오종택은 오늘도 출판사 사장 서상국과 함께였지만 머릿수는 셋으로 늘었다. 출판사 편집사원이면서 오종택의 대녀(代女)인 이애주를 데리고 나왔기 때문이다. 지금 오종택은 줄줄이 대검 중수부로 들어간 이명박의 측근들을 씹는 중이다.

"달도 차면 기운다고 혔다."

그러자 서상국이 머리를 저었다.

"아니지. 꽃이 피기도 전에, 달이 차기도 전에 끝난 셈이다."

한 모금에 술을 삼킨 서상국이 말을 잇는다.

"싹을 잘라버린 셈이 됐어. 이제 이명박의 운신 폭이 훨씬 넓어졌다."

그때 듣기만 하던 이애주가 머리를 끄덕였으므로 오종택의 눈썹이 솟았다.

"마, 왜 끄덕거려?"

"사장님 말씀이 맞는 것 같아서요."

"그렇다고 혀도 대놓고 끄덕거리면 이 대부(代父)가 쪽팔리잖냐. 가만 있지를 못하겄디?"

"네."

이애주가 정색하고 대답하는 통에 오종택은 입맛을 다셨고 서상국은 풀썩 웃었다. 그때 이애주가 말했다.

"저는 정동영 찍었어요. 왜냐하면 정동영이 우리 처지를 좀 더 잘 이해할 것 같아서요."

"아, 우리도 정동영 찍었다."

하고 오종택이 말했지만 감동한 표정도 없이 이애주가 말을 잇는다.

"어른들은 다 제쳐두고 경제나 살리도록 하자면서 이명박을 찍었다고 하더군요."

"그런데?"

하고 오종택이 물었다.

"네 생각은 어때? 지금 잘 되어가는 것 같나?"

"아직 모르겠어요, 하지만."

둘의 얼굴을 번갈아보던 이애주가 말을 잇는다.

"뭔가 뚫리는 느낌은 들어요."

그 표현이 이상했는지 오종택은 눈만 껌벅였지만 서상국이 진지한 표정으로 대신 묻는다.

"뭐가?"

"사회가요. 대화가요."

"소통인가?"

"아직 시작인 것 같지만 변화가 오는 것이 느껴져요."

그러더니 이애주가 덧붙인다.

"제 친구들도 다 그래요."

그러자 서상국이 긴 숨을 뱉고 나서 말했다.

"그것 봐, 내가 뭐랬어. 세대결연이 결국 이명박이 작전이었다니까. 이젠 연임 개헌도, 교육감 임명제 개헌도 이명박이 뜻대로 되게 생겼어."

"외유하실 때가 되었지 않습니까?"

불쑥 물었던 이재오가 곧 덧붙였다.

"물론 이번 개헌 끝내고 말입니다."

청와대 소식당 안이다. 원탁에는 이명박, 국무총리 한승수, 외교통상 장관 유명환, 이재오까지 넷이 둘러앉아 막 점심을 마친 참이었다. 오늘 모임은 외교 현안 문제로 총리와 외교통상 장관을 불렀다가 이재오가 합석한 경우가 되겠다. 셋의 시선을 받은 이명박이 커피잔을 들면서 웃었다.

"산적한 국내 현안부터 처리해놓고 나가야지요."

"취임 9개월째가 됐는데 한 번도 안 나가셨습니다. 오바마가 기다리고 있지 않습니까?"

"아이구."

쓴웃음을 지은 이명박이 한승수와 유명환을 둘러보았다. 둘도 회의 때 그 이야기를 했기 때문이다.

"오바마가 이해해줄 겁니다. 굳이 백악관에서 정상회담하고 요란하게 매스컴에 나타나지 않아도 됩니다."

그러고는 이명박이 정색했다.

"그보다도 내가 오늘 총리, 외교통상 장관하고 상의했는데."

이재오의 시선을 받은 이명박이 말을 잇는다.

"노 전(前) 대통령께 북한 특사를 부탁했더니, 요즘 집안 문제가 걸린다고 하셔서 김 전 대통령께 부탁했어요. 그때 이 의원이 보좌역으로 같이 가주셨으면 합니다."

놀란 이재오의 입이 딱 벌어졌다가 닫혔다. 그러더니 겨우 묻는다.

"북한으로요?"

"예, 지금 김 전 대통령께서 준비를 다하고 계시는데 이 의원이 동행해주셨으면 해서요."

"가지요."

하고 나서 이재오가 눈을 가늘게 뜨고 이명박에게 묻는다.

"뭐, 김 전 대통령까지 모시고 가는데, 옛날 이후락 씨처럼 비밀리에 들어갔다가 나오는 건 아니지요?"

그러고는 한승수와 유명환을 보았지만 아무도 웃지 않는다. 1972년 5월, 중앙정보부 부장이던 이후락은 박정희 대통령의 특사로 극비리에 평양을 방문했다. 그리고 이후락은 김일성과의 회담을 통해 7·4남북공동성명을 성사시켰다.

"아닙니다."

이명박이 웃음 띤 얼굴로 말을 잇는다.

"6자회담 이전에 한국에서 대통령 특사가 공식 방문하는 것입니다."

북한은 이명박이 대통령에 당선한 이후 적대적 자세로 돌변했는데, 그들 처지에서는 정동영의 당선이 바람직했을 것이다. 그날 오후 동아일보 편집국장 정상우는 청와대 대변인 이동관의 전화를 받는다.

"아이구, 웬일이십니까?"

동아일보 논설위원으로 있다가 청와대에 들어간 이동관에게 동아일보는 친정집이나 같다. 반기는 정상우에게 이동관이 차분한 목소리로 말했다.

"김대중 전 대통령께서 대통령 특사로 북한을 방문하실 계획입니다."

"아이고, 그렇습니까?"

정상우가 반색한 이유는 특종을 받았기 때문이지 특사 방문에는 관심도 없다. 그때 이동관이 말을 잇는다.

"이번 방문 목적은 6자회담 전에 남북 간 핵문제를 합의하려는 것입니다. 그리고 나서 전 정권에서 추진해온 남북 간 경협을 논의합니다."

"그렇게 분명히 써도 됩니까?"

"그래서 내가 직접 말씀드리는 겁니다."

"이 기사는 우리한테만 주시는 거죠?"

"그것이."

이동관의 목소리에서 웃음기가 배어났다.

"지금 모든 언론사에 보도자료가 나가고 있습니다. 미안합니다."

친정집에는 대변인이 직접 말해준다는 것뿐이었다. 통화가 끝났을 때 정상우가 투덜거렸다.

"씨발, 김샜네."

10월 20일, 여당인 세우리당은 비상대책위원회를 해산하고 당대표로 박근혜가 취임했다. 여론조사와 모바일 투표도 포함하자는 의견이 있었지만 전국에서 모인 당원 3만7000명의 직접투표로 대표를 선출한 것이다. 그리고 그날 현역의원들만의 투표로 원내대표를 선출했는데 정몽준이 당선됐다. 당총재인 대통령의 권한으로 전직 대통령 다섯은 세우리당 원로로 추대됐다.

그러나 개헌 파동을 이유로 전직 대통령 가운데 김대중, 노무현이 사퇴 의사를 밝히는 바람에 이명박은 다시 다섯을 '국가원로'로 개칭해 추대했다. 당대표 박근혜가 임명한 원내총무는 김무성이다. 또한 최고위원은 원내대표와 함께 선출됐고 안상수, 홍준표, 이한구, 유승민, 남경필, 임태희까지 여섯 명이다. 이젠 친박, 친이 구분이 모호해졌으며 당 내부에서는 박근혜 차기론이 대세가 되어가는 분위기지만 이른바 잠룡들도 기회를 노린다. 아직 차기까지는 4년 넘게 남았기 때문이다.

"독재라고 아우성치지만 국민이 뒤를 받쳐줘야 말이지."

쓴웃음을 지은 홍준표가 소파에 등을 붙이고는 말을 잇는다.

"생각이 80년대 민주화투쟁 시대에서 딱 그친 사람들이야. 독재 반대를 외치면 그때처럼 호응할 줄로 생각했겠지."

"세대결연이 절묘했어요."

하고 안상수가 말을 받는다.

"그것으로 노장청(老長靑)의 소통이 시작됐으니까요."

"아직 멀었습니다."

이번에는 이한구가 말을 받았다.

"세대결연의 단순한 대부(代父), 대자(代子) 관계에서 국가관과 애국심을 배양하고 미래에 대한 의욕을 고취하기 위해서는 제도적 장치를 끊임없이 연구하고 보충해야 합니다."

그것은 이미 정부 차원에서 시행하는 사항이었으나 모두 머리를 끄덕였다. 이곳은 국회 세우리당의 최고위원 회의실 안이다. 개헌 준비 회의를 마친 최고위원들은 여담을 나누고 있다.

지난번 국회의원 신분법 등 3개 법안이 통과되기 전, 야권과 시민단체는 대규모 반대 집회를 시도했지만 실패했다. 서울 도심 밤거리를 촛불로 뒤덮었던 광우병 촛불시위가 불과 넉 달 전이라는 것이 도저히 믿기지 않을 정도였다. 시위 참가자가 가장 많았던 날이 1만 명 정도였고 민노총과 전교조 등에서 과격하게 나온 시위자는 가차 없이 체포됐다. 경계선을 넘은 시위자에게 경찰이 발포하는 바람에 다섯 명이 총상을 입은 것은 처음 있는 일이었다.

결정적인 것은 시위대가 '정권타도' '이명박 축출' '독재자 처단' 같

134

은 플래카드를 휘날리며 함성을 지르자 군이 성명을 발표한 것이었다. 국방부 장관 이상희가 TV 앞에 서서 "군은 조국과 대통령을 수호하기 위해 대통령의 명령만 기다리고 있다"고 했다. 그리고 각 언론은 수경사의 특전단 병력이 실탄을 배급받고 비상대기 상태라고 보도했다.

동아일보는 특종 기사로 군 배후에서 전두환 원로가 작전을 지휘하는 증거를 찾아내 보도했다. 군이 투입되면 그 기회를 이용해 국회의원은 물론, 사회 전역에 침투해 있는 친북·종북 세력을 소탕한다는 것이었다. 곧이어 특전단이 기무사, 국정원, 검경의 공안부서와 긴밀하게 협조하고 있다는 정보도 흘러나왔다.

SNS의 위력은 대단했다. 청송교도소가 반역사범 전용으로 변경되어 현 수감자를 다른 곳으로 이감해 비우는 중이라는 정보도 퍼졌다. 또 20만t급 폐유조선 2척을 국보법 위반사범 전용 수감시설로 개조한 뒤 각각 2만 명씩을 수용해 공해로 끌어가서 버리고 올 예정이라는 정보도 떴다. 반역사범의 재산을 몰수하는 법안도 추진 중이라고 했다. 법안 공포 직전에 반역사범이 부동산을 팔았더라도 국가가 몰수한다는 것이었다.

출처가 불분명했고 곧 사라졌지만 시위대는 전두환 개입설이 보도됐을 때부터 썰물처럼 빠져나가더니 유조선 정보가 떴을 때는 시청 앞 광장이 예전 모습으로 돌아와 있었다. 시위대가 사라져버린 것이다.

"자아, 일합시다."

하면서 남경필이 몸을 일으켰으므로 최고위원들은 따라 일어섰다. 그때 누군가가 혼잣소리처럼 말했다.

"요즘 봉하마을 괜찮은거?"

이른바 박연차 게이트는 박연차 정관계 로비 사건으로, 2005년 4월 세종증권 인수에 태광실업 회장 박연차가 개입하면서 시작됐다. 박연차는 노무현의 절친한 후원자다. 그런데 그것이 지난 노무현 정권 때 이어져오다가 이번 이명박 정권 때 적나라하게 드러났다. 대검 중수부는 2008년 10월 현재 수백억 원의 비자금이 오간 증거를 확보했고, 그것이 언론에 보도됨으로써 노무현 정권의 도덕성에 치명적인 상처를 입혔다. 노무현의 참여정부가 내건 최대 무기는 도덕성이었다. 깨끗한 정치, 낡은 정치 타파를 기회로 내세운 노무현의 품성이 집권 성공을 이끌었던 것이다.

"이거."

하고 이명박이 앞에 놓인 서류를 눈으로 가리켰다. 바로 박연차 게이트에 대한 현재까지의 검찰 수사 보고서다. 머리를 든 이명박의 시선이 앞에 선 민정수석 이종찬에게로 옮겨졌다.

"노건평 씨까지 연루된 것 같은데, 어디까지 갈 것 같나?"

"박연차는 구속이 불가피하고 노 전 대통령한테까지 닿을 것 같습니다."

이종찬이 굳은 얼굴로 말을 잇는다.

"노 대통령 아들과 딸, 사모님의 소환조사도 불가피합니다."

"빌어먹을."

외면한 이명박이 혼잣소리로 말했다.

"이거 어떻게 해야 한단 말인가?"

이것은 대통령이 할 말이 아니다. 모든 일은 법대로 처리하면 되는 것이다. 그래서 지난주 최시중, 박영준 등 최측근 10여 명을 스스로 자해하듯이 검찰에 고발하지 않았던가. 그러나 아무리 이쪽에서 솔선수범한다고 해도 강자(强者)의 횡포, 또는 복수극으로 간주할 수도 있는 것이다. 이명박이 잇새로 말을 잇는다.

"내가 검찰에 이 정도에서 손을 떼라면 지금 당장은 말을 듣겠지."

"…."

"복수니, 차별성이니 하면서 떠들던 야당과 시민단체도 입을 다물 것이고."

머리를 든 이명박이 이종찬을 보았다.

"하지만 내 주변 관리는 힘들어질 거야. 그런 걸 다 덮어주었는데 우리도 좀 먹으면 어때 하는 심리가 될 거거든."

그러고는 이명박이 길게 숨을 뱉는다.

"노 대통령이 안됐지만 어쩔 수 없어. 그 양반도 날 이해해줄 거야."

이번은 방문 세 시간 전에 통보했기 때문에 기습방문이라 해도 될 것이다. 더구나 밤이다. 이명박은 민정수석 이종찬, 대변인 이동관만 대동하고 헬기로 날아왔다. 물론 봉하마을 주민들은 오밤중에 울린 헬리콥터 엔진음 소리에 기겁했을 것이다. 밤 10시 반이다. 노무현은 헬기장 근처까지 나오지 못했고 사저 대문 앞에서 이명박을 맞는다.

"아이고, 이기 웬일입니까?"

하면서 노무현이 정색했지만 짜증난 표정은 아니다. 노무현 뒤에는 전홍보수석 윤승용이 혼자 서 있다. 윤승용의 안내로 집 안에 들어서면서 이명박이 인사치레로 묻는다.

"윤 수석, 요즘 바쁘신가?"

"예, 좀 바쁩니다."

정색한 윤승용이 금방 대답했으므로 이명박이 다시 물어보지 않을 수 없었다.

"어허, 무슨 일로 그렇게?"

"예, 구치소에 면회 다니느라고요."

그러자 이명박과 노무현이 제각기 쓴웃음을 지었고 이동관은 몸이 굳어졌지만, 윤승용은 시치미를 뚝 떼고 있다. 응접실에 넷이 자리잡고 앉았을 때 이명박이 방 안을 둘러보는 시늉을 했다.

　"사모님은 안 계십니까? 늦었지만 인사라도 드려야…."

　"예, 몸이 좀 아파서요."

　입맛을 다신 노무현이 뒷머리를 손가락으로 긁적였으므로 이명박은 심호흡부터 했다.

　"뭐라고 말씀드려야 할지 모르겠습니다. 그래서 답답한 김에 그냥 위로나 드리려고 이렇게 온 겁니다."

　그러고는 이명박이 길게 숨을 뱉는다.

　"제 처지를 가장 잘 아실 분이 바로 노 전임이실 것입니다."

　그러자 노무현이 번들거리는 눈으로 이명박을 보았다.

　"그러믄요. 잘 알지요. 어쨌든."

　노무현도 길게 숨을 뱉는다.

　"위안이 되네요. 고맙습니다."

12회 10월유신 ③

"국보법이 도대체 뭐기에 이러는지."

오종택이 말하자 서상국은 쓴웃음을 지었다.

"1%를 위한 법이지."

"그게 무슨 말이야?"

둘은 오늘도 홍대 앞 삼겹살집에서 술을 마시고 있다. 만날 때마다 데려왔던 오종택의 대녀(代女) 이애주는 오늘 교정이 밀려서 출판사에 남았다. 오종택의 시선을 받은 서상국이 말했다.

"요즘 민주당이나 진보 진영에서 소득 상위 1%가 부(富)를 독식한다고 주장하는 것 들었지?"

"들었다."

"보수 진영에서는 국보법 위반자들이 1% 남짓이라고 말한다. 이른바 진보나 보수 진영에서 각각 1%를 타깃으로 내세우고 있지. 이것이 요즘 유행하는 1% 대 99% 이론이다."

"그럴듯하구먼."

"국보법에 신경 쓰는 놈들은 1% 쯤이야. 너나 나 같은 인간은 국보법이 뭔지도 모른 채 잘만 살아왔으니까."

그들은 지금 엄격하게 국보법을 적용해나가는 사회 분위기를 말하는 중이다. 전교조 소속으로 학생에게 대한민국을 부정하는 강의를 했던 교사들이 구속됐고 각종 사회단체, 노조, 공무원과 군대에까지 침투해 있던 국보법 위반자들에 대한 대대적 검거가 계속되고 있다. 그러나 사회는 안정된 상태였고 주가는 연일 오르고 있다. 시위가 뚝 끊기면서 외국인 투자가 전년 대비 두 배 늘었다. 경제는 오히려 성장하고 있는 것이다. 소주잔을 든 서상국이 혼잣소리처럼 말했다.

"2008년의 10월유신은 성공할 것 같다. 아주 시기가 좋아."

정부는 지난번 종교세 국민투표 때부터 단련한 대국민 홍보를 대대적으로 실시하고 있다. 대통령 연임제와 교육감 직선제 폐지의 당위성을 홍보하는 데 전력투구 중이다. 여당 또한 일사불란하게 움직이는 터라 행동의 낭비가 없다. 이것은 당대표인 박근혜가 이명박 당총재와 뜻을 같이한다는 증거도 될 것이었다. 디데이(D-day)는 아직 정하지 못했지만 10월 안으로 개헌한다는 소문이 퍼졌고, 사회 분위기로 봐도 가능한 일이었다. 10월 중순의 어느 날 저녁 무렵, 여의도 일식당 '동경'의 밀실 안으로 세우리당 원내대표 정몽준이 들어섰다.

"아이고, 어시 오시오."

안에서 정몽준을 맞는 사내는 이재오다. 이미 식탁에는 생선회에 안주까지 다 차려졌고 이재오의 술잔에는 소주가 채워져 있다. 앞쪽에 앉은 정몽준이 눈을 가늘게 뜨고 이재오를 보았다.

"요즘 바쁘실 텐데, 갑자기 무슨 일로 보자고 하시는 겁니까?"

이재오가 김대중과 함께 북한을 방문한다는 소식은 이미 전 세계에 알려졌다. 지금 정부는 북한 측 응답을 기다리고 있는데, 외교 장관을 통해 공식 방문 요청을 해놓았기 때문이다. 북한 측은 아직 가부를 통보해오지 않았다. 정몽준의 시선을 받은 이재오가 잔에 술을 채워주며 물었다.

"민주주의는 당파 간 치열한 논쟁과 합의가 지속돼야만 합니다. 안 그래요?"

"그건 그렇지만…."

술을 받으며 정몽준이 의심쩍은 표정을 지었다. 난데없이 이재오한테서 연락이 온 것은 어제 오후다. 이재오는 술이나 한잔하자고 했지만 정몽준은 긴장을 안 할 수가 없었다. 이재오가 누구인가. 이명박 대통령 만들기의 일등공신이자 앞으로도 킹메이커 구실을 할 위인인 것이다. 그때 이재오가 말을 이었다.

"당에도 소통위원회가 있어야겠습니다. 지금 정부의 문광부, 행안부가 공동으로 이끄는 세대결연 사업을 당에서 주도해야 합니다."

눈이 번쩍 뜨인 정몽준이 몸을 굳혔다. 소주를 한 모금 삼킨 이재오가 정색했다.

"정 대표가 발의하시면 의원들이 모일 겁니다. 한 40명 될라나?"

머리를 기울였던 이재오가 말을 잇는다.

"친이(친이명박)계 대부로 등장했다는 소문이 당장 떠돌겠지만 시치미 뚝 떼고 친박(친박근혜)계 몇 명을 잡아 참가시키시지요. 민주당에서 몇 명 끌어오면 대박인데…."

"밀어주시는 겁니까?"

정몽준이 갈라진 목소리로 묻자 이재오가 고른 이를 드러내고 웃었다.

142

"내가 보궐에서 배지 달면 도로 빼앗아올랍니다."

"고맙습니다."

술잔을 내려놓은 정몽준 얼굴에 그제야 웃음기가 떠올랐다. 이재오는 지금 정몽준에게 친이계를 끌어모아 가달라는 말을 한 것이다. 더구나 정부에서 핵심 사업으로 추진 중인 '세대결연'은 두 달 만에 약 200만 쌍, '결연인구'는 420만 명에 이르는 대(大)실적을 이루었다. 거기에다 세대결연 교육, 지원사업이 끊임없이 창출되는 상황이다. 그것을 당 소통위원회가 맡으면 또 하나의 권력 중심이 창출되는 셈이다. 그때 이재오가 말했다.

"대통령이 박 대표한테 양해를 구했다고 했습니다. 그런 줄 알고 계시오."

정몽준은 머리만 끄덕였다. 이재오가 말한 것처럼 세우리당도 계파 간 치열한 경쟁시대에 진입할 것이었다. 이는 집권경쟁도 되겠지만 당분간은 이명박에 대한 충성경쟁이다. 그것이 당에 활력을 불어넣을 테고, 아울러 이명박의 국정 운영에도 도움이 될 테니까.

야당과 반정부단체에서는 '10월유신'이라며 격렬히 반대투쟁을 벌였지만, 박정희가 실시했던 '원조 10월유신'과는 차이가 있다. '원조 10월유신'은 1972년 10월 17일 대통령 박정희가 전국에 비상계엄을 선포하고 국회 해산, 정당 활동 중지, 일부 헌법 효력 정지 등을 단행한 비상조치를 말한다. 대통령 박정희는 그 상태에서 11월 21일 국민투표로 유신을 확정했으며 통일주체국민회의를 통한 간접선거로 12월 27일 다시 대통령에 취임했다. 이것으로 제4공화국이 출범한 것이다. 10월유신으로 박정희는 장기집권체제를 구축한 것은 물론, 유신헌법에 따라 국회의원

3분의 1을 임명할 권한까지 얻어 독재체제 기반을 굳혔다. 그러나 지금의 헌법개정은 다르다. 일일이 대조할 필요도 없다.

"왜 하필 10월에 일을 벌이는지 모르겠네."

입맛을 다신 홍사덕이 말을 이었다.

"아, 11월에 해도 되잖아? 10월에 끝내려고 하니까 말 만들기 좋아하는 놈들이 10월유신 해쌌지."

10월유신 하면 박정희 독재가 떠오를 테고, 박정희 하면 바로 세우리당 대표인 박근혜가 연상될 것이었다. 국민감정에 나쁜 이미지로 박히면 안 된다. 의원회관에 있는 홍사덕 의원실 안에는 최경환과 이혜훈이 와 있었는데 모두 친박계 의원들이다. 이혜훈이 머리를 끄덕였다.

"너무 앞서가니까 우리 대표님 위치가 약해지는 느낌이 들어요. 같이 나가는 배려가 필요한 것 같습니다."

"대통령 인기가 91%요. 또 2% 포인트 올랐습니다."

최경환이 말하자 둘은 입을 다물었다. 그러자 제각기 찌뿌듯한 표정이다. 이명박이 앞서나간다는 것은 맞다. 그러나 저 혼자 살겠다는 것이 아니었다. 모두 당과 국민을 위한 것이었다. 요즘은 눈속임 정치, 쇼맨십이 거의 통하지 않는다. 이명박 인기가 그렇게 치솟는 이유는 그것을 국민도 알기 때문이다. 그때 이혜훈이 머리를 들고 둘을 번갈아보았다.

"정 대표가 요즘 친이계하고 자주 접촉하는 것 같던데. 뭔가 꾸민다는 소문도 있고요. 들으셨어요?"

"나도 좀 들었습니다."

최경환이 대답했을 때 홍사덕이 말을 잇는다.

"그래야 정상이지. 지금 박 대표 독주체제는 너무 싱거워서 나중에 대선 때 식상해지면 큰일납니다."

"식상해지다니요?"

정색한 이혜훈이 묻자 홍사덕이 한마디씩 차분하게 말을 뱉는다.

"국민경선이라든가 경쟁자와의 대립, 비교 과정을 보여줌으로써 국민에게 후보 자질을 더 자세히 검증받고 국민의 흥미를 유발해야 합니다. 그래야 대선 흥행에 성공하는 거지요."

"맞습니다."

머리를 끄덕인 최경환이 얼굴을 펴고 웃었다.

"이젠 우리도 대선이 쇼가 되어가는 것 같아요."

"아유."

이혜훈이 쓴웃음을 띤 얼굴로 따라 말한다.

"하지만 그 흥행이 누구한테는 축제가 되겠지만 패자한테는 장례식이죠. 그게 현실입니다."

"선진당 표가 다 가기만 해도 법안은 통과됩니다."

김효석이 말하자 정세균이 입맛을 다셨다.

"우리 민주당에서도 이탈 표가 나올 것 같다니까. 법안 투표만 하면 끝난 거요."

"더구나 신분법이 통과된 터라 이젠 단상 점거도 못 해."

혼잣소리로 말한 김효석이 쓴웃음을 지었다.

"10월유신을 하려고 신분법부터 통과시켰다는 말이 맞는 것 같습니다."

"그런데…."

목소리를 낮춘 정세균이 앞쪽으로 상반신을 기울였다. 여의도 한정식집 순천옥의 밀실 안이다. 둘은 지금 점심을 먹는 중이다. 정세균이 말을 이었다.

"이 대통령이 정몽준 의원을 키워준다는 소문 들으셨습니까?"

"박근혜 라이벌로 정몽준, 김문수를 키운다는 말이 퍼진 지 좀 되었지요?"

"그것이 곧 구체화될 것 같습니다."

김효석의 시선을 받은 정세균이 말을 잇는다.

"정몽준 의원한테 소통위원장을 맡긴다는 소문이오. 이명박계 의원들을 모두 소통위원회에 넣고 박근혜 대항마로 키운다고 하는구면."

"소통위원회라면 지금 세대결연을 주관하게 될 것 아닙니까?"

긴장한 김효석이 묻더니 심호흡을 했다.

"파워가 당장 막강해지겠는데."

"박근혜가 반발할 가능성이 많지요."

"이 정보 확실한 겁니까?"

김효석이 묻자 정세균이 쓴웃음을 지은 뒤 머리를 끄덕였다.

"내가 이 사람들한테 놀아나는지 모르지만 청와대에서 흘러나온 정보요. 틀림없습니다."

같은 시간에 청와대 소식당에서 이명박과 박근혜가 각각 대통령실장 류우익, 당대표 비서실장 진영만을 대동한 채 점심을 먹는 중이다. 점심 메뉴는 약식 한정식으로 갈비찜과 미역국, 겉절이 무침에 된장찌개였다. 밑반찬으로 조개젓과 창난젓, 게장이 나란히 놓였다. 이윽고 밥그릇을 깨끗이 비운 이명박이 숭늉 그릇을 집으며 박근혜를 보았다.

"이번 개헌만 끝나면 정국이 안정될 겁니다. 그럼 그 틀 안에서 경제발전에 전력투구해야지요."

박근혜는 머리만 끄덕였고 이명박이 말을 잇는다.

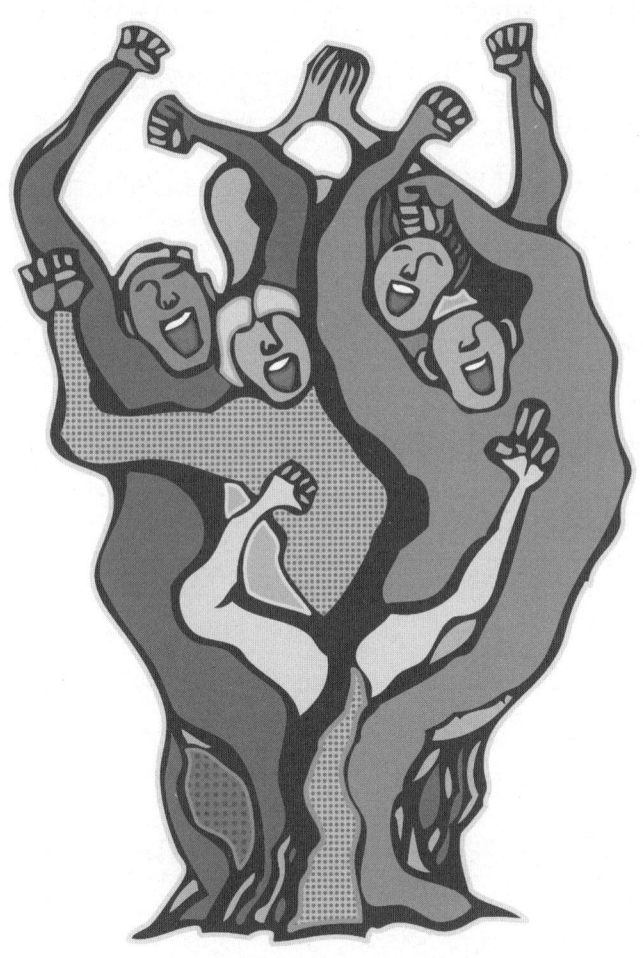

"정몽준 의원한테 소통위원회를 만들라고 했습니다. 박 대표께서도 지원해주시지요."

그 순간 식탁 주변이 조용해진 느낌이 든 것은 박근혜가 대답하지 않았기 때문이다. 이명박이 숭늉 그릇을 들고 맛있게 네 모금을 삼킨 뒤 내려놓았을 때 박근혜가 가라앉은 목소리로 묻는다.

"경쟁구도로 가야 당에 활기가 생기겠지요?"

"은밀하게 숨어서 만들면 해롭고 모양도 안 좋습니다. 국민 앞에 다 드러내면 국민도 동참하게 됩니다."

"대통령께선 주심(主審)을 보시고 말이지요?"

머리를 든 이명박이 박근혜의 웃음 띤 얼굴을 보았다. 그러자 이명박이 따라 웃는다.

"과연, 이해해주시는군요. 그러실 줄 알았습니다. 공명정대하게 주심을 보겠습니다."

대북방송이 재개된 지도 한 달이 넘은 터라 휴전선의 긴장감은 조금 풀어졌다. 그러나 북한 고위층의 분이 풀린 것은 아니다. 북한군이 전연지대라고 부르는 휴전선에서 북쪽에다 대고 확성기로 틀어놓는 대북방송은 떨어지는 폭탄이나 다를 바 없었던 것이다. 그것이 지난 정권 때 그쳤다가 갑자기 이명박 정권에서 다시 터지자 북한은 북폭을 당한 듯 분기탱천한 상태다. 이런 상황에서 남한 측이 전직 대통령급 특사를 내세워 회담 제의를 해온 것이다.

"오늘로서 일주일째인데, 현 상황에서는 무소식이 희소식이올시다."

김하중 통일부 장관이 말했으므로 이재오가 이맛살을 찌푸렸다. 얼굴에 '공무원들이란' 이라는 글씨가 박혀 있는 것 같다. 둘은 지금 통일부 장관 집무실 소파에 앉아 방북 준비를 하고 있다. 그때 김하중이 넌지시 말했다.

"엊그제 김 전 대통령께서 전화 주셨는 데요."

시선을 든 이재오가 다음 말을 기다렸다. '김 전'이라면 김대중일 터였다. 꼼꼼한 분이니 방북 준비를 확인하려고 그랬겠지. 김하중이 말을 잇는다.

"수행원은 몇 명이냐, 돈은 얼마나 가져가느냐, 그게 달러냐 한국 돈이냐 하고 여러 가지를 물으셔서…."

"아니, 잠깐."

말을 자른 이재오가 커피잔을 내려놓고 물었다.

"김 대통령께서 말이오?"

"예, 그렇다니까요. 좀 말씀드리기가 곤란해서…."

"돈을 얼마나 가져가느냐고 물어요?"

"예."

"갑자기 무슨 돈?"

"그러니까 말씀입니다."

"내가 동교동에다 연락해봐야겠는데."

"아니, 그게 아니고. 상도동에다…."

"뭐요?"

이재오가 눈을 부릅떴다.

"상도동에는 왜?"

"아, 상도동 김 전 대통령께서 전화하셨다고 제가 말씀드렸지 않습니까?"

"이런 참."

이재오의 말을 들은 이명박이 입맛을 다셨지만 전두환은 소리내어 웃었다.

"음하하하. 그 양반 참."

그러고는 전두환이 이재오를 보았다.

"그 양반이 평양 가고 싶어서 그런 것 아닙니까? 괜히 심술이 나서."

"글쎄요."

하고는 이재오가 외면했다. 그때 이명박이 전두환에게 재촉했다.

"뭐 하십니까?"

"아참."

잊었다는 듯이 전두환이 아무렇게나 바둑알을 놓았는데 이명박은 심각하게 굽어다 본다. 청와대 소식당 안에서 둘은 바둑을 두는 것이다. 이명박이 괜찮다고 하는 바람에 이재오는 김영삼 이야기를 둘 앞에서 해버렸다. 그때 바둑판에서 머리를 든 이명박이 전두환에게 물었다.

"기다려볼까요?"

"예, 기다리면 가부간 대답이 올 겁니다."

정색한 전두환이 말을 잇는다.

"지금 우리가 기선을 잡은 겁니다, 대통령님. 군에 강경파 퇴역 장군 50여 명을 재배치한 것에서부터 대북방송 개시, 남한 특사 파견으로 이어진 상황에 난데없는 장난은 못 칩니다."

전두환의 시선을 받은 이재오가 소리 죽여 숨을 뱉는다. 그때서야 이명박의 대북강경책, 난데없는 특사 제안의 비밀을 안 것이다. 모두 전두환의 조언을 듣고 움직인 것이다. 그때 전두환이 헛기침을 했다. 그러고는 정색한 얼굴로 이재오를 보았다.

"이 의원은 평양 가시기 전에 내 이야기를 듣고 가시지요."

전두환의 시선이 이재오의 머리 위쪽으로 옮겨졌다. 뭔가를 떠올리는 표정으로 전두환이 말을 잇는다.

"1983년 10월 9일, 그러니까 지금부터 25년 전 대한민국 대통령이던 내가 정부각료, 수행원과 함께 동남아 순방에 올라 미얀마의 아웅산 묘지를 참배했습니다."

이재오는 숨을 죽였고 전두환이 말을 이었다.

"오전 10시 28분, 아웅산 묘지에서 나를 기다리던 대한민국 정부각료와 수행원 17명이 북한이 설치한 폭탄테러에 폭사했습니다."

전두환의 치켜뜬 눈이 더 몽롱해졌다. 기를 쓰고 떠올리려는 표정이다.

"나는 다 기억합니다. 폭사한 17명을. 부총리 서석준, 외무 장관 이범석, 상공 장관 김동휘, 동자부 장관 서상철, 버마대사 이계철, 청와대 경제수석 김재익, 대외협력위원장 하동선, 재무부 차관 이기욱, 농수산부 차관 강인희…."

잠깐 시선을 내린 이재오는 전두환이 손가락을 꼽는 것을 보았다. 손가락 다섯 개가 쫙 펴졌다. 10명이다. 다시 전두환의 말이 이어지면서 손가락 하나가 접혀졌다.

"과기처 차관 김용환, 국회의원 심상우, 대통령 주치의 민병석, 청와대 공보비서 이재관, 경호원 한경희, 정태진, 그리고 동아일보 기자 이중현이요."

전두환의 손가락 두 개가 펴진 상태다. 17명이 맞다. 심호흡을 한 전두환의 눈에 초점이 잡혔다.

"나는 지금도 다 외웁니다. 내가 외우고 있는 한 북한놈들이 대한민국을 함부로 못 합니다."

그리고 이틀 후인 10월 24일, 국회는 재적의원 3분의 2 발의와 만장일치 찬성으로 개헌안을 통과시켰다. 세우리당, 선진당, 그리고 민주당 일부 의원인 218명이 발의해 218명 전원이 찬성한 것이다. 이것으로 2012년 12월 19일 차기 대통령을 선출하면서부터 대통령 연임이 가능해졌다. 교육감 직선제가 폐지되고 임명제가 실시된다. 그러나 관선 교육감은 국회 청문회를 거쳐야 한다.

　"이로써 10월유신이 시작됐군."

　통과 소식을 집무실에서 들은 이명박이 비장한 표정으로 말했으므로 앞쪽에선 비서실 멤버들이 뻥한 표정을 지었다. 이명박이 자기 입으로 '10월유신'이라고 한 것은 처음이기 때문이다. 그리고 웃지도 않는다. 다시 이명박이 말을 이었다.

　"대한민국은 재도약하는 거야."

13회 정계개편

"어서 오십시오."

집무실 앞에 선 이명박이 웃음 띤 얼굴로 이회창을 맞는다.

"아이고, 요즘 바쁘신데, 이거."

하면서 이회창은 이명박이 내민 손을 잡고 따라 웃었다. 이회창은 당 대변인 변웅전만 대동했기 때문에 인사가 간단히 끝난다. 이회창과 집무실로 들어선 이명박이 자리를 권한 뒤 마주 보고 앉았다. 11월 초순의 오전 11시, 이명박은 지난번 '10월유신' 때 협조해준 선진당 대표 이회창을 인사차 초청한 것이다. 집무실 원탁에는 이명박과 비서실장 류우익, 그리고 건너편에 이회창과 변웅전이 앉았다. 각 자리 앞에 생수병과 물잔이 놓였고 필기구도 가지런히 정리되어 있다.

"지난번 개헌 때 도와주셔서 감사합니다."

이명박이 정색하고 말하자 이회창은 풀썩 웃었다.

"새삼스럽게 왜 그러십니까? 우리 선진당도 개헌에 찬성했기 때문에 도와드린 것입니다."

"저는 든든한 동반자를 모시게 되어 영광입니다."

"아이고, 이젠 고만 하십시다."

하고 이회창이 손까지 저었으므로 이명박이 의자에 등을 붙였다. 이제
는 긴장이 풀린 변웅전도 얼굴을 펴고 웃는다. 옆쪽 벽에 붙어 있는 시계
에서 초침소리가 잠깐 들렸다가 이명박의 목소리에 지워졌다.

"제가 부탁드릴 말씀이 있습니다."

"예, 말씀하시지요."

물잔을 들었던 이회창이 내려놓고 웃음 띤 얼굴로 말했다.

"또 개헌하실 것이 있습니까?"

"이 총재께서 국무총리를 맡아주셨으면 합니다만."

그 순간 이회창은 입을 꾹 다물었고 변웅전의 얼굴은 대번 돌같이 굳
었다. 대통령중심제인 대한민국에서 국무총리의 위치는 애매하다. 한글
날 행사 같은 때 대통령축사를 대신 읽는 것이 국무총리의 위치를 딱 대
변한다고 말하는 사람도 있다. 헌법상 국무총리의 실권은 막강하지만 추
천자인 대통령의 위세에 눌려온 것이 사실이다.

이명박 정권의 초대 국무총리는 한승수다. 그는 당연히 유능하며 경륜
도 뛰어나고 성품까지 온건해 2008년 11월 지금까지 무난하게 업무를 수
행해왔다. 그림자처럼 대통령을 보좌해왔다는 표현이 맞을 것이다. 하지
만 워낙 눈부시게 활동한 이명박 그늘에 가려 그동안의 업적이 빛을 보
지 못한 점도 있다. 그때 이회창이 입을 열었다.

"이거, 또 놀라게 하시는군요."

"진심입니다. 놀라셨다면 죄송합니다."

정색한 이명박이 말을 잇는다.

"이제는 강한 총리가 필요한 시기가 되었습니다. 부탁드립니다."

"아이고, 이것 참."

이회창의 얼굴에 쓴웃음이 번졌다. 이회창이 누구인가. 총리도 진즉 해본 거물인 것이다. 김영삼 정권 때인 1993년 12월에서 94년 4월까지 넉달 동안이었다. 이회창은 당시 하늘을 찌를 것 같던 대통령 김영삼의 권위에 굽히지 않은 대쪽 이미지로 남아 있다. 그때 이명박이 말을 잇는다.

"총리께 조각권은 물론 국정운영 전반에 관한 권한을 드리겠습니다. 헌법에 명시된 권한을 그대로 갖게 되시는 것입니다. 저는 남북관계와 외교, 그리고 대통령이 결정할 일만 하겠습니다."

이제 이회창은 묵묵히 듣는다. 치켜뜬 눈으로 앞쪽 벽을 바라보고 있다.

박근혜의 얼굴은 굳어 있다. 표정 관리가 잘되는 편이어서 대개 포커페이스로 넘어가지만 이번은 잘 안 되었다. 눈썹 사이가 좁아졌고 시선을 탁자 위로 내린 상태다. 국회 당대표실 안이다. 원탁에는 홍사덕과 진영, 이한구 등 측근이 둘러앉았는데 비슷한 표정들이다. 그때 홍사덕이 입을 열었다.

"곧 연락이 오겠지요. 대통령이 납득할 만한 이야기를 해주겠지만 총리 임명은 대통령 고유 권한인 데다 이회창 씨가 지금까지 여러 번 협조해준 상황 아닙니까? 충청권 민심도 얻을 수 있을 테니까요."

그들은 지금 이회창 총리 지명설에 대해 이야기를 나누는 중이다. 모두 눈만 껌벅였으므로 홍사덕이 말을 이었다.

"그리고 대선은 앞으로 4년이나 남았습니다. 그동안 어떤 변수가 생길지 정치판은 알 수 없는 것입니다."

그때 박근혜가 말했다.

"곧 연락이 오겠지요."

주위의 시선을 받은 박근혜가 희미하게 웃었다.

"청와대로서는 꽤 좋은 카드인 것 같네요."

4년 중임제로 헌법이 개정된 데다 이명박이 차기에는 나서지 않겠다고 선언한 상태다. 차기 대권만 쥐면 연임을 통해 8년간 통치할 수 있는 터라 대권을 노리는 잠룡들이 들썩이고 있다. 여권에서는 박근혜가 타의 추종을 불허하며 독주하지만 자의 반 타의 반으로 잠룡들이 드러났다. 정몽준, 김문수, 그리고 이재오까지 거론되는 상황인 것이다. 거기에 앞으로 또 어떤 대선주자가 나타날지 모른다. 이번에 이회창이 국무총리가 되면 비록 선진당이 소수당이라 해도 강력한 경쟁자가 될 수 있다. 대선전에 합종연횡이 어디 한두 번 있었는가. 그때 이한구가 혼잣소리처럼 말했다.

"충성심 경쟁을 시키려는 의도 같습니다."

개정된 법에 의해 직선제로 선출한 교육감을 해임했고, 교과부에서는 관선 교육감 선정 작업을 진행 중이다. 교육감이 공석이라고 교육행정에 차질이 생기지는 않았다. 오히려 현장에서는 당분간 교과부에서 직접 관리할 수 있어 더 기능적이라며 반기는 상황이다.

2008년 11월 12일 오후 3시, 광주광역시의 보명중학교 사회과 교사 김태철은 교무실에 앉아 있다가 손님을 맞는다. 사내 두 명이다. 둘이 거침없이 다가와 책상 앞에 섰으므로 김태철은 긴장했다. 헐렁한 점퍼 차림이었지만 눈빛이 매섭다. 경찰이 아니면 기관원이다.

"김태철 씨 맞죠?"

하고 사내 하나가 묻는 순간 김태철은 가슴이 덜컹 내려앉는 느낌을 받는다. 맞다. 경찰이나 기관원이다. 그때 주위가 순식간에 조용해졌다. 쉬는 시간이어서 교무실에는 선생님 30여 명이 앉아 있다.

"예, 맞는데요."

아니라고도 할 수 없는 노릇이다. 다 알고 온 놈들이니 비굴하지 말자. 그때 사내가 말했다.

"체포영장을 가져왔습니다. 당신은 변호사를 선임할 수 있고 본인에게 해롭다고 생각하면 묵비권을 행사할 수도 있습니다."

그러면서 사내가 주머니에서 수갑을 꺼내들었고 다른 사내는 영장으로 보이는 서류를 펴 김태철 앞에 대고 흔들었다. 김태철의 팔을 끌어 수갑을 채우며 사내가 말을 잇는다.

"국보법 위반입니다. 2007년 5월 학생 12명을 데리고 1박2일로 삼학산 캠프에 가서 빨치산의 영웅담을 교육했지요?"

사내가 이제는 김태철의 등을 밀며 쓴웃음을 지었다.

"세상이 달라졌습니다. 당신은 아마 반역죄로 최소한 5년은 살아야 할 것입니다."

사내는 보통 크기의 목소리로 말했지만, 교무실 안 사람들이 모두 숨을 죽이고 있던 터라 끝에서도 다 들었을 것이다.

공안정국은 맞다. 요즘은 절도범이나 사기범 등 이른바 잡범보다 공안 사범이 더 많이 잡혀 들어간다는 소문이 돈다. 그리고 그 말이 거의 맞았다. 보명중학교 사회과 교사 김태철뿐 아니라 중국을 통해 노동당 당원 명부를 북한 측에 넘긴 노동당 간부와 그 동조자 30여 명이 체포됐다. 이것으로 민족해방(NL)계, 민중민주(PD)계로 나뉘어 정치조직으로 기반을 다져온 NL계 진보정당 한 곳이 붕괴되었다. 야당과 사회단체에서 '유신

독재'라고 악을 썼지만 시민의 호응도는 낮다. 1972년 박정희의 10월유신과는 근본적으로 달랐기 때문이다. 대한민국은 지금 재정비 중이다.

이명박이 국회 세우리당 대표실로 박근혜를 찾아왔을 때는 소문이 퍼진 다음 날 오후 3시경이다. 미리 약속을 한 터라 박근혜가 문 앞에서 이명박을 맞는다.

"또 왔습니다."

쓴웃음을 지은 이명박이 말하자 박근혜는 잠자코 방 안으로 안내한다. 이명박은 류우익과 박재완이 수행했는데 박근혜는 혼자다. 이명박이 요청했기 때문이다. 소파에 마주 보고 앉았을 때 이명박이 헛기침부터 했다. 옆쪽에 나란히 앉은 류우익과 박재완은 긴장한 상태다. 이명박이 똑바로 박근혜를 보았다.

"이회창 선진당 총재를 국무총리로 모셔야 할 것 같습니다."

박근혜는 시선만 주었고 이명박이 말을 이었다.

"그러고 나서 선진당과 합당할 예정입니다."

머리를 든 박근혜가 이명박에게 묻는다.

"이 총재님하고는 합의하셨어요?"

"원칙만 얘기했으니까 구체적인 사항은 박 대표가 맡아 해주셔야지요."

그러고는 문득 묻는다.

"우리 세우리당에서 반대하는 분은 없으시겠지요?"

"저쪽 조건을 들어봐야 할 텐데요."

"서로 양보하면 되리라 믿습니다."

그러더니 이명박이 얼굴을 펴고 웃는다.

"우리가 포용해야지요. 그렇지 않습니까?"

이명박의 시선을 받은 박근혜가 머리를 끄덕였다. 선진당의 기반은 충

청도다. 지금은 많이 약해졌지만 10여 년 전 김종필 시대에는 충청도를 석권해 이른바 'DJP 연합'으로 대권을 창출했다. 이명박이 부드러운 표정으로 말을 잇는다.

"선진당을 키워 우군으로 만들어야 합니다. 그것이 박 대표님께 달렸습니다."

박근혜는 심호흡을 했다. 이런 말까지 듣고 '토'를 달 인간은 없다. 있다면 정신병자다. 충청도의 선진당까지 품에 안겨준다는 뜻인 것이다. 이윽고 박근혜가 머리를 끄덕였다.

"잘 알겠습니다."

열흘 후인 2008년 11월 23일 국회에서는 국무총리 청문회가 열렸다. 청문회 내용은 TV를 통해 전국에 방송되었는데, 여당은 그렇다 쳐도 야당 의원의 질문 태도는 정중했다. 두 번이나 여당 대통령후보로 나섰다가 석패한 이회창이다. 국무총리 청문회 자리에 앉아 질문을 받는 자신을 돌아보고 인생무상, 격세지감을 느꼈는지도 모르겠다. 그래서인지 야당 의원의 질문까지 다 끝난 뒤 사회자가 하실 말씀이 있느냐고 묻자 그는 TV 화면을 바라보며 이렇게 말했다.

"또 아들 병역문제가 나올까봐 자료를 챙겨왔는데, 이번에는 아무도 묻지 않으시는군요. 허허허."

국민은 화면에 클로즈업된 이회창의 웃는 모습을 보았다. 이회창의 웃는 모습은 천진스럽다. 자주 안 찍혀서 그렇지 웃는 모습이 일품이다.

본래 18대 총선에서 한나라당은 지역구와 비례대표에서 131석, 22석을 얻어 153석을 차지했다. 민주당은 66석과 15석으로 81석, 선진당은

14석과 4석으로 18석, 친박(친박근혜)계는 6석과 8석으로 14석, 민노당은 2석과 3석으로 5석, 창조한국당은 1석과 2석으로 3석을 차지했다. 세우리당 비상대책위원회가 가동할 때 한나라당과 친박계가 합병했으므로 세우리당 의석수는 167석으로 불어난 상황이다. 이제 선진당까지 합당하면 185석이 된다.

이회창이 국무총리로 취임한 다음 날, 선진당 비례대표 조순형이 의원실에서 손님을 맞는다. 청와대 비서실장 류우익이 들른 것이다. 예전에는 청와대실장이 여의도에 나타나면 떠들썩했지만 지금은 대통령과 하도 들락거려서 다들 그러려니 한다. 오늘도 류우익은 대통령 심부름으로 박근혜에게 들렀다가 이곳에 온 것이다. 이제 선진당 총재가 국무총리로 들어간 터라 한집안이나 같다. 그래서 이상하게 생각하는 사람도 없다.

조순형은 1935년생이니 2008년 현재 74세, 이명박보다 6세 연상으로 7선의원이다. 2004년 민주당 대표일 때 노무현 탄핵을 주도했던 조순형은 17대 총선에서 낙선했다가 이번 18대에는 선진당 비례대표로 국회에 진입했다. 소신이 강하고 불의에 굽히지 않아 '미스터 쓴소리'라는 별명을 얻었지만 관운은 없는 편이다. 조순형의 방에서 둘이 마주 보고 앉았을 때 류우익이 물었다.

"이 총재님이 행정부로 가셔서 당이 좀 바빠지지 않겠습니까?"

류우익의 시선을 받은 조순형이 빙긋 웃었다.

"뭐, 바쁠 게 있겠습니까? 곧 양당 통합을 할 텐데 말이오."

"아니, 그렇더라도….."

"류 실장도 거짓말을 잘 못하시는구먼."

쓴웃음을 지은 조순형이 말을 잇는다.

"얼굴에 다 표시가 나요. 포커페이스가 되는 연습을 하셔야겠어."

"아, 그렇습니까?"

저도 모르게 손바닥으로 볼을 만진 류우익이 헛기침을 했다.

"저는 정치인 스타일이 아닌가 봅니다."

"누구는 처음부터 정치인 스타일이 배었나요? 겪다 보면 다 그렇게 됩니다."

그러더니 조순형이 정색하고 류우익을 보았다.

"자, 용건을 들읍시다. 내가 국회에서 총대 멜 사건이 있습니까?"

"예, 그것이…."

입맛을 다신 류우익이 머리를 들었다. 그도 정색하고 있다.

"대통령께서 측근 정리를 하셨지 않습니까?"

조순형은 시선만 주었다. 민정수석실에서 조사한 측근 비리는 며칠간 언론을 즐겁게 했다. 한때 나는 새도 떨어뜨릴 것 같던 최측근들이 집권 1년도 안 돼 구속된 것이다. 그야말로 화무십일홍이다. 류우익이 말을 잇는다.

"이번에 정리했지만 앞으로가 더 문제라고 대통령께서 말씀하십니다. 그래서 더 철저히 관리를 하셔야겠다는 것입니다."

"그래야지."

머리를 끄덕인 조순형이 의자에 등을 붙였다.

"측근비리 차단에 대한 법을 만들려는 겁니까? 그건 시간이 좀 걸리겠는데."

"예, 그것이…."

머리를 든 류우익이 조순형을 보았다.

"대통령께서는 조 의원님이 청와대 비서실장으로 오시기를 원하고 계십니다."

"…"

"오셔서 측근들을 감독, 관리하고 국정을 함께 상의해주기를 바라십니다."

그러고는 류우익이 길게 숨을 뱉는다.

"조 의원님과 함께 대통령 임기를 멋지게 마치고 싶다고 하셨습니다."

조순형도 시선만 준 채 움직이지 않는다.

"대통령실장에 조순형이라."

KBS 보도국장 임명수가 눈을 가늘게 뜨고 혼잣소리처럼 말했다.

"그것 참, 인사가 망사(亡事)라고 씹었더니 이젠 깜짝깜짝 놀래는구먼."

"글쎄 말입니다."

하고 말을 받은 차장 박동민이 커피를 한 모금 삼켰다. 둘은 곧 뉴스로 내보낼 원고를 확인하는 중이다.

"선진당하고는 곧 통합하겠지요?"

박동민이 묻자 임명수가 원고를 넘기면서 대답했다.

"당연하지. 이런 식으로 대우해주는데 내가 민주당이라도 통합하겠다."

그때 노크 소리가 들리더니 아나운서 유경환이 들어섰다.

"국장님, 큰일났습니다."

아나운서 4년차인 유경환은 자주 국장실에 들른다. 사내 정보를 전달해준다는 명목이지만 같은 '노빠'에다 광주 출신 후배인 것이다.

"뭐야, 어디 불났어?"

이맛살을 찌푸린 박동민이 대신 묻자 유경환은 서둘러 다가와 섰다.

"사장이 청와대로 끌려갔습니다."

"뭐?"

임명수가 외마디 소리를 뱉었다. 눈을 치켜뜬 임명수가 조금 경솔하고 또 조금 귀여운 18년 후배를 노려보았다.

"얀마, 똑똑히 말혀. 사장이 청와대로 끌려가? 거그가 교도소냐?"

"아니, 그러니까…."

"아, 씨벌놈."

입맛을 다시고 난 임명수가 이제는 눈을 가늘게 떴다.

"누구한티서 들었냐?"

"예, 사장 비서실 미스 전한테서."

"뭐라고 그래?"

"청와대에서 연락이 와가지고 바로 끌려갔다고…."

"누가 와서 끌고 간 것이 아니고?"

"예, 그것이…."

"언제?"

"두 시간쯤 전에요."

"이러니까 방귀 뀐 것이 똥 쌌다는 소문으로 번진다고."

했지만 임명수의 표정은 개운치 않다. 이명박이 취임했을 때부터 사장 정연주는 정리 대상 1호였던 것이다. 그러나 정연주는 지금까지 끈질기게 버티고 있다.

그 시간에 청와대 대통령 집무실에서 이명박이 앞쪽에 앉은 정연주에게 말했다.

"정 사장, 그동안 마음고생 많으셨지요?"

"아, 아니, 저는…."

말을 그친 정연주가 심호흡을 했다. 대통령에게서 만나자는 전화가 온 것은 두 시간 전이다. 정무수석 박재완이 먼저 전화를 하고나서 대통령을 바꿔준 것이다. 이건 마치 중소기업 사장이 총무과 여직원을 시켜 전화를 걸게 하고, 전화기를 건네받은 모양새였지만 분위기가 색달랐다. 그래서 청와대로 달려오는 동안 오만 가지 생각이 났던 것이다. 그리고 청와대 정문을 통과한 순간 결심을 했다.

'그래, 사표 내자.'

그때 이명박이 말했다.

"선거 전에 언론에서 조금 치우친 보도를 했다고 내 주변에서 그런 모양인데, 오늘 이 순간부터 잊읍시다."

그러고는 이명박이 이를 드러내고 웃었다.

"내가 진즉 나서서 말렸어야 했는데 미안합니다. 아시다시피 바빴거든요."

"대통령님, 저는…."

갑자기 목이 멘 정연주가 입안의 침을 삼켰을 때 이명박이 앞에 앉은 이동관에게 말했다.

"대변인이 간단하게 사과성명을 내도록 하지. 아주 탁 털어놓고 말하는 것이 나을 거야. 그래야 국민이 받아들여."

14회 다 놓으면 더 얻는다

　이회창 국무총리, 조순형 청와대 비서실장 인사는 이명박의 위상을 돋보이게 하는 시너지 효과를 냈다. 세우리당과 자유선진당의 합당도 일사불란하게 진행되어 12월 5일 세우리당으로 통합되었다. 당명을 '자유세우리'로 하자는 의견이 있었으나 트위터에서 '자유딸딸이'가 낫다는 어떤 놈의 글이 올라오고 나서 대번에 그냥 세우리당으로 통일했다. 2008년 12월 6일, 청와대 비서실장 조순형이 국무총리 이회창에게 전화를 한다. 오전 10시 정각이다.

　"총재님, 접니다."

　조순형의 인사를 이회창이 웃음 띤 목소리로 받는다.

　"조 실장, 나 총재 그만두고 이젠 총리요."

　"어이구, 실례했습니다."

　조순형의 목소리에도 웃음기가 실렸다. 둘은 1935년생 동갑으로 향년 74세. 생일은 조순형이 3월 10일이니 6월 2일인 이회창보다 석 달 빠르다. 이회창이 부드러운 목소리로 묻는다.

"그래, 무슨 일이시오?"

"총리님, 거기 공직윤리비서관실 있습니까?"

정색한 조순형이 묻자 이회창이 대답했다.

"있지요. 그런데 왜?"

"이건 꽤 정확한 정보인데 거기에 '영포라인'이라는 조직이 있는 것 같습니다."

이회창은 입을 다물었고 조순형의 말이 이어졌다.

"청와대 민정수석실 비서관에게 공직자 비리를 조사해서 보고하는 모양인데, 월권하는 경우가 많다고 합니다."

"그거 큰일날 일이군."

"그래서 제가 오늘자로 청와대 비서관들을 정리할 예정입니다."

"그럼 나도 정리하지."

"대통령께 충성하겠다는 순수한 마음이라고 해도 위험합니다."

"당연하지."

"비서실 인사는 제가 맡은 이상 가차 없이 정리하겠습니다."

"여긴 나한테 맡겨요."

그러고는 이회창이 자르듯 말한다.

"앞으로는 어설픈 수작은 안 통해. 이 대통령이 우리한테 기대한 것이 바로 이것일 테니까. 대업(大業)을 망치면 안 된단 말요."

같은 생각이었으므로 조순형은 대답하지 않았다. 그러나 대업이란 말이 조금 걸렸다. 이회창과 대업은 어울리지 않기 때문이다.

2008년 7월 11일 발생한 박왕자 씨 사건으로 금강산 관광은 무기한 중지되었다. 금강산 관광객 박왕자 씨가 이른 아침 바닷가에 산책을 나갔다가 북한 경비병의 총격을 받고 사망한 것이다. 북한은 사과하지 않았고 한국 정부는 7월 12일부터 금강산 관광을 중지했다.

그리고 지금은 휴전선에서 대북방송이 쾅쾅 터지는 상황이다. 야당은 지난 김대중, 노무현 정권에서 10년 동안 구축해놓은 남북 간 신뢰와 평화공존 기반을 이명박 정권이 단숨에 깨뜨렸다고 비난했지만 여론의 호응은 미미했다. 국민은 김대중 정권 때 월드컵 분위기가 고조된 순간에 기습해온 제2차 연평해전을 기억하고 있는 것이다.

2008년 12월 8일, 오전 10시. 청와대 정무회의가 진행 중이다. 정무회의에는 대통령과 비서실장, 그리고 해당 수석이 참석하는데 오늘은 외교안보 회의다. 외교안보수석 김성환이 서류를 펼치며 말했다.

"북한 측은 대통령 특사에 대한 반응이 없습니다. 그 대신 대남 비방 수준이 과격해졌고 전쟁을 불사한다는 표현까지 나오는 상황입니다."

그 순간 이명박의 앞에 켜놓은 컴퓨터 화면에 자료가 죽 떴다. 일목요연하게, 그것도 색깔별로 짙고 연하게 표시돼 있어 눈에 쏙 들어온다. 이명박이 머리를 들고 김성환을 보았다.

"지금 누구 길들이려고 하는 모양이군. 그렇지 않소?"

김성환이 눈만 껌벅이고 있을 때 비서실장 조순형이 대답했다.

"그렇습니다. 떼를 쓸 때마다 한 걸음씩 물러나주었더니 대한민국을 호구로 본 것입니다."

모두의 시선을 받은 조순형이 말을 잇는다.

"대통령께서는 의연하게 계시면 됩니다. 남북회담을 서두르는 기색을 보이면 북쪽에서는 우리를 갖고 놀았으니까요. 이번에는 우리가 버릇을 고쳐야 합니다."

이명박이 얼굴을 펴고 웃었다.

"어디, 한번 기다려봅시다."

그러자 굳어졌던 분위기가 풀렸다. 지금까지 비서실장이 이렇게 가르치는 것처럼 대통령한테 말한 적이 없기 때문이다. 하긴 조순형이 이명박보다 여섯 살 연상이기도 하다.

회의가 끝났을 때 서류를 챙기는 조순형에게 이명박이 일어서며 말했다.

"조 실장, 저 좀 봅시다."

"예, 대통령님."

몸을 세운 조순형에게 이명박이 정색한 얼굴로 묻는다.

"저기, 민정수석실 비서관 셋하고 기획조정실 비서관, 인사비서관하고 정무비서관까지 비서관 여섯 명의 해임 결재를 올리셨던데. 행정관 14명하고 말이오."

그 순간 어수선하던 장내가 순식간에 얼어붙었다. 비디오 스톱 버튼을 누른 것처럼 제각기 몸을 굳히고 있다. 박재완은 허리를 구부정하게 굽힌 채 멈췄고, 김성환은 이쪽에 시선을 준 채 입이 딱 벌어져 있다. 가관인 것은 민정수석 이종찬이다. 자신의 비서관 세 명의 해임 결재가 올라갔다는 말에 눈을 크게 뜨고 자리에서 반쯤 일어서다 굳어졌다. 그때 조순형의 목소리가 회의장을 울렸다.

"예, 대통령님. 모두 충신이고 공신입니다만 '영포라인'이라고 부를 정도로 파당색이 강합니다. 국무총리 직속의 공직윤리지원관실의 영포라인 그룹과 함께 공직자 사찰을 맡고 있는데 월권할 우려가 높습니다. 그래서 안타깝지만 제 권한으로 해직 결재를 올린 것입니다."

한마디 한마디가 정확했고 군소리 하나 끼어 있지 않다. 조용한 회의실에 다시 조순형의 말이 이어졌다.

"물론 국무총리도 지원관실의 영포라인 그룹을 해임할 것입니다."

"허어."

이명박이 한숨과도 같은 신음을 뱉었으므로 모두 숨을 삼켰다. 김성환
은 입안에 괸 침을 삼켰는데 물 한 컵이 넘어가는 소리가 났다. 그때 이명
박이 말했다.

"내 수족을 다 자르는구먼, 비서실장이."

"진정한 수족이라면 대통령을 위하여 그것을 감수해야 할 것입니다,
대통령님."

"억울하지 않을까요?"

"대가를 바라고 일했다면 진정한 심복이 아닙니다. 줄 것이 없으면 돌
아설 사람들이니까요."

"비서실장한테 맡기겠습니다."

심호흡을 한 이명박이 발을 떼면서 말을 잇는다.

"내 임기 끝나고 다시 만나보기로 하지요."

김성환과 박재완, 이동관은 이명박의 등을 응시한 채 움직이지 않는
다. 그들도 산전수전 다 겪은 인간들이다. 대통령이 회의석상을 빌려 비
서실장 조순형에게 영포라인 이야기를 꺼낸 이유를 모두 아는 것이다.
일부러 그 이야기를 꺼내 조순형에게 힘을 실어주면서 남은 사람들에게
경고를 했다. 머리를 돌린 이동관은 조순형의 두 눈이 번들거리는 것을
보았다. 얼굴도 상기되어 있다. 조금 전 장면은 조순형과 공동 제작한 것
이 아닌 것 같다. 그래서 지금 조순형이 감동을 하고 있는 것이다.

말이 씨가 된다는 이야기가 맞는 것 같다. 북한 관련 수석회의를 한 다

음 날 북한 측이 군 실무자 회의를 제의해온 것이다. 군 실무자 회의란 남북 간 대령급을 단장으로 한, 말 그대로 실무회의다. 남북 간 우발적 충돌이나 개성공단 관련 문제 등 자잘한 사건에 대비해 직통전화까지 개설돼 있었지만 효율적이지 못했다. 군 당국자 말마따나 북한 측이 그야말로 꼴리는 대로 회의를 주도했기 때문이다. 이쪽에서 요청하면 응답도 안 하다가 저희들이 필요할 때는 불쑥 연락을 해온다. 물론 그때마다 한국 측이 받아줬기 때문에 그런 버릇이 들었을 것이다. 국방부 장관 이상희가 보고했다.

"지난 7월 박왕자 씨 사건으로 군 실무자 회의를 제의했는데, 지금까지 연락도 없다가 제의해온 것입니다."

"그렇다면 우리가 요구한 대로 사과하고 재발 방지 약속을 하려는 거요?"

하고 이명박이 묻자 이상희가 머리를 한쪽으로 기울였다.

"그건 모르겠습니다, 대통령님."

청와대 회의실에는 안보담당 장관이 모두 모여 있다. 이명박의 시선이 행정안전부 장관 원세훈, 국정원장 김성호의 얼굴을 스치고 지나갔지만 아무도 시선을 마주치려고 하지 않는다. 이윽고 이명박이 혼잣소리처럼 말했다.

"이대로 나가면 안 돼."

다음 날 오후, 보병 제2사단 17연대장 조태수 대령이 국방부 장관 집무실로 들어선다. 조태수는 강원도 인제에 있는 연대에서 연대 산악훈련을 시찰하다 난데없는 장관의 호출을 받은 것이다. 오전 10시에 호출을 받고 그야말로 좆 빠지게 달려왔다. 오면서 머리가 터지도록 장관이 호출한 이유를 생각했지만 알 수가 없다. 조태수는 이제 대령 2년차지만 육사 동기 중에서 별을 딴 놈이 다섯이나 된다. 조태수는 중령 때 사고를 일으켜 대령 딴 것만으로 만족하고 있다. 중령 10년 만에 진급한 것이다.

"충성!"

들어서자마자 벽력같은 구호를 외치며 경례를 올려붙였던 조태수의 시선이 국방부 장관 이상희에서 그 옆으로 옮겨졌다. 그 순간 조태수는 얼어붙었다. 전두환이다. 전두환이 옆쪽 의자에 웅크리듯 앉아 있는 것이다. 전통이 웬일인가?

"어, 거기 앉아."

하고 이상희가 말했으므로 그때서야 조태수가 손을 내렸다. 그러고는 옆쪽 소파 귀퉁이에 엉덩이의 반만 걸치고 앉는다. 그때 이상희가 전두환을 보았다.

"원로께서 말씀하시지요."

그러자 전두환이 헛기침부터 했다. 전두환과 시선이 부딪쳤으므로 조태수는 숨을 들이켰다. 조태수에게는 전두환이 군인이었다. 박정희도 군 출신 대통령이지만 그는 정치인 같다. 그때 전두환이 물었다.

"네가 중령 때 선배 대령을 팼냐?"

"예, 각하."

얼떨결에 각하라고 해버렸다. 그러자 전두환이 입맛을 다셨다.

"그 대령 놈이 정훈교육 때 북한의 주적 지칭을 없애야 한다고 했다면서?"

"예, 각하."

"그래서 진급이 4년이나 밀렸구나. 그렇지?"

그렇다고 대답하기가 멋쩍었으므로 조태수는 입을 다물었다. 김대중

정권 초기였으니 선배들이 덮어주지 않았다면 그때 끝났을 것이다. 다시 전두환이 말을 잇는다.

"네가 할 일이 있다. 듣느냐?"

"예, 각하."

"너, 모레 남북 간 군사 실무회담에 한국 측 대표로 가라."

"예, 각하."

"실무 지시는 여기 장관한테 듣고, 내가 널 고른 이유는…"

심호흡을 한 전두환이 똑바로 조태수를 보았다.

"한국 장교의 기백을 그 새끼들한테 보여 주라는 것이다. 가만두었더니 너희를 아주 졸로 보고 있지 않느냐?"

조태수는 이번에도 대답 대신 심호흡을 했다. 이제야 자신의 용도를 안 것이다.

국무회의는 대통령이 주재한다. 그것이 원칙이다. 대통령은 행정부 수장(首長)인 것이다. 그런데 오늘 국무회의는 총리 공관에서 열렸다. 특별한 경우를 제외하고 앞으로 국무회의는 총리 주재로 열리게 된 것이다. 그래서 회의실 밖에는 기자들로 가득 차 있다. 문화체육관광부 장관 유인촌은 조금 늦게 왔다가 기자들에게 포위되어 5분이나 늦게 회의실에 들어왔다. 회의실 문이 안에서 잠겼을 때 이회창이 장관들을 둘러보며 말했다.

"내가 요즘 대통령님 생각을 많이 하는데."

장관들이 긴장했으므로 이회창의 얼굴에 쓴웃음이 번졌다.

"마침내 결론을 얻었어요. 그것은 많이 버릴수록 많이 얻는다는 것이오."

174

어색한 듯 입맛을 다신 이회창이 말을 잇는다.

"이를테면 권한과 명예, 또는 욕심까지 털어 내놓으면 더 큰 것이 오는 것 같습디다. 그것을 뭐라고 표현해야 할지 모르겠지만."

그러더니 헛기침을 하고 정색했다.

"대통령이 솔선수범하시는데 우리가 따르지 못한다면 말이 안 되지. 자, 일합시다."

"씨발, 깝깝하구먼."

'세종시건설추진위원회' 위원장 양상문이 잇새로 투덜거렸다. 을지로 뒷골목에 자리한 사무실에는 양상문과 고문 명함을 갖고 다니는 유영복 둘이 앉아 있다. 시간당 4000원씩 받고 '알바'로 일하는 미스 김이 인쇄소에 심부름을 갔기 때문이다.

세종시건설추진위원회는 민간단체다. 아직 정부에서 공식 기구가 발족하지 않은 터라 충남 연기군과 공주시의 지원을 받아 보증금 1000만 원에 월세 120만 원으로 20평 규모의 낡은 건물에 사무실을 차려놓았다. 물론 양상문과 유영복은 자유선진당 당원이며 각각 군의원과 시의원으로 한 번씩 일해본 경력이 있다. 둘은 연기군과 공주시를 대표해 서울에 사무실을 차려놓고 해당 지역의 대리인 임무를 맡기로 한 것이다. 그러나 무보수인 데다 서울 상황에 압도당해서 두 달 동안 명함도 제대로 못 뿌리고 있다. 유영복이 입맛을 다시고 나서 말을 받는다.

"네미, 광우병 소동으로 정신을 못 차리다 세우리당, 종교세 국민투표, 세대결연, 10월유신에다 이제는 이회창이 총리가 되었어. 이렇게 정신없이 휘몰아가는 통에 세종시 이야기를 꺼낼 틈이 있었나, 어디?"

"이젠 세종시 문제가 튀어나올 때가 되었는데 말야."

양상문이 한 장밖에 남지 않은 12월 달력에 시선을 주고 나서 말을 잇는다.

"이 총재가 총리가 되고 조순형이 비서실장이 되었으니 충청도가 힘을 쓸 수도 있는 것 아녀?"

"글쎄, 그것이."

50대 중반으로 양상문과 비슷한 연배지만 유영복은 세파를 더 겪었다. 그래서 그런지 약간 부정적이다. 유영복이 말을 이었다.

"이 총재, 조순형이 이명박의 손바닥 안에 잡힌 꼴이 된 것 아니겠어? 그러니 세종시 문제를 대놓고 밀어붙이기가 더 곤란해질 가능성도 있다구."

"아니, 그렇다고 우리를 배신할 건가? 이명박이도 세종시 건설하겠다고 약속했으니까 말 뒤집지는 못해."

"두고 보자고."

이번에도 둘의 대화는 이렇게 결론 없이 끝났다. 갑론을박하면서 일희일비하지만 아직까지 세종시 건설은 급박한 문제는 아니었다. 노무현 정권 때 추진한 일인 데다 그때부터 찬반양론으로 나뉘어 지금도 논란이 진행 중이기 때문이다. 그러나 이명박이 대선 때 세종시 건설을 재확인해주었다. 둘은 그것에 의지하고 있다. 다른 건 다 소용없다. 확인서, 보증서 백 장 있어도 대통령 한마디면 다 깨진다. 지금 돌아가는 상황을 보면 더 그렇다. 그때 양상문이 말했다.

"지금 이명박이 기세라면 세종시는 물론 대운하를 파도 언놈도 반대하지 못할 거여."

맞는 말이었으므로 유영복은 입을 다물었다. 둘은 세종시를 위해 지난 대선 때 정동영을 찍었다. 정동영이 노무현의 계승자였기 때문이다.

조태수는 특전사 중령 때 대령을 팼다. 그러고는 천신만고 끝에 대령을 달고 일반 보병사단 연대장이 된 것이다. 그러나 오늘 조태수는 특전사용 검정 베레모를 썼다. 작업복에 대령 계급장만 붙이고 나타났더니 뒤를 따르는 제복 차림의 부대표 두 중령이 대표 같았다.

오늘은 언론사 기자가 100명 가까이 따라 붙었다. 박왕자 사건 이후로 금강산 관광이 중지된 지 만 5개월이 된 것이다. 북한 측이 사과를 할 것인지, 아니면 대북방송을 다시 시작한 것에 항의를 할 것인지 언론은 갖가지 추측을 내놓았다. 추측이나 진단이 틀려도 눈곱만큼의 책임도 지지 않는 대학교수들이 TV에 나와 또 떠들었다. 남북관계 개선, 사과, 항의 등의 말잔치가 벌어진 후라 국민은 식상한 채로 TV를 응시한다. 판문점의 테이블에 양측 대표단이 인사를 마치고는 마주 보고 앉는다. 그때 북한 측 대표 강인철 대좌가 똑바로 조태수를 응시하며 말했다.

"대북방송을 당장 중지하지 않으면 후회하게 될 겁니다. 즉시 대북방송을 중지하고 사과성명을 발표해주시오."

조태수는 눈만 껌벅인 채 대답하지 않았으므로 강인철의 목소리가 더 높아졌다.

"마지막으로 경고하오. 위대한 공화국 군대는 남조선을 불바다로 만들 수 있다는 것을 명심해야 할 것이오. 이것은 최후통첩이오. 대북방송을 중지하고 사과할 것, 아시겠소?"

그러고는 강인철이 어깨를 부풀린 자세로 조태수를 노려보았다. 강인철은 이번까지 네 차례 군사회담 대표로 나왔다. 그리고 지난 세 차례는 이와 비슷한 분위기로 남측을 압도했다. 세 차례 다 대표가 달랐지만 두 놈은 일그러진 웃음을 띤 채 슬슬 비켜갔고 한 놈은 놀라서 목소리까지 떨었다. 그놈은 팬티에 오줌을 싼 것 같다고들 했다. 그때 강인철의 시선을 잡은 채 조태수가 말했다.

"양아치 새끼가 드럽게 지랄허고 자빠졌네, 씨벌놈."

강인철은 2초쯤 가만히 있었다. 한국말이라도 전혀 예상 밖의 단어가 나오면 '뺑' 하는 것이다. 그때 조태수가 말을 잇는다.

"야, 이 씨벌놈아. 인민군 키가 160도 안 된다며? 그 좆만한 놈들을 데리고 무슨 전쟁을 한다는 거여?"

그러고는 어깨를 부풀리며 마무리를 했다.

"너, 여기서 펄펄 뛰었다가는 내가 대번에 뛰어 일어나 패 쥐여버리겠어. 그러니까 잠자코 앉아 있다가 꺼져, 씨벌놈아."

말이 끝나자마자 조태수가 벌떡 일어서자 강인철의 상반신이 조금 뒤로 젖혀졌다. 그래서 말대꾸할 타이밍도 놓쳤다.

15회 통일 준비

"남북대화를 하기 전에 내부 기반부터 굳혀야 할 것입니다."

전두환의 목소리가 회의실을 울렸다. 회의실에는 이명박과 이회창, 국방부 장관 이상희, 외교부 장관 유명환, 통일부 장관 김하중에 비서실장 조순형과 안보수석 김성환까지 둘러앉아 어제 판문점에서 있었던 남북 군사회담 이야기를 하는 중이다. 모두의 시선을 받은 안보담당 국가원로 전두환이 말을 이었다.

"아직도 친북, 종북 분자들이 사회 각 분야에 암세포처럼 번져 있습니다. 그들이 지난 광우병 난동 사건을 주도했고 지금까지 정부 정책에 반대하는 투쟁을 배후에서 조종해온 것입니다."

회의실 안은 조용하다. 그러나 지금은 달라지긴 했다. 국가보안법이 제대로 시행되면서 제각기 머리를 감추고 있지만 사회 곳곳에 박혀 있는 반역세력의 뿌리는 깊다. 전두환이 둘러앉은 면면을 훑어보았다.

"김정일이 저렇듯 기세를 올리는 가장 큰 이유는 핵 때문이 아닙니다.

평균 신장이 160cm도 안 되는 난쟁이 인민군 부대 때문도 아닙니다."

그러고는 얼굴을 일그러뜨리며 웃었다.

"남한에서 공공연히 종북활동을 하는 반역자들 때문입니다. 그들을 보면 금방 통일이 될 것 같은 환상에 빠지는 게 당연합니다. 이 지구상에 이런 나라가 없습니다. 역사를 봐도 이런 해괴한 경우가 없습니다. 하마터면 큰일날 뻔했지만 지금도 위험합니다. 휴전상태에서 적국에 동조하는 무리가 국회에까지 침투해 있다니요. 이는 패망하기 전의 월남보다 더 위험한 상황입니다."

전두환이 입을 다물었다. 월남에선 간첩들이 군, 정부, 학생 사이에 숨어 활동했지만 지금 한국은 대놓고 종북주의자가 나서고 있다. 이러니 김정일은 어느 곳에 폭탄 한 발만 터뜨려도 수백만 친북세력이 폭동과 게릴라전을 일으켜 호응하리라 믿고 있는 것이다. 역사는 수레바퀴처럼 같은 사건을 반복한다. 58년 전인 1950년도 지금과 비슷한 상황이었다. 김정일의 아버지 김일성이 북한 통치자였고 남한에서는 여운형, 박헌영이 이끄는 공산당이 매일 폭동을 일으켰다. 김일성은 인민군이 휴전선만 돌파하면 남한에 있는 공산당이 일제히 궐기할 것이라고 믿었다.

회의가 끝나고 넷이 대통령 집무실로 옮겨왔다. 이명박과 전두환, 이회창과 조순형이다. 셋이 집무실 소파에 둘러앉았을 때 뒤에서 얼쩡거리던 조순형이 말했다.

"저는 물러가 있겠습니다."

"아니, 조 실장, 앉으세요."

이명박이 눈으로 앞쪽을 가리키며 말했다.

"뭐, 격 따지지 마십시다. 나는 조 실장을 비서실장보다 조언자로 여기고 있으니까."

그러자 전두환이 둘을 번갈아 보았다. 정색한 얼굴이다. 그가 이명박에게 말했다.

"대통령님, 참 대단하십니다."

"아니, 뭐가요?"

"나도 대통령을 해보았지만 그렇게 탁 내려놓는 것은 생각도 못 했습니다."

"잘하셨지요. 그래서 충신도 많으시고."

"아니, 이 대통령도 나중에 보셔야지요."

"에구, 5년차에 무너지지만 않아도 다행입니다."

"아니, 지금 누구 약 올리시는 겁니까? 대통령 이야기만 하시게?"

하고 이회창이 나섰으므로 둘은 말을 그쳤다. 쓴웃음을 짓고 난 전두환이 입을 열었다.

"어제 남북군사회담에서 한바탕 당한 북한이 곧 대응을 해올 것입니다. 이에 대한 대비를 해야 합니다."

전두환이 말하자 이명박은 고개를 끄덕였다. 북한이 남북군사회담을 제의해오자 이명박은 전두환에게 회담을 일임했던 것이다. 회담장 모습을 모조리 생생하게 녹화한 뒤 어제부터 TV로 계속 방송하고 있다. 지금은 전 세계로 퍼져나가 아프리카에서도 조태수가 "씨발놈, 좆만한 놈" 하는 장면이 방송된다고 했다. 프랑스에서는 '좆만한 놈'을 '페니스만한 놈'으로 직역해 시청자 항의가 빗발친다고 했다. 한국군 위상을 업그레이드한 사건이다. 조태수가 무지막지하게 퍼붓고 회담장을 나갔을 때 북측 대표단은 제대로 항의조차 못 했다. 뒷모습에 대고 "어, 어, 저 새끼" 하는 동안 문이 닫혀버린 것이다.

그러나 회담장 안에 몰래 카메라를 설치해놓은 뒤 그 모습을 촬영하고 방송에 내보낸 것은 엄연한 회담 규칙 위반이다. 더구나 개망신까지 당했으니 북한이 가만있을 리 없다. 그때 이명박이 전두환에게 물었다.

"저한테 하실 말씀이 있다고 했는데 뭡니까?"

그러자 모두의 시선이 모아졌으므로 전두환이 헛기침을 했다.

"예, 그것이."

머리를 든 전두환이 이명박을 보았다.

"저, 상징적인 인물 하나를 대통령께 추천하려고 합니다."

"인사 문제라면 여기 총리도 계시니까 잘 되었습니다. 말씀하시지요."

"국정원장이 요즘 가장 중요합니다."

그러자 이회창이 묻는다.

"상징적인 인물을 추천한다고 하셨습니까?"

"예, 요즘 70대 장군을 다시 복귀시키는 것과 같은 맥락으로 보시면 됩니다."

전두환이 열성적으로 말했다. 벗어진 이마에서 땀방울이 배어나왔다. 이명박이 말을 받는다.

"말씀해보시지요. 국정원장에 누구를 추천하려고 하십니까?"

"예, 장세동이를…."

그 순간 이명박과 이회창이 서로의 얼굴을 보았다. 이회창은 조순형과도 시선을 마주친다. 그때 전두환이 말을 잇는다.

"장세동은 1985년부터 3년간 국정원 전신인 안기부에서 부장을 지냈지요. 그래서 경험도 있습니다. 그러나 무엇보다도…."

전두환이 이명박과 이회창을 차례로 보았다.

"국정원의 안보, 대공 기능 강화와 더불어 북한에 대한 경고로 장세동만한 카드가 없다고 생각합니다."

"그래서 상징적이라고 말씀하셨군요."

이명박이 혼잣소리처럼 말했을 때 이회창이 묻는다.

"그런데 장세동 씨는 올해 나이가 어떻게 됩니까?"

"예, 1936년생이니까 이 총리보다 한 살 아래입니다."

"아니, 그렇습니까? 어이구, 내가 너무 오래 산 것 같은 느낌이 드는군."

놀란 표정으로 이회창이 말하자 조순형은 입맛만 다셨다. 그때 이명박이 이회창에게 물었다.

"총리께선 어떻게 생각하십니까?"

"저는 찬성입니다."

이명박의 시선을 받은 조순형도 고개를 끄덕였다.

"제 의견을 물으신다면 적절한 인사 같습니다, 대통령님."

그러자 이명박이 전두환에게 말했다.

"원로께서 쿠데타를 일으키지 않겠다는 각서만 쓰시면 됩니다."

입을 꾹 다문 문재인이 창밖을 응시한 채 생각에 잠겼다. 오후 5시가 돼가고 있다. KTX가 대전을 지난 지 30분쯤 되었으니 곧 서울에 도착할 것이다. 차 안은 조용하다. 옆쪽에 앉은 김경수는 눈을 감고 머리를 의자에 붙였지만 자는 것 같지는 않다. 긴장한 것이다. 노무현 정권 말기부터 슬슬 터져 나오던 측근 비리는 이명박 정권의 대형 이슈가 이어지는 동안 잠잠해진 것 같았지만, 아니다. 가려져 있었을 뿐이다. 그래서 자신도 잊고 있는 사이 암세포처럼 서서히 잠식해왔다.

2008년 3월부터다. 세종캐피탈 홍기옥 사장과 태광실업 박연차 회장을 검찰이 차근차근 수사해온 것이다. 2008년 7월 국세청이 태광실업 세

무조사를 시작했고, 11월에는 대검찰청 중앙수사부가 사건을 본격적으로 조사했다. 11월 19일에는 세종캐피탈 김형진 회장을 체포했다가 21일 돌려보냈으며, 22일에는 홍기옥 사장을 구속했다. 24일에는 레피로스 정화삼 사장 형제를 구속하고, 노건평 씨를 출국 금지했다. 그러다가 12월 4일 노건평 씨를 구속했으며 12월 12일에는 박연차를 구속했다. 점점 좁혀오고 있었다. 암세포가 심장 노무현에게 다가오고 있는 것이다. 그때 김경수가 눈을 뜨더니 물었다.

"실장님, 지금까지 이명박 대통령이 저희 대통령님을 직접 찾아오고 그랬지 않습니까?"

문재인의 시선을 받은 김경수가 굳은 얼굴로 말을 잇는다.

"그런데 이번에는 왜 실장님을 만나자고 했을까요? 저는 좀 꺼림칙합니다."

머리를 돌린 문재인은 대답 대신 입맛을 다셨다. 답답한 김경수는 가슴에 맺힌 말을 기어코 꺼내고 말았다. KTX를 타고 오면서 문재인도 계속해서 그 생각을 해온 것이다. 역시 문재인의 가슴도 꺼림칙했다. 비서실장 조순형이 전화를 해온 것은 어제 오후였다. 문재인을 찾은 조순형이 정중한 목소리로 말했다.

"대통령께서 문 실장을 뵙자고 하십니다. 내일 오후 7시쯤 괜찮겠습니까?"

그러더니 무엇을 타고 올 것이냐고 묻고 서울역으로 차를 보내겠다고 했다. 경황도 없었지만 조순형의 정중함에 조금 기가 질려 문재인은 무엇 때문에 그러느냐고 묻지 못했다. 그때 주위를 둘러본 김경수가 목소리를 낮추고 말했다.

"실장님, 제가 대검에서 들은 소문입니다만, 중수부에서 차용증을 확보했다고 합니다."

문재인의 시선을 받은 김경수가 아랫입술을 물었다가 풀었다.

"대통령님이 쓰신 차용증 말입니다."

"…"

"15억짜리라고 합니다."

문재인은 다시 머리를 돌려 창밖을 보았다. 12월 하순의 흐린 날씨다. 그래서 오후 5시인데도 늦은 저녁 같다.

"어서 오시오."

집무실로 들어선 문재인을 이명박이 웃음 띤 얼굴로 맞는다.

"안녕하셨습니까?"

문재인이 허리를 굽혀 인사했다. 집무실 안에는 이회창과 법무부 장관 김경한, 그리고 비서실장 조순형까지 셋이 모여 있었다. 그들이 모두 악수를 청하는 바람에 문재인은 하나씩 손을 잡았고 가슴이 점점 가라앉았다. 김경한을 본 순간 예감이 맞는 것 같았기 때문이다. 이윽고 문재인은 그들과 함께 원탁에 둘러앉는다. 1년 만에 들어온 대통령 집무실이다. 책상은 그대로인데 소파와 원탁이 바뀌었다. 그러고 보니 벽에 동양화 대신 세계지도가 붙어 있다. 그때 이명박이 입을 열었다.

"이거, 오시라고 해서 미안합니다."

방 안의 시선이 자신에게 쏠리자 문재인이 심호흡을 했다. 이명박이 말을 잇는다.

"노 전임께 직접 말씀드리는 것보다 문 실장께 전하는 것이 나을 것 같아서요."

문재인은 어금니를 물었다가 풀고 어깨를 폈다. 좋다, 통보해라. 각오

했다.

"예, 대통령님. 듣겠습니다."

"잘 알고 계시겠지만 이번 사건 말입니다."

"…"

"나도 이를 악물고 지난번에 내 측근을 다 쳐냈습니다. 이번에 '영포라인'인가 하는 조직도 총리, 실장의 도움을 받아서 다 쳐냈지요."

하도 어금니를 세게 물고 있던 터라 문재인은 입을 잠깐 벌렸다 닫는다. 다시 이명박이 말을 이었다.

"나를 대통령 만들려고 모든 것을 희생한 사람도 많습니다. 자기 돈을 쏟아부은 사람도 많고요. 하지만 나는 싹을 잘라버렸습니다. 그래서 나하고 원수가 된 사람도 있을 것입니다."

"…"

"나도 돈 먹어보았어요. 내가 먹으니까 내 부하들도 당연히 따라 먹습니다. 그것을 그냥 놔두어야 기계에 기름칠한 것처럼 조직이 잘 돌아간다고 믿었지요."

다시 문재인이 어금니를 물었다. 그래, 뻔한 결론을 내놓아라. 사설 그만 풀고, 우리를 칠 수밖에 없는 너의 처지를 다 이해한다. 그때 이명박이 길게 숨을 뱉은 뒤 말했다.

"이건 원칙에서 벗어납니다. 국민이 어떻게 생각할지도 나는 고려하지 않았어요. 하지만 나는 이 조사를 이 시점에서 중지하기로 결정했습니다. 총리께도 양해를 구했고 내가 책임지겠다고 했습니다."

시선을 든 문재인의 입이 저절로 벌어졌지만 본인은 느끼지 못한다. 머릿속도 비어서 아무 생각도 떠오르지 않았다. 이명박이 말을 잇는다.

"내가 중수부에 지시했습니다. 대통령이 법과 원칙을 무시하고 월권을

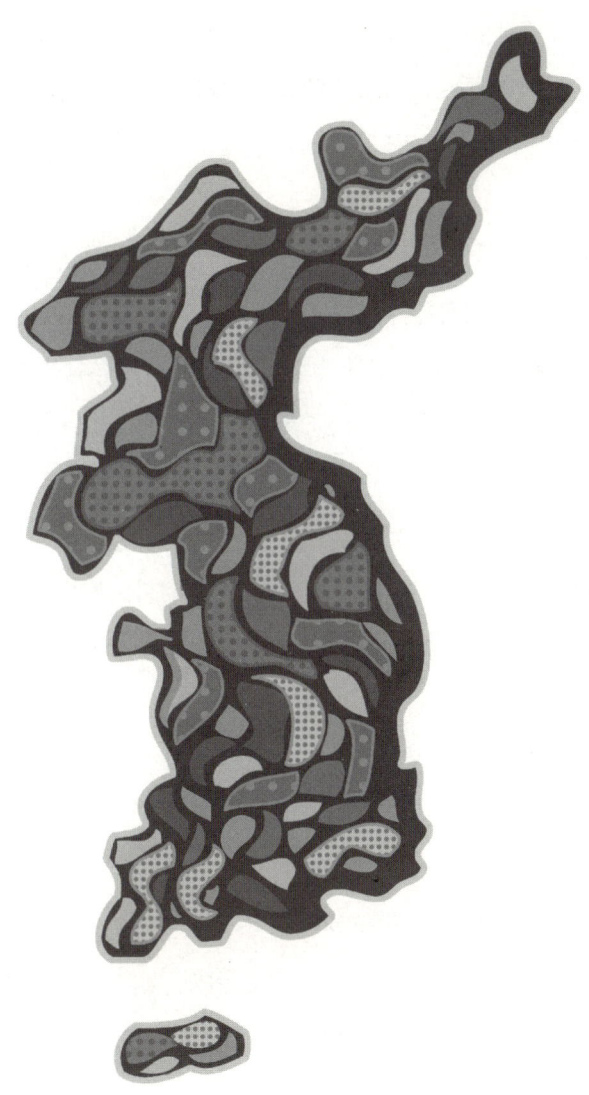

한 셈이지만 노 대통령의 권위와 명예를 손상하면 안 된다고 했어요."

그 순간 문재인이 입을 열었다가 도로 닫았다. 갑자기 목이 메었기 때문이다. 그래서 눈만 껌벅였더니 이회창이 말했다.

"하지만 나머지는 그대로 진행할 것입니다. 그렇게 알고 계세요."

이제는 이회창의 표정도 부드럽다.

2008년이 저물어가는 12월 하순, 대한민국 국민은 또 한 번 충격을 받는다. 이명박이 저지른 일 때문이다. 물론 이 충격이 감동과 흥분으로 이어진 사람도 있고, 분노와 불만을 터뜨리는 계기로 삼은 사람도 있을 것이다. 바로 장세동을 국정원장으로 임명한다는 발표 때문이다. 2008년 장세동은 73세로, 10여 년 만에 복귀한 하나회 장성들과 함께 70대 전성시대에 합류했다.

"씨발, 우리가 시방 전두환 정권 치하에서 사는 겨 뭐여?"

인테리어업자 오종택이 투덜거렸다. 오늘은 오종택의 대녀(代女)이며 서상국의 출판사 사원이 된 이애주까지 셋이 삼겹살집에 모였다. 소주잔을 든 오종택이 말을 잇는다.

"이건 70대 전성시대 아녀? 사회가 개발되고 진보혀 나가야지, 옛날 군사독재 시대로 돌아간 것 같으다."

"이 자식은 오다가 없는 모양이구먼."

혀를 찬 서상국이 한 모금에 소주를 삼켰다. 삼겹살집 안은 소란하다. 연기가 자욱한 사이로 종업원이 분주하게 오간다. 오종택이 머리를 돌려 이애주를 보았다.

"그래, 내 대녀는 어떻게 생각허나?"

"지난주에 나흘간 이승만 캠프에 다녀왔어요."

이애주가 고분고분 말하더니 할끗 서상국을 보았다.

"사장님이 보내주셔서요."

"그거야 돈 드는 일이 아니었으니까."

쓴웃음을 지은 서상국이 말했다. 이승만 캠프는 두 달 전부터 청와대 교육과학수석 주도로 만든 '이승만 공부' 프로그램이다. 전국 274개 교육장에서 건국 대통령 이승만의 생애에 대해 가감 없이 알려주는 것이다.

이승만은 1875년 태어나 1965년 하와이에서 91세로 운명했다. 그는 1912년 식민지가 된 조선을 떠나 해외에서 33년간 무국적자로 떠돌며 독립운동을 하다가 1945년 71세 때 조국에 돌아왔다. 5년 8개월 만에 조지워싱턴대 학사, 하버드대 석사, 프린스턴대 정치학 박사를 획득한 노력가다. 조선제국의 사형수가 되어 옥중에서 20대에 저술한 '독립정신'은 1900년 초 대한민국의 자유민주주의 체제를 구상해놓은 것이었다. 두 전라도 중년의 시선을 받은 이애주가 방그레 웃었다.

"이승만 박사도 71세 때 귀국해 74세에 대한민국 초대 대통령이 되었더라고요, 뭐."

"음, 그런가?"

오종택은 건성으로 대답했지만 서상국이 지그시 이애주를 보았다.

"독재자 아녀? 남북 분단의 원흉이고."

"아니에요."

정색한 이애주가 머리를 내저었다.

"저도 사장님처럼 그렇게 배웠어요. 그런데….."

"그런데 뭐?"

"이승만 박사의 장단점을 말하기 전에 우리는 우리의 뿌리가 무엇인지부터 알아야 한다고 생각해요."

"뿌리가 뭐야?"

오종택이 다시 묻자 이애주가 차분하게 대답했다.

"대한민국이요. 대한민국은 이승만 박사가 건국한 것이고, 이승만은 건국 대통령이라는 사실이요."

"네미."

했지만 오종택은 꼬투리를 잡을 지식이 부족했고 서상국은 웃기만 한다. 그래서 오종택이 분김에 전두환에게 화풀이를 했다.

"씨발, 장세동이까지 국정원장을 시킨다니 또 한 번 12 · 12 일으키면 되겠다."

2008년 12월 30일, 연말 휴가가 시작된 날 오전 10시 정각이다. 모든 TV 방송에 속보가 떴다. 속보는 정규방송 도중에 밑부분 자막으로 나왔다.

"북한, 11시 정각에 대남 특별성명 발표."

국민은 연속극을, 흘러간 명화를, 다큐멘터리를 보다가 기분이 상했다. 들뜬 휴가 분위기가 깨진 것이다.

"이건 또 무슨 일이야?"

홍대 근처 지하 슈퍼에서 정육점을 하는 윤재덕이 투덜거렸다. 윤재덕은 자신을 실향민 가족이라고 부른다. 함흥이 고향인 윤재덕의 부모가 6 · 25전쟁 때 월남했기 때문이다. 어머니는 10년 전 돌아가셨지만 혼자 남은 아버지가 지금도 끈질기게 '이산가족 상봉' 신청을 하고 있다. 이제 90세가 된 아버지가 집에서 TV를 봤을지도 모른다고 생각하니 윤재덕의 심장 박동이 빨라졌다. 6 · 25전쟁 때 할아버지가 인민군에게 총살당한 터라 아버지는 북한을 용납하지 않는다.

"씨발놈들 무슨 성명이야?"

했지만 윤재덕은 예상할 수 있었다. 며칠 전에 판문점에서 있었던 남북군사회담 때문일 것이다. 한국 측은 의도적으로 강골(强骨) 장교를 내세워 북한 측을 제압했고 그것을 촬영해 방송했다. 북한 처지에서 이는 치욕이며 북한군 사기에도 엄청난 영향을 미칠 것이었다. 그것에 대한 복수다.

2008년 12월 30일 오전 11시 정각, TV 화면에 시장 아주머니처럼 생기고 괴상한 억양으로 유명해진 북한 아나운서가 나왔다. 아나운서가 화면을 똑바로 응시하며 말했다.

"남조선 당국은 이번 군사회담 때의 만행을 사과하지 않으면 그 몇만 배의 보복을 당하게 될 것이다. 따라서 조선인민민주주의공화국은 남조선의 대통령급 사죄 특사가 즉시 평양으로 출두할 것을 명령한다."

목소리가 쩌렁쩌렁 울렸다.

16회 남북대화

김대중 전(前) 대통령의 방북 일정은 2009년 1월 15일로 결정됐다. 그러나 평양의 아줌마 아나운서가 대통령급 사죄 특사를 즉시 평양으로 출두시키라는 명령을 한 지 보름 만이어서 여론이 들끓었다. 이명박이 진짜 사죄 특사를 보내는 것 아니냐고 분개하는 사람이 많았던 것이다.

여론조사 좋아하는 신문들이 너도나도 5개 조사기관이 내놓은 결과를 평균 내어 기사화했다. 국민 73%가 이번 특사 방문이 너무 빠르다고 했다는 것이다. 그러나 이명박은 대변인 이동관을 시켜 짤막하게 몇 마디만 했다.

"시기가 됐기 때문에 특사께서 가시는 것입니다. 나는 북한 당국의 눈치를 보지 않고 여론에 따라 움직이지도 않습니다."

국무총리 이회창은 대변인을 통한 대통령의 담화내용을 미리 보지 못했다. 물론 보려고 결심만 하면 볼 수는 있었을 것이다. 그래서 총리실에 앉아 이동관이 대신한 대통령의 성명을 듣고 크게 감동했다.

"과연. 대통령이라면 저래야지."

혼자 머리를 끄덕이던 이회창이 심호흡을 했다. 국무총리의 위상이 지금처럼 높아진 적이 없는 것이다. 국무위원의 임명제청권은 물론 국무회의도 주관하게 됨으로써 명실공히 2인자 위치가 확고해졌다. 이것이 다누구 덕인가. 대통령 이명박이 과감하고 통 큰 정치를 했기 때문이다. 이렇게 밀어준 이명박을 배신할 수 있겠는가.

1월 15일 오후 3시, 개성을 통해 고속도로를 달려 평양에 도착한 특사 김대중은 평양 외곽에 자리한 모란봉초대소에서 조선인민회의 상임위원장 김영남의 영접을 받는다. 지난번 평양을 방문했을 때는 평양공항에서 김정일의 영접을 받았지만 지금은 대통령 특사가 돼서 왔다. 김영남의 영접도 격이 낮은 것이 아니다. 영접행사가 끝나고 초대소 안 넓은 응접실에 편안히 둘러앉았을 때 김영남이 넌지시 물었다.

"6 · 15선언이 잘 수행될 것 같습니까?"

"아, 그거야."

소파에 등을 붙인 김대중이 지그시 김영남을 보았다. 북한은 지금 전임 대통령인 김대중이 이명박의 사죄 특사로 왔다고 대대적으로 선전 중이다. 사죄 특사에 환영식은 필요 없었기 때문에 꽃다발도 걸어주지 않았다. 김대중이 말을 잇는다.

"잘 아시겠지만 분위기가 달라졌어요. 그래서 내가 마지막으로 남북간 관계개선에 도움을 드리고 싶었습니다."

응접실 안에는 김영남과 외무성 부상 리용호, 그리고 한국 측에서는 김대중과 보좌역인 이재오까지 넷이 둘러앉았다. 내일 아침 김정일과의 회담에 대비한 예비회담 격이다. 김영남이 가라앉은 목소리로 말했다.

"이명박 정권이 들어서면서부터 북남 간 대결구도로 가는 바람에 지난 10년간 쌓아올린 북남 간 우호 협력 기반이 무너지고 있단 말입니다."

그러자 리용호가 거들었다.

"아니, 이미 다 무너졌습니다. 오히려 10년 전보다 더 악화됐습니다."

김대중과 이재오는 입을 다물었고 다시 김영남의 말이 이어졌다.

"이렇게 급박한 시기에 김 대통령께서 잘 오신 것 같단 말씀입니다. 하지만 내일 지도자 동지께 구체적인 대안을 내놓으셔야만 할 것 같습니다."

이는 은근히 대안을 가져왔느냐고 압박하는 것이나 마찬가지다. 그때 이재오가 말했다.

"그래서 김 전임 대통령께서 오신 것 아니겠습니까? 몸이 편치 않으시면서도 이렇게 무리를 하신 것입니다."

그러나 김영남은 물론이고 리용호도 대답하지 않는다.

그날 저녁 오후 8시 반, 이명박 대통령이 KBS TV '국민과의 대화'에 출연했다. 대통령 특사가 평양에 도착한 시점에 맞춰 일정을 잡은 것이다. 지금은 세계 곳곳에 흩어진 회사원들과 화상회의를 하는 시대다. 주석궁에 박힌 김정일이 오늘 이 장면을 놓칠 리 없다는 것을 청와대 측도 계산에 넣고 대통령을 출연시킨 것이다. 영등포에서 문구점을 한다는 50대 중반의 신기식이 이명박에게 질문했다.

"김 전임께서 한반도의 평화공존을 위해 대북 특사로 평양에 가셨다는 정부 발표는 국민을 호도하는 것입니다. 요즘 세상에 그런 두루뭉술한 발표를 믿는 국민은 하나도 없습니다. 김 전임께서 구체적으로 무슨 목적을 갖고 특사로 가셨는지 대통령께서는 말씀해주실 수 있으신지요?"

김정일이 주석궁 응접실에서 그 장면을 보았다. 그의 옆에는 26세가 된 김정은이 앉아 있다. 질문이 끝나고 화면이 이명박의 얼굴로 옮겨졌다. 클로즈업된 이명박의 얼굴이 조금 굳어 있다.

"저 새끼, 저렇게 물은 놈 말입니다. 총살해야 하는 것 아닙니까? 건방지게시리."

김정은이 불쑥 물었다가 김정일의 표정을 보고는 제 말에 제가 대답했다.

"하긴 저것도 각본대로 읽는 것이겠지요."

그때 이명박이 화면에 대고 대답했다.

"김 전임께서는 지난번 대한민국을 대표한 대통령 자격으로 남북회담을 하셨습니다. 그리고 6·15선언을 하셨지요."

TV 화면에서 이명박이 똑바로 김정일을 바라보고 있다. 이명박이 말을 잇는다.

"그리고 지금은 대통령 이명박의 특사로 현실적인 남북관계 정립에 헌신하고 계십니다. 내일 김 전임께서도 제 의지를 김정일 위원장께 전달할 것입니다."

"어떤 제의일까요?"

하고 김정은이 이명박의 말이 끝나자마자 물었지만 김정일은 대답하지 않았다. 이맛살이 조금 찌푸려져 있다.

다음 날 오전 10시 정각, 김정일이 모란봉초대소로 찾아와 김대중을 만났다. 예의를 차린 것처럼 보이지만 비공식회담 분위기를 풀풀 풍긴다. 수행원도 어제 다녀간 김영남과 리용호다. 서울에서 따라간 기자들이 열심히 사진을 찍었지만 초대소 안으로는 들어가지 못했다. 당연히 회담은 비밀회담이 됐다. 초대소 응접실 옆방이 회담장으로 차려졌다.

장방형 테이블 왼쪽에 김정일, 김영남, 리용호가 앉았고 오른쪽에 김대중, 이재오, 그리고 청와대 안보비서관 최길중이 있다. 인사를 마쳤을 때 먼저 김정일이 입을 열었다. 웃지도 않는다.

"이명박 정권이 시작되면서 대립구도로 전환했습니다. 이건 박정희 시대처럼 안보를 핑계로 독재체제를 굳히려는 의도 아닙니까?"

한마디 한마디가 채찍으로 치는 것 같아 최길중은 등이 서늘해졌지만 김대중은 포커페이스다. 건너편 이재오도 시큰둥한 표정이다. 김정일이 말을 잇는다.

"전두환을 전면에 내세워 돌격대를 시키는 한편으로 김 전임을 이렇게 보내 강온 양면 전략을 쓰는 것, 수가 뻔히 보입니다."

그러고는 어디 대답해보라는 표정으로 김대중을 바라보았다. 김대중이 눈만 끔벅였으므로 최길중은 애간장이 탔다. 압도당했는가. 그럴 양반은 아닌데. 그렇게 5초쯤 지났을 때 김대중이 입을 열었다.

"내가 지금까지 다섯 번 정권을 거쳤지만 현재의 이명박 정권이 가장 강합니다."

김정일의 시선을 받은 채 김대중이 말을 잇는다.

"전 국민의 지지를 받고 있단 말입니다. 이건 독재가 아니고 지지올시다."

김대중이 천천히 머리를 저었다.

"바꿔야 합니다. 내가 그 말씀을 드리려고 목숨을 걸고 온 것입니다."

"이것 보십시오."

눈을 치켜뜬 김정일이 김대중을 노려보았다.

"지금 무슨 말씀을 하시는 것입니까? 우리가 바꿔야 한단 말입니까? 원인이 우리한테 있단 말씀이오?"

196

"이제 남한에 동조세력은 없다고 보셔야 합니다. 따라서 앞으로는 북한이 맞춰야 할 때가 됐습니다."

"아니, 뭐라고 하셨소?"

눈을 치켜뜬 김정일이 손바닥으로 테이블을 내리쳤다. 얼굴도 상기돼 있다.

"이 양반, 정말 상종을 못 하겠구먼."

그러고는 김정일이 자리에서 벌떡 일어섰으므로 김영남과 리용호도 소스라쳐 따라 일어선다.

김정일이 뒤도 돌아보지 않고 떠나는 바람에 차량 대열 꽁무니만 바라보던 셋은 다시 회담장으로 돌아왔다. 셋의 표정은 다 다르다. 최길중은 사색(死色)이 된 반면, 이재오는 학질을 뗀 표정이고 김대중은 담담하다. 방에 셋이 앉았을 때 김대중이 말했다.

"위원장한테 이런 말을 전해줄 사람이 있어야만 하는 거요."

"대통령님뿐이십니다."

이재오가 정색하고 말을 잇는다.

"존경합니다, 대통령님."

"그렇다면 나도 좀 체면이 서는구먼."

쓴웃음을 지었던 김대중이 곧 정색했다.

"김정일 씨가 그냥 끝내지는 않을 거요. 화는 났겠지만 내 진정을 모를 사람은 아녀."

2사단 17연대장 조태수 대령은 남북군사회담 한 번으로 세계적인 인물이 됐다. 방송은 물론 인터넷에서도 '조태수' 만 입력하면 사진과 신상이 주르르 뜨는 터라, 조태수의 아내 오금자는 며칠 사이에 체중이 5kg이나 줄었다. 그러나 내년이면 조태수가 예편할 예정이기 때문에 오금자는 석 달 전부터 학원에 다니고 있다. 예편하면 제과점을 할 작정으로 제과회사에서 하는 제빵교육과정에 등록한 것이다.

오늘도 오후 1시에 시작하는 교육장에 가려고 준비하던 오금자는 도로 소파에 앉았다. 가야 할지 말아야 할지 망설이는 중이다. 남편 조태수가 '전두환'의 직접 지시를 받고 '깽판'을 친 것과 '예편'과의 상관관계를 계산하는 것이다.

그때 전화벨이 울렸으므로 생각에 빠져 있던 오금자는 소스라쳤다. 봉천동 30평형 아파트에는 오금자 혼자뿐이다. 큰놈은 전문대 다니다 해병대에 갔고, 대학생인 둘째 딸은 학교 끝나고 편의점 알바를 한다. 심호흡을 한 오금자는 전화기를 들었다. 어떻게 전화번호를 알았는지 뜬금없이 격려 전화가 하루에 서너 통은 온다. 그렇지만 발신자를 보니 조태수다.

"여보세요."

오금자가 응답했더니 조태수가 3초쯤 가만있다 말했다.

"어이, 나 별 달았어."

심장이 쿵 내려앉은 오금자가 말문이 막힌 사이 조태수의 말이 이어졌다.

"조금 전에 통보받았어."

그날 오후 1시부터 조태수의 장군 진급 뉴스가 보도됐는데, 특사가 평양에 가 있는 상황이었기 때문에 식자 대부분은 긴장했다.

"계속해서 강수(強手)를 쓰는군."

국무총리 이회창이 머리를 한쪽으로 기울이며 말했다. 국무총리 집무실 안이다. 앞에는 국무차장 김영곤이 서 있었는데 둘은 방금 조태수의

장군 진급 뉴스를 들었다. 이회창이 말을 이었다.

"김 전임이 애를 먹겠는데. 근데 이번에 김 전임이 들고 간 내용이 뭐요?"

"그건 모르겠습니다."

이회창의 반대쪽으로 머리를 눕힌 김영곤이 조심스럽게 묻는다.

"대통령실장께 연락을 해볼까요?"

"내가 해보지."

벽시계를 올려다본 이회창이 지시했다.

"조 실장한테 연락을 해봐요. 내가 통화하고 싶다고."

전화기를 귀에 붙인 조순형이 말했다.

"김 전임께서 가시기 전에 대통령님과 특별히 상의하신 내용은 없습니다. 다만."

이회창은 잠자코 기다렸고 조순형의 말이 이어졌다.

"경직된 남북 간 분위기를 완화해야겠다는 말씀은 들었습니다."

"그런데 조 대령을 장군 진급시켰다는 뉴스가 나가면 북측이 열 받을 것 아녀? 왜 하필 이런 때…"

"그건 잘 모르겠습니다."

"이거 손발이 맞아야지."

투덜거린 이회창이 퍼뜩 시선을 들었다. 전두환의 얼굴이 떠올랐기 때문이다.

"혹시 전(全) 전임이 깨방 놓는 것 아녀?"

조태수의 장군 진급도 전두환이 손을 썼을 것이었다.

그 시간에 전두환은 국정원장실에서 국정원장 장세동과 마주 앉았는데 웃음 띤 얼굴이다. 전두환이 12 · 12 때 빼고 요즘처럼 바쁜 적은 없다.

　"배수진을 친 거야."

　전두환이 웃음은 띠었으나 단호한 목소리로 말을 잇는다.

　"그렇다고 김정일이는 우리 김 전임을 함부로 못 해. 의지할 사람은 김 전임 하나뿐이거든."

　"오전에 김정일이가 화를 내면서 회의장을 박차고 나갔다는데요."

　장세동이 말하자 전두환은 코웃음을 쳤다.

　"쇼야."

　"김 전임이 여리신 분인데 놀랐겠습니다. 더욱이 조태수가 장군 진급했다는 뉴스가 나갔으니 엎친 데 덮친 꼴이 됐겠는데요."

　"그 양반, 여린 것 같아도 끈질겨. 그리고 머리가 김정일이보다 좋아. 냅둬."

　"대통령께는 상의하셨습니까?"

　"컨펌 받았어."

　그러고는 전두환이 눈을 흘겼다.

　"내가 하극상할 것 같으냐? 나는 믿는 사람은 배신 안 한다."

　"알고 있습니다."

　그때 전화벨이 울렸으므로 장세동이 송수화기를 들고 귀에 붙였다. 그러더니 곧 내려놓고 말했다.

　"김정일이 김 전임을 만찬에 초대했다고 합니다."

　"그럼 그렇지."

　조순형의 보고를 받은 이명박이 커다랗게 머리를 끄덕이며 혼잣소리를 했다.

"그 사람이 그 양반을 무시하면 안 되지."

그 사람이란 김정일이고 그 양반은 김대중이다. 방금 조순형은 김정일
의 만찬 초대를 보고한 것이다.

"오늘밤 만찬 때 김 전임께서 김정일을 만나면 이야기가 되겠지."

다시 이명박이 혼잣소리를 했을 때 조순형이 물었다.

"김 전임께서 무슨 제안을 하시려는지 제가 알면 안 되겠습니까?"

"아니."

쓴웃음을 지은 이명박이 조순형을 보았다.

"김 전임하고 내가 상의한 내용이 없어요. 김 전임께서는 경직된 분위
기를 풀겠다고만 하셨습니다."

"아아, 예."

"가주신 것만 해도 고마운데 부담을 드릴 수는 없었지요."

"잘하셨습니다."

"다만."

입맛을 다신 이명박이 말을 잇는다.

"전(全) 전임의 요청대로 조 대령을 진급시키고 발표해버린 것이 조금
걸리는구먼요. 잘 돼야 할 텐데."

홍준표 세우리당 최고의원실에는 최고의원 이한구, 유승민, 남경필,
임태희까지 다섯이 다 모였다. 오후 4시, 회의를 끝내고 소파에 편하게
앉은 터라 세상 이야기가 나온다. 먼저 홍준표가 입을 열었다.

"이건 원로정치야. 김 전임, 전 전임이 펄펄 뛰어다니니까 상도동하고
봉하마을이 위축된 것 같구먼."

"상도동이 불만이 많습디다."

하고 유승민이 말을 잇는다.

"양지가 있으면 음지도 생기게 마련인가 봐요."

"민주당에선 우리 대통령이 원로정치에 끼려고 미리 틀을 만들어놓으려 한다는 거요."

이한구가 말하자 남경필이 말을 받는다.

"나도 들었습니다. 우리 대통령이 상왕(上王)정치를 하려고 지금 원로들을 키운다는 것입니다."

"박 대표가 들으면 좋아하겠는데."

입빠른 홍준표가 주위의 시선을 받더니 헛기침을 했다.

"아따, 농담도 못 하나? 그리고 지금은 박 대표뿐만이 아니잖요? 잠룡에 이 총리까지 끼어든 상황 아니오?"

"그런 말은 그만 합시다."

유승민이 말하자 남경필이 혀를 찼다.

"이젠 모두 다 드러내놓고 시작해야 할 것 같아요. 이 분위기로 가면 4년 후에는 누가 후보가 될지 예상도 할 수 없을 것입니다."

그 순간 방 안이 조용해졌다. 남경필이 정곡을 찌른 것이다. 이명박의 인기가 치솟을수록 후계자의 윤곽은 모호해진다. 이것은 자연스러운 현상이어서 누구도 불평할 수가 없다. 다만 한 가지는 확실하다. 이명박에게 인정받은 후계자가 대권을 쥐게 된다는 것이다.

"자, 듭시다."

술잔을 든 김정일이 말했다. 이곳은 주석궁의 만찬장. 원탁에 20여 명의 북측 고위급 인사가 둘러앉았지만 한국 측은 김대중과 이재오, 최길중까지 셋이다. 술잔을 든 한국 측 셋을 향해 김정일이 말을 잇는다.

"나는 김 대통령님과의 신의를 배신하지 않을 것이오. 그것은 국가 간 조약 이전에 상대방에 대한 신뢰와 우정이 쌓여 만들어진 것입니다."

"감사합니다."

김대중이 화답했을 때 김정일은 포도주 한 모금을 삼켰고 모두 따른다. 식탁에 있는 음식은 그야말로 산해진미다. 김대중도 생전 처음 보는 요리가 많다. 술잔을 내려놓은 김대중이 김정일을 향해 상반신을 조금 기울였다.

"위원장님, 역사에 남을 일을 하시지요."

김정일이 눈만 크게 떴으므로 김대중이 몸을 더 기울이고 말을 잇는다.

"이명박 씨는 받아들일 것입니다."

"무엇을 말입니까?"

분위기에 휩쓸린 김정일도 목소리를 낮춘다. 원탁에 둘러앉은 고위층은 둘의 모습을 보았지만 감히 방해하지 못하고 제각기 딴전을 피운다. 김대중이 말했다.

"핵 폐기 선언을 하시고 한국을 방문하시는 것입니다."

김정일은 시선만 준 채 숨을 쉬는 것 같지도 않다. 김대중의 말이 이어졌다.

"그리고 군사동맹을 맺으면 단숨에 미·중·일의 견제에서 벗어납니다. 또…."

김대중은 입을 다물었다. 더 말을 이을 것도 없다. 거대한 북한의 군 집단을 남측과 함께 관리하게 되는 것이다.

17회 세종시

 북한에서 군은 거대 집단으로 통치자의 세력 기반이다. 통치자는 당과 군 양축을 지배하면서 적절히 운용하는 것으로 보이지만 실상은 그렇게 단순하지 않다.

 과거 국방부 장관이 초선 국회의원에게 꼼짝 못한 채 온갖 수모를 당하고 군 장교가 반정부 시위대에게 끌려가 두들겨 맞았던 한국이 정상이 아니었다면, 인구 2천 몇백만 명에 현역과 예비병력을 합해 600만 명 가까운 군대를 거느린 북한도 비정상이다. 제아무리 김정일이 철권통치로 군을 장악했다지만 한계가 있는 법이다. 총살을 하고 박격포를 쏘아 폭사시킨다고 해서 다 되는 것이 아니다.

 따라서 거대한 군 집단은 김정일 몸에 부착된 시한폭탄 같은 존재다. 통치용 도구인 반면, 언제 덤벼들지 모르는 개떼인 것이다. 김정일이 호전적으로 나올수록 군을 제대로 장악하지 못한다는 증거로 생각할 수도 있다. 총구를 밖으로 돌려 개떼의 관심을 돌리려는 의도일 수도 있는 것이다.

"생각해봅시다."

김정일이 김대중의 제의에 그렇게 대답하는 것으로 만찬에서의 밀담은 끝났다.

다음 날 오전 10시, 북한 국영방송은 남조선 특사에 관한 특별성명을 발표했다. 어젯밤부터 예고했던 터라 한국의 모든 방송국이 화면을 받아 생중계했다. 면 소재지 5일장 안내원처럼 보이는 북한 아줌마 아나운서가 등장했을 때 한국 시청자의 대부분은 한숨을 쉬거나 쓴 입맛을 다셨다. 눈을 치켜뜬 아줌마가 소리치듯 말한다.

"어제 위대하신 김정일 장군 동지를 만난 남조선 사죄 특사인 전임 대통령 김대중은 남조선 대통령 이명박의 사죄서를 전달하고 용서를 빌었습니다."

서울역 대합실에 모인 사람들은 다시 제각기 한숨을 뱉거나 입맛 다시는 소리를 내었고 일부는 투덜거렸다. 아줌마가 말을 이었다.

"위대하신 김정일 장군 동지께서는 바다와 같은 관용을 보이시어 사죄 특사를 보낸 이명박을 용서하시고, 적당한 시기에 남조선을 방문하실 것을 통보하셨습니다."

"저것이군."

KBS에서도 서울역 대합실과 동시에 아줌마의 연설을 듣고 있다. 보도국장 임명수가 크게 머리를 끄덕이며 말했다.

"포인트는 김정일의 서울 방문이다. 저것 때문에 DJ가 평양에 간 거야."

"사죄 특사는 구라겠군요."

오늘도 국장실에 들어와 있는 박동민이 말하자 임명수가 코웃음을 쳤다.

"사죄는 개뿔. 그 말을 믿는 대한민국 사람은 없어."

"DJ가 결국 한 건 해냈습니다. 그렇지요?"

"살신성인이지."

금방 눈물이 글썽해진 눈으로 박동민을 보며 임명수가 말을 잇는다.

"생색이 나지 않는 일이야. 아니, 저렇게 사죄 특사라고 수모를 당하면서 김정일을 서울로 데려오는 거야. DJ가 마무리를 하려는 것 같다."

"몸도 시원찮은 것 같더구먼요."

이제 임명수는 심호흡만 했다. 그에게 DJ는 마음의 고향이다. 전설의 고향이 아니다.

오후 3시, 김대중과 이재오는 2박3일간의 평양 방문을 마치고 돌아갈 채비를 하느라 아줌마의 방송은 보지 못했다. 아니, 초대소에 TV는 켜져 있었지만 그 방송이 안 나왔다.

"위원장께서 오셨습니다."

밖에 있던 최길중이 황급히 응접실로 들어서며 말했다. 오후 4시에 출발할 예정이었고 배웅은 김영남이 한다고 들었기 때문에 둘은 서둘러 일어섰다. 그들이 응접실을 나왔을 때 김정일이 일행과 함께 로비로 들어서는 중이었다. 김영남, 그리고 대장 계급장을 붙인 장성과 매제 장성택이 따르고 있다.

"어, 잠깐 이야기 좀 합시다."

김정일이 김대중에게 말하더니 먼저 응접실로 들어선다. 김대중과 이재오는 따르는 수밖에 없다. 곧 응접실에는 다시 김대중과 김정일을 중심으로 이재오, 최길중, 장성택과 인민군 총참모장 리영호가 둘러앉았다. 오늘 리용호는 수행하지 않았다. 김정일이 먼저 입을 열었다.

"핵을 폐기한다는 발표는 못 합니다. 하지만 실질적으로는 폐기할 것입니다."

김대중의 시선을 받은 김정일이 쓴웃음을 지었다.

"그것에 대해서는 어떤 조건도 다 받아들이지요. 이해가 되십니까?"

"이해합니다."

천천히 머리를 끄덕인 김대중이 말을 잇는다.

"돌아가 이명박 대통령하고 상의한 후에 말씀드리지요."

"6자회담에서 공론화해서도 안 됩니다."

"알겠습니다."

"서울 방문 일정은 곧 알려드리지요."

그러고는 김정일이 자리에서 일어서더니 김대중에게 손을 내밀었다. 입가에 쓴웃음이 번진다.

"김 대통령님, 건강하십시오."

"위원장님께서도."

그렇게 비밀회담은 끝이 났다.

돌아오는 길도 평양-개성 간 고속도로를 이용했는데, 김대중과 이재오는 창밖 풍경만 내다본 채 제각기 감회에 젖어 있었다. 그러다 개성공단에서 한국 측이 마련한 승용차로 갈아타고 출발하자 이재오가 옆자리의 김대중에게 묻는다.

"그것이 가능하겠습니까? 아무리 비밀로 한다고 해도 금방 알려질 텐데요."

그러자 김대중이 정색하고 대답했다.

"군의 반발 때문이오. 그러니 우리는 실리만 챙기면 됩니다."

이재오는 머리를 끄덕였다. 이것만 해도 엄청난 소득인 것이다. 김정일로부터 실질적인 핵 폐기와 서울 방문 약속을 받아냈다.

북한은 김대중을 사죄 특사라면서 아줌마를 통해 대대적으로 선전했지만 한국 측의 반응은 예상 밖이었다. 김대중의 인기가 치솟은 것이다. 노구를 이끌고 국가 안녕을 위해 적지(敵地)로 사죄하러 들어간 김대중은 애국자요, 살신성인의 원조가 되었다. 개울대학 한국 교수는 TV 방송 '50분 토론'에 초청되었을 때 김대중을 6·25 때의 '육탄 3용사'에 비유했다. 3용사에 이재오와 최길중이 덤으로 끼었지만 아무도 이의를 달지 않았다.

"시대가 영웅을 만든다니까."

여론조사기관에서 조사한 김대중의 인기도를 읽다 만 국무총리 이회창이 쓴웃음을 짓고 말했다.

"이 양반이 이렇게 다시 뜰 줄 누가 예상이나 했겠어?"

전임 대통령의 인기도를 조사한 결과로 김대중은 박정희, 이승만 다음으로 3위가 되었다. 노무현도 상위권이다. 주목할 것은 이명박 정권에서부터 전 국민을 대상으로 건국대통령 이승만에 대한 교육, 연구, 학습을 실시했고 특히 세대결연을 통해 필수 연수 과정으로 채택해 이승만의 국부(國父) 위치가 굳어지고 있다는 점이었다. 나무는 뿌리가 깊어야 바람에 흔들려도 쓰러지지 않는 법이다. 그때 집무실 안으로 사무차장 이병근이 들어섰으므로 이회창과 국무차장 김영곤은 머리를 들었다.

"총리님, 손님이 기다리고 계십니다."

이병근이 말하자 이회창은 자리에서 일어섰다.

접견실에서 기다리는 손님은 '세종시건설추진위원회' 위원장 양상문과 고문 유영복이다.

"아이구, 어서 오십시오."

이회창이 밝은 표정으로 둘을 맞는다. 선진당 당원인 둘과는 안면이 있는 것이다. 국무차장 김영곤도 합석한 터라 인사를 나눈 넷은 소파에 둘러앉았다. 오전 11시다. 먼저 양상문이 테이블에 30cm쯤 높이로 쌓인 서류뭉치를 눈으로 가리키며 말했다.

"총리님, 세종시 건설을 촉진하자는 국민의 서명서를 가져왔습니다. 현재까지 전국에서 47만5728명이 서명했습니다."

숨을 돌린 양상문이 말을 잇는다.

"저희는 총리님과 청와대 비서실장님께 큰 기대를 걸고 있습니다. 세종시에 대한 충청도민의 염원을 꼭 이루어주실 줄로 믿습니다."

이회창이 머리만 끄덕였으므로 이번에는 유영복이 나섰다.

"이제 시급한 국내의 현안이 끝났으니 세종시 건설이 국가사업으로 공식 추진돼야 할 차례가 됐다고 믿습니다."

"알겠습니다."

머리를 끄덕인 이회창이 부드러운 시선으로 둘을 번갈아 보았다.

"고생이 많으십니다. 두 분의 애향심에 삼가 경의를 표합니다."

"세종시 문제를 결정하셔야 할 것 같습니다."

청와대 비서실장 조순형이 말한 순간 회의실 안이 조용해졌다. 2009년 2월 6일, 대통령 주재의 수석비서관 회의가 열리고 있다. 회의를 마치려는데 조순형이 의제를 꺼낸 것이다. 의제라기보다 건의다. 회의 내용에 없었기 때문에 멈칫하던 이명박의 시선이 수석들을 스치고 지나갔다.

그렇다. 이명박도 대선 공약으로 세종시 건설을 내세웠다. 노무현 정권 때 추진했던 세종시는 당시부터 말이 많았다. 수도 이전이냐 아니냐에서부터 정부청사만 옮기기로 한 것까지 지금도 논란이 진행 중이다. 세종시 건설은 국가 균형발전 등의 이유보다 충청도 표를 의식한 정치적 동기로 시작되었다. 그럼에도 이제 세종시는 전 · 현직 대통령 두 명의 '약속'으로 각인되었다. 그리고 책임이 현직 이명박의 어깨에 얹혔다. 이윽고 이명박이 입을 열었다.

"세종시 건설 못 합니다."

그 순간 회의실은 대낮에 전기가 끊긴 것처럼 조용해졌고 다시 이명박의 말이 이어졌다.

"그렇군요. 내가 표를 얻으려고 거짓말을 했다고 발표하겠습니다. 따라서 모든 책임을 지겠습니다."

이명박의 시선이 조순형에게로 옮겨졌다.

"국회에서도 이 일을 처리해야 할 것 같습니다."

어깨를 늘어뜨린 조순형이 심호흡을 했다. 올 것이 왔구나 하는 생각이 들었다가 곧 개운해졌다. 군더더기 없이 표현하고 지시하는 이명박의 행동 때문일 것이다.

민주당 대표 정세균 의원실에 모인 의원은 일곱 명. 분위기가 무겁다.

"이건 탄핵감이야."

하고 누군가 말했다가 호응이 없자 입을 다물어 목소리의 주인을 확인하지 못했다. 그때 천정배가 입을 열었다.

"이 정보, 확실한 겁니까?"

"예, 내가 직접 들었습니다."

강봉균의 말에 모두의 시선이 모아졌다. 쓴웃음을 지은 강봉균이 말을 잇는다.

"박재완 정무수석이 오늘 오전에 나한테 전화를 했습니다. 세종시, 대통령이 무효로 하겠다고 발표를 한답니다."

"안하무인이군."

또 누군가 담 너머에서 말하고는 들어갔다.

"나도 전화 받았어요."

이용섭이 입맛을 다시면서 말을 잇는다.

"나한테는 교과수석 이주호 씨가 했던데."

"이거 또 국회에서 마무리를 지을 것 같은데."

하고 김진표가 말하더니 주위를 둘러보았다.

"그렇지 않습니까?"

"그러겠지요."

정세균이 긴 숨을 뱉으면서 쓴웃음을 지었다.

"선진당까지 싹 몰아가버려서 세종시는 진작 물 건너갔습니다."

그러자 천정배가 말을 받았다.

"이회창 총리, 조순형 청와대 비서실장 카드가 바로 세종시 없애기 위한 작전이었어요."

딱 들어맞는 퍼즐 같았지만 방 안의 아무도 맞장구치지 않았다. 이명박이 인기가 없었다면 여럿이 맞장구쳤을 것이다.

"국민과의 약속 아닙니까?"

정색한 박근혜가 묻자 둘러앉은 당정 관계자는 입을 다물었다. 세우리당 소회의실 안에는 원내대표 정몽준과 총무 김무성, 그리고 최고위원

212

다섯에 행정안전부 장관 원세훈, 국토해양부 장관 정종환까지 둘러앉았다. 말석에서 정무수석 박재완이 펜을 들고 앉은 모습이 속기사 같다. 박근혜가 말을 잇는다.

"국민과의 약속을 가볍게 어기면 정부가 신뢰를 받을 수 있겠습니까? 더구나 충청도민의 반발이 클 겁니다."

참석자의 시선이 슬슬 박재완을 스치기 시작했다. 정종환은 자꾸 엉덩이를 비틀고 있다. 박근혜가 머리를 돌려 박재완을 보았다.

"대통령께선 국회에서 어떻게 처리되기를 바라시지요?"

"예."

상반신을 세운 박재완이 정색하고 말했다.

"대통령께선 세종시 건설을 무효로 하고 그 책임을 지시겠지만, 만일 당이 거부하면 당 결정에 따르겠다고 하셨습니다."

박재완의 시선을 받은 박근혜가 숨을 들이쉬었다. 자신은 이미 반대 의사를 밝힌 것이다.

"옳지."

2009년 2월 14일, 민주당 의원 이강래가 씩 웃었다. 의원회관 안이다. 그가 앞에 선 보좌관 김인배에게 묻는다.

"박근혜는 반대 입장을 굳혔단 말이지?"

"그렇습니다."

"표결은 언제야?"

"오늘 오후 4시입니다."

이강래가 손목시계를 보았다. 오전 11시 반이다. 앞으로 5시간 후에는 세우리당에 일대 변혁이 일어난다. 변혁이라기보다 내분(內紛)이다. 세종시 건설에 대한 세우리당 의원들의 찬반투표가 오후 4시에 끝나고 나면 당은 양분(兩分)된다. 이명박과 박근혜, 즉 지는 해와 뜨는 해 세력으로 나뉘는 것이다. 그러면 당력이 약해지는 것은 물론이고 이명박의 무소불위, 안하무인 통치는 끝이다.

"좋아. 이제 다음 순서는 분당(分黨)이다."

이강래가 혼잣소리처럼 말한다. 이것은 지극히 정상적인 반응이다. 세계 어느 민주국가에서도 상대 당이 잘되기를 바라는 정치인은 없다. 그런 자가 있다면 배신자가 아니면 미친놈이다.

소파에 앉은 김무성이 정색하고 박근혜를 보았다. 오전 12시 10분, 박근혜 세우리당 대표실 안이다. 점심 약속 때문에 막 외출하려던 박근혜는 갑작스럽게 김무성의 방문을 받은 것이다.

"대표님, 우리가 집니다."

김무성이 단도직입적으로 말했다. 퍼뜩 눈을 치켜뜬 박근혜의 귓속에 김무성의 '우리'라는 단어가 메아리로 남았다. '우리'란 세종시 건설 찬성 세력, 즉 반(反)이명박 세력이 되겠다. 김무성의 말이 이어졌다.

"선진당 출신 의원 중에서도 서너 명만 제외하고 찬성 쪽으로 붙었습니다. 투표하면 135대 50 정도로 우리가 밀립니다."

"……"

"그동안 정 대표가 우리 표를 많이 잠식했습니다."

정 대표란 정몽준 원내대표다. 김무성이 말을 이었다.

"만일 이렇게 투표가 끝나면 135명은 명실공히 중립 내지는 친이(친이명박) 세력으로 구분돼 대통령의 후계자에게 인계됩니다."

"……"

"그리고 시간이 지날수록 우리 측 이탈 표가 늘어날 것입니다."

그러고는 김무성이 길게 숨을 뱉더니 목소리를 낮췄다.

"대표님, 대세를 따르십시다."

박근혜의 시선을 잡은 김무성의 얼굴에 희미한 웃음기가 떠올랐다.

"어차피 세종시는 안 됩니다. 그러니까 대통령의 의표를 찌르면서 우리 기반을 굳히자는 말씀입니다."

2009년 2월 14일 오후 2시, 점심식사를 마치고 다시 대표실로 돌아온 박근혜가 막 자리에 앉았을 때다. 보좌관 한성주가 서둘러 다가왔다.

"대표님, 청와대 비서실장 전화가 왔는데요."

박근혜가 머리를 끄덕이자 한성주는 무선전화기를 건네주었다. 전화기를 귀에 붙인 박근혜가 응답했다.

"네, 전화 바꿨습니다."

"대표님, 저 조순형입니다."

조순형이 정중하게 말을 잇는다.

"결례입니다만, 제가 30분쯤 후에 찾아뵈어도 될는지요?"

그리고 30분 후인 오후 2시 반, 대표실에서 박근혜와 조순형이 독대하고 있다. 조순형이 입을 열었다.

"김 총무 말을 들었더니 대표께서도 세종시 건설 백지화에 찬성하신다고 들었습니다."

박근혜는 시선만 주었고 조순형의 말이 이어졌다.

"그래서 대통령께 말씀드렸지요. 그랬더니."

심호흡을 한 조순형이 똑바로 박근혜를 보았다.

"대통령께서는 박 대표님이 백지화에 반대하는 것이 낫다고 하십니다. 원칙과 약속을 지키는 모습을 국민께 보여드리라고 조언하셨습니다. 대통령께선 약속을 어기고 표를 얻기 위한 수단으로 세종시 건설을 내세웠지만 차기 대통령 후보이신 박 대표께서는 다른 모습을 보이는 게 낫다고 하시는군요."

"…."

"물론 대표께서 반대하셔도 백지화는 가결될 것입니다. 그리고…."

조순형의 포커페이스에 희미한 웃음기가 떠올랐다가 금방 지워졌다.

"오히려 이것으로 박 대표께서 당내 의원들의 신임을 얻게 되실 것이라고 하셨습니다."

박근혜는 소리 죽여 숨을 뱉는다. 지금 속마음을 조순형에게 드러내 보인다면 세종시 백지화에 찬성하고 싶은 것이다. 세종시가 어떻게 되든 이명박의 마음 씀씀이가 고마웠기 때문이다.

2009년 2월 14일 오후 4시 40분, 세종시 건설 문제에 대한 세우리당 당내 투표 결과가 발표됐다. 재적 인원 179명 중 백지화 찬성에 117명, 반대 62명. 당대표 박근혜가 오후 2시까지 백지화에 찬성했다가 돌연 반대로 결심을 굳힌 것에 대해 온갖 추측이 난무했다. 그래서 정치학 교수들이 잠시 신바람을 냈지만, 국민과의 약속을 지키려는 박근혜의 신의에 대해서는 누구나 입에다 게거품을 물고 칭송했다.

"이명박 대통령은 이번 세우리당의 세종시 투표에서 아직도 굳건한 박근혜 대표의 기반을 확인했을 것입니다."

서산대학 진국 교수가 '50분 토론'에 나와 그렇게 말했다. 정색한 진국 교수의 얼굴이 화면에 클로즈업됐고 그것을 이명박과 박근혜가 각각 다른 장소에서 본다.

"끝까지 주관을 지킨 박 대표가 이번 결정의 진정한 승자인 것입니다."

이렇게 세종시 건설 문제는 백지화됐다.

18회 신풍(新風)운동

"이번 달도 수고했어."

하면서 서상국이 봉투를 내밀었다. 월급봉투. 이번 달부터 정식 사원 월급을 받지만 계산은 뻔하다. 봉투를 받은 이애주가 회의실로 들어가 명세표를 보았더니 세금과 보험료 다 떼고 147만5000원이다. 대부(代父) 오종택이 월급 절반을 부담한다는 조건으로 '항상' 출판사에 입사했지만 빈말이다. 월급은 다 서상국이 준다. 자, 이제부터는 이것으로 생활해야 한다. 편집부에 있는 경력 4년차 언니 박명옥의 월급이 180만 원 정도였으니 평균 이 수준으로 봐야 한다. 조금 큰 출판사나 대기업 계열은 200만 원이 넘는다지만 그건 딴 나라 이야기 같다. 사무실에 들어섰더니 퇴근 준비를 하던 박명옥이 이애주에게 말했다.

"나, 내일 작가 만나고 11시에 출근할 테니까 표지 도안 받아놓아."

"네, 언니."

사장까지 직원 네 명인 출판사여서 명함은 편집부 이애주라고 박았지만 온갖 잡일을 다한다. 교정, 표지 도안 관리와 인쇄에, 바쁠 때는 총판과 영업까지 뛰어야 한다. 출판사 일은 다 배울 수 있다고 서상국이 말했지만 출판사 사장을 할 생각은 언감생심인 터라 힘들기만 하다.

자, 오후 7시다. 5평짜리 텅 빈 사무실에 앉은 이애주는 실업자 친구를 불러서 소주나 한잔할까 궁리했다. 애인은 없다. 감동도 생기지 않고, 가만 보니까 그놈은 오로지 나를 돈 안 내고 뛰는 섹스 대용품으로 여기는 것 같아 끊어버렸다. 한 번 뛰는 데 10만 원씩 준다면 만나주겠지만 체면이 있지. 그때 전화벨이 울렸으므로 숨을 들이쉰 이애주가 전화기를 들었다. 인쇄소에서 외상값 달라고 걸려온 전화일 가능성 75퍼센트.

"네, 항상 출판사입니다."

"거기, 이애주 씨 있습니까?"

사내 목소리다.

"네, 저인데요."

"여긴 청와대입니다."

"어디요?"

해놓고 이애주는 분주히 생각했다. 이 근처 외상값 깔린 중국집인가 보다. 사장이나 경리 미스 오가 알겠지. 그때 사내가 다시 말했다.

"청와대 의전비서실 김영범입니다."

중국집은 아닌가 보다. 이맛살을 찌푸린 이애주가 전화기를 고쳐 쥐었다. 잘못 걸려온 전화겠지.

"여긴 항상 출판사인데요. 저는 편집부 이애주고요."

"대부가 인테리어 사업을 하시는 오종택 씨 맞지요?"

그 순간 이애주의 심장이 철렁 내려앉았다. 대부가 무슨 일을 저질렀는가. 혹시 나를 보증인으로 삼아 돈을 빌리지는 않았겠지. 최근 그런 사건이 터졌기 때문이다. 하지만 이애주는 대답했다.

"네, 맞는데요."

"오늘 저녁에 시간 있으십니까? 대통령께서 세대결연에 대해 궁금해 하시거든요. 그래서 우연히 선정된 사람이 이애주 씨입니다. 시간을 내주시면 정말 고맙겠다고 하셨습니다."

삼청동에는 오밀조밀하고 분위기 좋은 카페가 많다. 몰라서 그렇지, 이애주는 데이트하는 데 인사동이나 명동, 홍대 앞보다 이곳이 더 나았다. 오후 8시 25분. 이애주가 삼청동 골목의 '열정' 카페 안으로 들어섰다. 5평쯤 규모의 카페 안에는 손님이 두 테이블뿐이다. 출입구 쪽 테이블에는 카페와는 영 어울리지 않는 정장 차림의 아저씨 셋이 앉았고 안쪽에 아, 대통령이 앉았다. 이명박이. 지금은 사석에서 이명박 대통령을 '이명박 대통령' 또는 '대통령님' 또는 '이 대통령'이나 '대통령'으로 부르는 국민은 없다. 세우리당 당원이나 그 가족, 지지자는 빼놓고 말이다. 대부분 '이명박'으로 부른다. 악감을 가진 인간들은 별별 이름으로 다 부르지만 요즘은 엄청 나아졌다.

"어, 왔어?"

다가선 이애주가 굽실 허리를 꺾고 절하자 이명박이 활짝 웃으며 반긴다. 캐주얼 양복에 노타이셔츠 차림이어서 젊어 보인다.

"어, 앉아. 놀랐지?"

앞자리를 가리키며 이명박이 떠들썩한 목소리로 말을 잇는다.

"내가 시장이나 사람 많은 데 가서 이야기라도 하면 쇼한다고 생각할 것 같아서 말이야. 하긴 솔직히 말해 그런 곳에서는 제대로 이야기를 못 나누지. 쇼지 쇼야."

그때 예쁘장한 중년여자가 다가와 식탁에 소면이 따로 놓인 낙지볶음, 골뱅이무침, 파전에다 노가리 안주를 놓는다. 이애주는 숨을 들이쉬었다. 노가리만 빼고 자신이 좋아하는 안주인 것이다. 잠깐 돌아갔던 아줌마가 이제는 소주와 막걸리를 따로 가져왔다. 이것도 이애주 스타일이다. 이애주의 표정을 본 이명박이 빙긋 웃었다.

"놀란 것 같군. 대통령쯤 되면 이애주 씨가 좋아하는 안주가 뭔지, 술은 뭘 좋아하는지 정도는 안다고. 국가정보원이 폼으로 있는 줄 알아?"

술병을 내려놓는 아줌마가 그 말을 듣고도 웃지 않았으므로 이애주는 쫄았다.

오늘은 서상국이 술을 산다고 해서 오종택은 홍대 앞 삼겹살집으로 장소를 정했다. 단골인 데다 둘이 소주 두 병에 삼겹살 2인분이면 2만원으로 충분했기 때문이다. 그런데 오늘 서상국이 술 두 병을 더 시키는 바람에 고기도 2인분이 더 들어갔다. 불 꺼진 프라이팬이 너무 썰렁하기도 했다.

"씨벌, 희망이 없어."

소주잔을 든 서상국이 붉어진 눈으로 오종택을 보았다.

"나만 그런 게 아녀. 다 그려. 이애주 세대나 30대, 40대, 50대까지."

둘은 50대 중반이니 그중 마지막이다. 한 모금에 소주를 삼킨 서상국이 말을 이었다.

"요즘 이명박이가 이곳저곳을 청소허고 길 메우는 바람에 쫌 새바람이 부는 것 같지만, 아녀."

머리까지 내저은 서상국이 제 잔에 술을 따르며 말한다.

"근본적으로다가 고쳐야 혀. 말허자면…."

"야, 시끄럽다."

새로 가져온 삼겹살을 뒤적거리면서 오종택이 잇는다.

"씨벌놈아. 그려도 우리는 딴놈들허고 비교허면 행복헌 편이다. 우리 동창들은 벌써 다 퇴직허고 논다."

맞는 말이다. 56세인 그들의 동창들은 다 퇴직했다. 직장에 다니는 놈들은 교직자나 공무원 또는 회사를 운영하는 몇몇으로 극히 소수다. 그 때 서상국이 머리를 끄덕이며 말했다.

"바로 그거여. 그것이 한국 사회를 침체시키는 근본적인 원인이란 말이다."

오종택은 말 거들기 싫다는 표정을 지으며 설익은 삼겹살을 씹었고, 서상국이 말을 이었다.

"70년대, 80년대, 90년대까지 이어오던 경제부흥, 하면 된다, 수출 100억 달러, 1000억 달러 달성, 국민소득 1000달러에서 1만 달러, 2만 달러 성장."

서상국의 목소리가 컸기 때문에 주위의 시선이 모였다. 그러나 서상국은 말을 잇는다.

"그렇게 30여 년을 지내오다가 인자는 지쳐간단 말이다. 자, 50대인 우리뿐 아니라 아래쪽 40, 30, 20대헌티까지 이 현상이 번지고 있다. 20대는 취업, 미래에 대한 불확실성으로 지치고, 30대는 생활에 대한 불안으로 지치고, 40대는 눈앞에 닥쳐올 정년과 가족의 앞날 걱정으로 지친다. 그리고 우리는…."

머리를 든 서상국은 주위 테이블이 조용해진 것을 알았다. 좌, 우, 앞쪽의 테이블에 공교롭게도 20대, 30대, 40대 사내들이 둘러앉아 있었는데 모두 이쪽을 응시하고 있다. 서상국이 잠깐 입을 다물었더니 시선들이 제자리로 돌아갔다. 서상국이 길게 숨을 뱉었다.

"이명박이가 이것만 해결허면 위대헌 대통령이 될 것이다."

"희망이야."

청와대로 돌아가는 차 안에서 불쑥 이명박이 말했으므로 홍보수석 겸 대변인 이동관은 머리를 돌렸다. 그러나 뒷자리에 앉은 이명박은 정면에다 시선을 준 채 말을 잇는다.

"국민에게 희망이 필요하다고."

조금 전 이명박은 이애주와 헤어졌다. 이애주는 소주에 막걸리를 타서 열 잔도 넘게 마셨지만 이명박은 딱 두 잔 마셨다. 카페 앞에서 기다리던 이동관은 이명박이 노가리를 몇 조각 먹었는지도 다 보고받은 것이다. 그때 이명박의 시선이 이동관에게 옮겨졌다.

"우리가 젊었을 때와 다르게 사회 전반에 의욕과 기백, 열정이 보이지를 않아. 불만과 싫증, 좌절감이 덮고 있는 이유는 딱 하나, 희망이 보이지 않기 때문이야."

한마디씩 씹어뱉듯이 말한 이명박이 등받이에 등을 붙이더니 길게 숨을 뱉었다. 다시 시선이 앞쪽으로 옮겨져 있다.

"자, 이걸 어떻게 하면 좋은가?"

혼잣소리다. 그러나 억양이 절박했으므로 이동관은 입안의 침을 삼켰다.

다음 날 정부종합청사에서 열린 국무회의에서 고용노동부 장관 이영희가 보고했다.

"공안사범 단속으로 일자리가 3만5000개 증가했습니다. 이것으로 취업률이 단숨에 1퍼센트가량 증가하게 될 것입니다."

국무총리 이회창은 잠자코 듣는다. 이영희의 보고가 이어졌다.

"또한 종교세로 세수 증가에 따른 공공사업이 대폭 증가할 예정이어서 4개월 후에는 취업률에 반영될 것입니다."

전교조 내부의 국보법 위반자를 전원 퇴직시켰고, 전공노 가입자는 모두 파면되어 새 일자리가 생긴 것이다. '국가 재정비' 사업에서 발생한 일자리다. 그때 이회창이 입을 열었다.

"오늘 아침에 대통령님과 식사를 했습니다."

모두의 시선이 모아졌고 이회창이 손에 쥔 메모지를 한 단어씩 힘주어 읽는다.

"대통령님은 나를 비롯한 국무위원 전원, 그리고 대한민국 공무원, 거기에다 여당인 세우리당 의원, 당원 전체의 중지를 모아 대한민국을 다시 일으켜야 한다고 하십니다."

회의실 안은 숨소리도 들리지 않는다. 또 무엇이란 말인가. 모두 감이 잡히지 않는 표정이다. 잠깐 정적이 흐른 후 이회창의 목소리가 울렸다.

"그것은 '희망'이라고 표현되는 분위기를 말합니다. 오래전 '새마을운동'처럼, 또는 수출 1억 달러 달성 운동, 금 모으기 운동 같은 국민의 애국심과 협동심, 성취감과 열정, 희망을 심어줄 새바람을 일으키자는 것이지요."

그러고는 이회창이 메모지를 내려놓더니 국무위원들을 둘러보았다.

"여러분의 적극적인 협조가 있어야 하겠습니다. 방법을 찾으세요, 방법을. 새바람, 신풍(新風)운동에 대한 방법을 말입니다."

말을 그쳤던 이회창이 문득 생각난 듯이 덧붙였다.

"신풍(新風)은 새로울 신자요. 가미카제하고는 달라요."

"억지로 하면 안 되지."

KBS 보도국장 임명수가 쓴웃음을 짓고 말했다.

"새 선풍기 갖다 놓았다고 신풍이라고 하면 안 되는 거다. 몇 분 지나면 더운 바람이 나오니까."

"어쨌든 이름은 잘도 지었어요. 신풍이라니. 가미카제 영화가 좀 나가겠구면."

차장 박동민이 비아냥거렸다.

"이름은 이회창이가 지었다던데."

정색한 임명수가 말을 잇는다.

"이명박이가 새바람을 일으켜야 한다고 했더니 이회창이가 '신풍운동'이라고 이름을 지었다는 거다. 둘이 손발이 맞아."

집무실로 들어선 조순형이 테이블 앞으로 다가와 섰다.

"대통령님, 드릴 말씀이 있습니다."

"아, 네."

오전 11시 10분. 2월 하순이었지만 벌써 봄기운이 완연하다. 창밖으로 북한산 자락의 노란 개나리 꽃무리가 보인다.

"앉으세요."

이명박이 권하자 조순형은 테이블 옆쪽에 놓인 의자에 앉았다. 앞은 정면이라 다들 거북해했기 때문에 이명박은 테이블 옆쪽에 의자를 놓았다. 그래서 소파나 회의용 테이블로 옮겨가지 않아도 집무 책상에 앉은 채 회의를 할 수 있다. 자리에 앉은 조순형이 입을 열었다.

"신풍운동은 서두르지 않으셔도 됩니다, 대통령님."

이명박의 시선을 받은 조순형의 얼굴에 웃음이 떠올랐다.

"이미 신풍은 시작되었으니까요. 우리가 느끼지 못하고 있을 뿐입니다."

"그런가요?"

"하지만 적기에 신풍운동 형체를 만드셨습니다. 형체를 만들어 체계적으로 진행해나가는 것입니다. 이제 탄력만 받으면 됩니다."

아무리 내용이 좋다 해도 틀이 있어야 제대로 빛이 난다는 조순형식 표현이다. 이명박도 웃음 띤 얼굴로 머리를 끄덕였다.

"'신풍운동'이란 이름은 이 총리가 지었습니다. 아주 잘 지으셨어요."

"신풍운동이 계기가 되어 대한민국은 재도약할 것입니다."

그러더니 조순형이 정색했다.

"해방 이후 오직 잘 먹고 잘살기 위해서 뛴 지 60년입니다. 우리는 이제 보링할 때가 되었습니다."

보링은 차 엔진을 전부 재정비한다는 구닥다리 말이다. 요즘은 차를 자주 바꿔서 이 말을 쓰는 사람이 드물지만 이명박은 알아듣고 머리를 끄덕였다.

"미국 가실 때가 지났습니다."

외교통상부 장관 유명환이 인사를 마치자마자 바로 본론을 말한다. 집무실 안에는 청와대 비서실장 조순형까지 셋이 둘러앉아 있다. 유명환이 면담 신청을 하고 찾아온 것이다. 장관이 대통령을 만나고 싶으면 하루 전에 신청하면 된다. 그러면 천지개벽이 일어나더라도 독대를 한다. 배석자는 청와대 비서실장. 단, 장관이 원하는 배석자도 참석할 수 있다. 유명환이 정색한 얼굴로 이명박을 보았다.

"취임하신 지 1년입니다. 현안도 많으니 가보셔야 합니다."

"갑시다."

이명박이 크게 머리를 끄덕였다. 군사협정 문제도 해결해야 한다. 노무현 정권 때 체결한 '한미연합사 해체' 기일이 2012년 4월 17일인 것이다. 이명박의 임기 내에 한미연합사가 해체되는 것이다.

"그럼 준비하겠습니다."

대번에 얼굴에 희색을 띤 유명환에게 이명박이 정색하고 말했다.

"한미연합사 해체를 무효로 만들도록 모든 외교적 수단을 강구해놓고 갑시다."

유명환은 그동안 미 정부당국과 접촉해 한미연합사 해체를 2015년까지로 연장해놓은 상태였던 것이다. 유명환의 표정을 본 이명박이 한마디씩 분명하게 말했다.

"고생하신지 압니다. 하지만 2015년은 금방입니다. 그대로 놓아두고 내가 퇴임할 수는 없어요."

'신풍운동' 은 국무총리가 추진위원장이 됐고 추진위원에 각부 각료는 물론 입법부 의원, 기업인, 군인, 농민까지 다양하게 구성됐다. '세대결연' 추친위원장 정몽준도 '신풍운동' 추진위원이다. '세대결연' 운동이 '신풍운동' 에 포함되었기 때문이다.

"이제 세대결연이 320만 쌍, 700만 명이 됐어요. 앞으로는 내실을 기해야 합니다."

정몽준이 김무성에게 말했다. 의원회관 안 원내대표실에 원내총무 김무성이 찾아와 있는 것이다. 오후 3시경, 정몽준의 열띤 목소리가 이어졌다.

"나에게는 이것이 필생의 사업이 됐어요. 그렇지. 세대결연이 대한민국 '신풍운동' 의 주력이 될 겁니다."

"700만 표지요."

김무성이 낮게 말했지만 정몽준이 퍼뜩 시선을 들었다. 정몽준의 시선을 받은 채 김무성이 한마디씩 말을 잇는다.

"그 700만 표가 새끼를 한 명씩만 친다고 해도 1400만 표."

"이 양반이, 참."

쓴웃음을 지은 정몽준이 눈을 가늘게 떴다.

"정치 오래하면 사람이 표로 보인다더니 그 말이 맞구면."

"대통령이 세종시 투표 한 시간 전에 박 대표한테 조 실장을 보내 백지화에 반대하라고 했다는 거 아시지요?"

김무성이 묻자 정몽준이 이제는 입맛을 다셨다.

"나는 김 총무 속셈이 더 궁금해진단 말입니다. 지금 무슨 말씀을 하시려는 거요?"

김무성은 자타가 공인하는 박근혜 멤버인 것이다. 박근혜 그룹 좌장이라고도 부른다. 정몽준의 시선을 받은 김무성이 풀썩 웃었다.

"나도 마음 비웠습니다."

"아유, 골치 아파. 나는 지금 김 총무가 표로 안 보여."

"나도 이명박 마인드가 되었단 말이오."

정색한 김무성이 말하더니 길게 숨을 뱉는다.

"박 대표도 감동 먹었나 봅니다. 이제는 임기 말까지 이명박 한마디에 산천초목이 떨게 생겼어."

"…."

"신풍운동으로 탄력만 받으면 진짜 이명박 유신이 되는 거라."

그러고는 김무성이 자리에서 일어났다.

"신바람이 날 것입니다. 안 그래요?"

정몽준은 대답하지 않았다. 그것은 모두 느끼는 터라 말할 필요도 없기 때문이다.

　김정일의 서울방문 통보가 온 것은 2009년 2월 26일이다. 오후 3시 정각에 일제히 통보가 왔는데 '6·25남침답다'라고 표현해야 맞을 것 같다. 먼저 '5일장' 아줌마가 방송에서, 그리고 북한적십자 회장이 북한 외무성 부상 명의로, 아태평화추진회 북측 회장이, 북측 군사 실무단장이, 유엔 북측 대표가, 6자회담 북측 대표가 제각기 남측 해당 책임자에게 일제히 김정일의 서울 방문을 통보했는데 3시 정각에서 몇 초 차이밖에 안 났다.

　"위대하신 영도자 김정일 장군 동지께서는 3월 5일 오전 10시에 서울을 방문하기로 하아시었다."

　이것은 아줌마의 통보다.

19회 정상회담

　정권 초기에 이명박이 추구하던 정책은 '중도통합' 이었다. 좌로도 우로도 치우치지 않고 다 포용하겠다는 원대한 포부다. 그것이 대한민국, 나아가 북한까지 포함된 통일한국에 가장 적합한 정책처럼 보였다.

　그런데 광우병 난동에서 드러난 것처럼 좌익, 그리고 종북세력에게 이명박의 중도통합은 놀 자리를 만들어준 것이나 같았다. 따라서 우익에게 이명박의 중도통합론은 극렬 좌익의 반발을 겁낸 '비겁한' 수단이며, 이명박은 '겁쟁이' 로 매도됐던 것이다. 나아가 이명박의 교우관계와 전력을 상기시켜 이명박은 '위장된 보수' 였으며 실체는 '좌익' 이라는 소문도 돌았다. 이명박을 지지했고 결국 530만 표차로 사상 최대 차의 승리를 창출한 보수 우익의 배신감과 실망감은 제 손가락을 잘라낼 정도가 아니었던 것이다.

　만일 이명박이 계속 중도통합을 밀고 나갔다면 내치(內治)는 거의 하나도 이룰 수 없었을 것이다. 지난 두 정권에서 암세포처럼 배양된 종북세력이 2012년 총선에서 원내 교섭단체까지 확보하게 될 수도 있었다. 이 것은 모두 이명박의 책임이 될 것이다. 지지자의 염원을 업고 얼마든지 종북세력을 척결할 수 있었기 때문이다.

그런데 지금은 전혀 달라졌다. 이명박이 종북세력을 다 척결했다. 대한민국이 이승만의 건국에서부터 군사혁명, 10월 유신, 군사정권, 그리고 정치가들의 정권에 이르러 국가 부도, 두 좌익정권까지 겪는 60년사를 기록한 후에 처음으로 안정된 대한민국으로 자리잡기 시작했다. 이명박 시대에서 대한민국의 '신풍'이 시작되는 것이다.

"나도 경제 때문에 이명박 찍었어."

그렇게 말한 사내는 서울 영등포에서 철물점을 하는 오종근이다. 52세. 고향은 대전. 철물점 점원에서 시작해 30년 동안 한 우물을 팠다. 당산동의 30평형 아파트가 전 재산이며 가게는 세로 얻었다. 작년에 큰딸을 시집보내느라 적금과 저금을 다 썼기 때문이다. 집에는 아내와 대학 3학년짜리 딸까지 세 식구가 산다. 오종근이 말을 잇는다.

"다른 건 다 필요 없다고 생각했지. 글고 다 그게 그거 아닌가? 돈 안 먹어본 놈이 어딨어? BBK니 바비큐니 그까짓 게 무신 상관이여? 나는 그런 거 상관 안 했지."

지금 오종근은 가게 안에서 옆집 박경술하고 소주를 마시는 중이다. 오후 6시밖에 안 되었지만 손님이 없는 터라 상관없다. 오징어 다리를 집으며 오종근이 쓴웃음을 지었다.

"광우병 난동 때까정 이명박이가 대여섯 달 동안 허는 꼬라지를 보고 나서 아예 손목을 잘라내고 싶었지. 빌빌거리고 숨고, 거기에다 고소영 인사에다 중도실용."

오종근이 한 모금에 소주를 삼키고는 말을 잇는다.

"시청에서부터 따라댕기던 놈들을 덥석덥석 요직에 앉히는 걸 보자니 눈앞이 캄캄해지더라고. 아, 내가 착각했구나."

"…"

"나 같은 오너가 대통령 되어야지 월급쟁이는 회장 할애비라도 대통령 시키면 안 되겠구나 하고 그때서야 깨닫게 되더라고."

"왜?"

박경술은 53세로 바로 옆집 철물점 사장이다. 거기도 고만고만한 매출액에다 살림도 비슷하다. 박경술이 묻자 오종근이 한 모금에 술을 삼키고는 말했다.

"삥땅 안 먹는 월급쟁이 본 적 있나? 없어. 다 먹는다. 그럼 혼자만 먹나? 그럼 그놈은 출세 못 한다. 다 위아래하고 주고받으면서 크는 거다. 무슨 말인지 알지?"

"이명박이도 돈 먹고 컸단 말이구마."

"밑에 놈들하고 사이좋게."

"그렇다면…."

"지난번에 구속된 놈들도 전에 이명박이하고 삥땅 나눠 먹은 놈들일 것이다."

"에이, 설마."

"지금 교도소에서 씨발, 씨발 하고 있을껴."

"갑자기 칼같이 다 잘랐다고 말이지?"

박경술이 술기운으로 벌게진 눈으로 오종근을 보았다.

"이명박이 인기가 역대 최고여. 넌 손가락 안 잘라도 돼."

30년 전 전라남도 장성에서 상경한 박경술은 정동영을 찍었다. 그래서 손가락을 자르고 자시고 할 필요도 없다.

김정일이 탄 고려항공 전용기가 인천공항에 착륙했다. 2009년 3월 5일 오전 10시 반이다. 전용기는 김포나 가까운 성남 서울공항에 내릴 수도 있었지만 한국 정부는 '사정상' 인천공항을 고집했다. 일부러 그런 것이다. 인천공항은 5년째 공항 서비스, 관리 부문에서 세계 1위를 차지한 세계 최고 공항이다. 규모는 물론 물동량도 세계 5위권에 드는 데다 시설이 압도적이다. 평양 순안공항의 150배는 된다.

김정일은 비행기 창밖으로 공항 게이트에 늘어서 있는 수백 대의 항공기를 보았다. 대부분 한국 국적기였고 그 크기가 자신이 타고 온 옛 소련제 전용기보다 5배씩은 컸다. 의도적으로 착륙지를 인천공항으로 바꾼 것은 알고 있었지만 어쩔 수 없이 압도당했다. 기분은 나빴지만 압도당한 느낌은 병균처럼 머릿속에 가라앉는다. 이것이 쌓이면 기가 꺾인다.

"잘 오셨습니다."

공항 활주로에서 전용기 앞까지 마중 나간 이명박이 웃음 띤 얼굴로 김정일을 맞는다. 트랩을 내려온 김정일도 얼굴을 펴고 웃으며 이명박의 손을 잡았다.

"날씨가 좋습니다."

"제가 공항 당국에 지시했습니다. 위원장 오시는데 공항 날씨 좋게 하라고요."

썰렁한 농담이었지만 김정일이 소리 내어 웃자 뒤로 줄줄이 따르던 수행원들도 웃는다.

한국은 김대중, 노무현 두 대통령이 연달아 평양을 방문한 터라 김정일에게는 '답방'이라는 명목이 붙어 체면 상할 이유가 없다. 공항 환영식은 의장대 사열만으로 간단히 끝나고 남북한 두 정상은 리무진에 나란히 앉아 서울로 향한다. 인천공항에서 서울까지는 고속도로가 뻥 뚫렸다. 리무진은 시속 150km로 달린다. 이명박이 머리를 돌려 김정일을 보았다. 웃음 띤 얼굴이다.

"제가 취임하고 나서 체제정비를 좀 했더니 글쎄, 통일이 꼭 되어야 한다는 비율이 확 줄었습니다."

김정일의 시선을 받은 이명박이 말을 잇는다.

"통일에 대한 환상이 꺼진 거지요. 이제는 계산적, 이성적으로 접근하고 있습니다."

그 환상을 조장한 조직을 이명박이 깨뜨린 것이다. 심지어 북한이 도발해도 한국은 전쟁을 피하기 위해 맞대응하지 말아야 한다는 야당 국회의원도 있었다. 지금 그 의원은 교도소에서 TV를 보고 있을 것이다. 그때 김정일이 쓴웃음을 지었다.

"북조선에도 계산적, 이성적으로 접근하는 동무가 많지요."

이제는 이명박이 시선을 주었고 김정일이 가라앉은 목소리로 말을 잇는다.

"그 동무들이 북조선의 지도급, 주류 세력입니다. 그들도 통일에 대한 환상을 품고 있지 않습니다."

"그럼 어떻게 해야 합니까?"

정색한 이명박이 묻자 김정일이 길게 숨을 뱉는다.

"현상유지."

"평화공존이라는 말씀이군요."

"그럴듯하게 표현하면 그렇지요."

그러고는 김정일이 등받이에 등을 붙였다.

"북조선의 공산당원 계급, 군부 지도층이 사회 주류층입니다. 그들은

236

결속력이 강해서 무너지지 않아요. 그것이 북조선을 지탱하는 힘의 원천입니다."

이명박은 이제는 앞만 보았고 김정일의 말이 이어졌다.

"이 대통령께서 6월 말까지의 분위기로 나가셨다면 2015년에 통일이 될 가능성이 높았지요. 6·25 시대보다 더 가능성이 높다고 판단했으니까요."

"…."

"아니, 그 이전에 됐을지도 모릅니다. 올해나 아니면 내년에 됐을 수도…."

"…."

"우리는 몇십만 명 죽는 건 일도 아닙니다. 여기선 군인 하나가 자살해도 난리가 나지요? 지휘관이 잘리고 말입니다. 하룻밤에 수천 명이 죽어나가면 남조선 인민들은 항복하자고 할 것입니다."

"…."

"우리 동지들도 들고일어날 것이고요."

그러더니 김정일이 쓴웃음을 짓는다.

"그런데 그 동지들을 다 정리하셨더군요."

북한 외무성 부상 리용호와 한국 외교통상부 장관 유명환은 그동안 중국 베이징에서 두 번 비밀회동을 한 후에 이번 남북정상회담의 의제와 일정, 그리고 양측이 주고받을 내용까지 협의했다. 정상회담이 바이어 상담처럼 계산기와 오퍼시트만 가지고 덤벼들 일은 아닌 것이다. 남북 의제는 첫째, 핵 폐기 둘째, 식량 및 경제 지원 셋째, 민간교류 등 세 가지로 나뉘었다.

"문제는 핵이야. 이것만 확실하면 다른 건 덤으로 끝내줄 수 있어."

오후 3시로 예정된 제1차 회담을 준비하면서 청와대 비서실장 조순형이 말했다. 김정일은 지금 숙소인 신라호텔에 도착해 쉬는 중이다. 그러나 12시에 호텔에서 이명박과 점심식사를 하고 정상회담에 들어갈 것이다.

"공개를 안 하는 조건이라니 그것이 걸립니다. 우리만 비밀리에 안다는 건 의미가 없습니다. IAEA 검증을 받아야 합니다."

외교안보수석 김성환이 지친 표정으로 말을 잇는다.

"어차피 회담 내용이 다 알려질 텐데 김정일 씨가 고집을 부리는 것 아닙니까?"

"대내용 같아."

조순형이 눈을 가늘게 뜨고 생각하는 표정을 지었다.

"북한 쪽에만 알리지 않으려는 거야."

한국이라면 말도 안 되는 짓이지만 북한처럼 통제가 심한 사회에서는 통할 수도 있을 것이었다.

"하다못해 아웅산 폭발에 대한 사과 정도는 받아야 한다고 생각하지 않으쇼?"

정두언이 던지듯 말하자 강용석이 어이없다는 표정을 지었다.

"아니, 핵문제도 밖으로 꺼내지 말라는 놈이 그럴 리가 있습니까?"

"그럼 괜히 부른 거요. 김정일 위상만 높여준 거라니깐."

"언제는 안 그랬습니까?"

의사당의 정두언 의원실에서 마주 보고 앉은 강용석이 말을 잇는다.

"평양에서 받아준 것만 해도 감지덕지했는데, 이번에는 끌어들였으니 그것만으로도 잘된 겁니다."

"그런가요?"

"말씀대로 대통령이 아웅산이나 KAL기 납치사건, 또는 박왕자 씨 피살사건이라도 사과를 받는다면 우리 체면이 서겠지요. 물론 꿈같은 소리지만요."

"그렇다면 내가 팬티만 입고 의사당을 한 바퀴 돌 거요."

정색한 정두언이 말을 잇는다.

"진정한 남북 화해, 이해의 기념으로 말이요. 소문내도 돼요."

"안 될 일 소문내봐야 싱겁지요. 정 의원님만 싱거운 사람이 될 테니까요."

그러더니 강용석이 정두언 앞으로 서류를 내밀었다.

"기업체에서 돈이나 뜯어먹는 환경단체 명단입니다. 서명해주시지요."

"어이구."

서류를 들여다본 정두언이 입을 딱 벌렸다가 닫았다. 서류에는 36개 환경단체와 시민단체 이름이 적혀 있었기 때문이다. 강용석이 탁자에 올려놓은 꽤 두툼한 서류를 다시 정두언 앞으로 밀었다.

"여기 증거자료가 있습니다. 환경단체라는 간판을 걸고 기업체에서 기부금을 받은 내용입니다. 그 기금을 반정부투쟁, 미군철수 데모, 보안법 폐지운동 자금으로 쓴 것입니다."

잠자코 자료를 들쳐본 정두언이 숨을 길게 뱉더니 펜을 집어 서명했다. 서명한 의원이 47명이나 된다. 이제 이 서류는 고소장으로 만들어져 검찰로 넘겨질 것이었다. 정두언이 서류를 챙기는 강용석에게 정색하고 묻는다.

"도대체 고소, 고발한 사람이 몇이나 돼요?"

"한 350명 됩니다."

눈썹을 치켜올린 강용석이 말을 잇는다.

"아직도 많이 남았어요."

그래서 시중에서 강용석의 별명이 '고발남'이다. 열심히 자기 일을 알리는 데다 트위터 팔로가 10만 명이나 될 정도로 젊은 층에게 인기가 많다. 정두언이 자리에서 일어서는 강용석에게 말했다.

"강 의원은 입만 조금 다듬으면 다음 총선 끝나고 바로 대변인 감이오."

김정일이 데려온 고위급 인사는 42명이나 됐다. 장군, 부부장급 이상 인사만으로도 그렇다. 주요 인사 면면을 볼작시면 인민회의 상임위원장 김영남, 인민군 총참모장 리영호, 외무성 부상 리용호, 무력부장 조철진, 매제이며 군사위 부위원장 장성택, 호위총국장 오금렬, 선전선동부장 박성출까지 얼굴을 드러냈다. 북한의 권력 실세는 다 옮겨왔고 평양에는 껍질만 남았다는 뉴스가 케이블 TV에 나올 정도다.

오후 3시 30분. 제1차 회담은 청와대에서 열렸다. 회담장에는 양국 정상과 수행원 10여 명이 입장했고, 문이 딱 닫히면서 비공개로 진행됐다. 그래서 시청률 평균 64%를 기록했지만 방송국 TV는 계속해서 청와대의 닫힌 문짝만 비치며 기다렸다. 물론 그 사이에 정치평론을 맡은 각 대학의 교수가 쉴 새 없이 말하고 있다.

"저 씨발놈은 말은 사납게 허지만 다 듣고 나면 중도통합여, 개시키."

방송국의 정치평론을 듣던 서상국이 분통을 터뜨렸다. 오후 5시 반, 둘은 오종택의 인테리어 사무실에서 TV를 보는 중이다. 시간이 어중간했기 때문에 서상국이 동교동에 있는 오종택의 사무실로 와버린 것이다. 그때 고동대학 이차반 교수가 서상국을 응시하고 말했다.

"따라서 김정일 위원장의 서울 답방은 결과가 어떻든 남북한 간 관계를 업그레이드한 것입니다. 이로써 남북한은 평화공존, 협력관계로 속도를 내게 될 것입니다."

"야, 돌려!"

서상국이 소리치자 리모컨을 눌렀던 오종택이 곧 머리를 내저었다.

"야, 그놈이 다 그놈이여. 끌까?"

"놔둬."

화면은 다시 이차반한테 돌아갔다.

"개차반 같은 새끼. 차라리 내가 평론을 하는 게 낫겠다."

이차반을 노려보며 서상국이 으르렁거렸을 때 오종택이 머리를 끄덕였다.

"요짐은 개나 소나 다 평론가 행세를 허도만. 허지만 전라도 사투리를 쓰는 평론가는 못 봤다."

오종택이 눈만 껌벅이는 서상국을 향해 말을 이었다.

"가물에 콩 나듯이 나오는 놈들을 보면 전라도 사투리를 감추고 안 쓰더만."

"…."

"유식헌 체 헐라면 전라도 사투리가 안 어울리는개벼."

4시 50분이 됐을 때 제1차 회담이 끝나고 이명박과 김정일이 회담실을 나온다. 둘 다 웃음 띤 표정으로 청와대 현관까지 나오더니 김정일이 호텔로 돌아간다. 저녁 8시 반에는 김정일이 머무는 숙소인 신라호텔에서 양국 정상의 만찬이 있다. 오늘 만찬은 이명박이 주최하고 내일 저녁은 김정일이 주최한다. 2박3일 일정이어서 양국 정상은 모레 오전에 공동성명을 발표할 예정이다.

"양국 정상은 핵 문제를 포함한 경제협력, 이산가족 문제에 이르기까지 심도 깊은 대화를 나누었고 구체적인 협의에 들어갔습니다."

다음 날 오후 제2차 회담이 시작될 때 방송국 아나운서들이 한 멘트다. 양국 정부 당국자는 철저히 보도 통제를 해서 회담 내용에 대한 어떤 코멘트도 나오지 않았다. 추측 기사도 흘러나오지 않는 것은 그만큼 언론사들도 협조한다는 증거였다.

둘째 날 김정일이 주최한 신라호텔 만찬 직전에 작은 소동이 일어났다. 그것이 기회를 고대하던 전 세계 매스컴에 대특종을 안겼다. 홍익대 근처 지하슈퍼에서 정육점을 하는 윤재덕의 부친인 90세 윤봉수 씨가 호텔 현관에서 발악하듯 소리쳤던 것이다.

"김정일이는 함흥에 있는 내 누이 윤막내를 찾아내라!"

말쑥한 정장을 입은 윤봉수 씨가 아우성을 치자 마침 로비를 지나가던 김정일이 그 장면을 보았다. 멀리서만 바라봐 소리는 못 들었는데, 측근을 시켜 내막을 들은 뒤 윤봉수 씨를 1층 대기실로 부른 것이다. 기자들은 따라가지 못해 발버둥쳤지만 20분쯤 후 현관으로 나온 윤봉수 씨가 소리 내어 울었다. 그러더니 눈물, 콧물범벅이 된 얼굴로 냅다 만세를 부르는 것이었다. 그 장면을 눈도 깜박하지 않고 지켜보던 수천만 시청자는 영문도 모르고 같이 눈물 바람을 했다. 만세가 끝나고 지쳐 늘어진 노인한테 기자들이 모기떼처럼 달려들어 물었지만 영감은 한마디도 하지 않고 떠났다. 청와대 경호요원이 경호하고 떠났다고 했다.

그리고 2009년 3월 7일 오전 10시, 이번에는 성남 서울공항에 화려하게 마련한 송별식장. 활주로에 사방이 트인 거대한 정자가 세워져 있다. 진짜 정자다. 마치 요술처럼 며칠 만에 세워진 것이다. 그 정자 연단에 이명박과 김정일이 나란히 서 있다. 화창한 봄 날씨, 하늘은 푸르고 구름 한 점 없다. 부드러운 미풍에 개나리, 진달래꽃 향기가 날아왔다. 연단 아래쪽에는 수백 명의 취재진, 그 뒤쪽은 수천 명의 국내외 귀빈이 자리했다. 그때 사회자의 안내로 먼저 김정일이 입을 열었다. 주위는 순식간에 조용해졌고 김정일이 힐끗 하늘을 올려다보고 나서 말했다.

"친애하는 남조선 동포 여러분. 그리고 이명박 대통령, 내외 귀빈 여러분."

연단 귀퉁이를 두 손으로 쥔 김정일이 TV 화면을 똑바로 봤다.

"나는 북조선 지도자로서 1950년 6월 25일 전쟁을 일으킨 것을 사과합니다. 한민족을 통일하겠다는 명분이었지만 전쟁으로 수백만 동포가 희생되었으며, 지금도 이산가족이 남아 있습니다."

김정일이 안경을 벗더니 주머니에서 손수건을 꺼냈다. 동작이 침착하다.

김정일이 든 손수건이 눈으로 올라갈 때 수천만 시청자는 눈에서 흘러내리는 눈물을 보았다.

"엉엉엉."

오종택이 인테리어 사무실에서 소리 내어 운다. 사무실에 여직원 미스고가 있었지만 상관하지 않는다.

서상국은 출판사에서 흐느낌을 참다가 딸꾹질을 했다. 그러나 얼굴은 눈물범벅이 되어 있다. 이애주가 휴지로 코를 푸는 소리가 들렸다. 창밖 하늘이, 세상이 참 밝은 날씨였다.

20회 정년(停年)

"우리는 앞으로 남북 현안에 대해 수시로 해당 책임자급 협상을 열고 평화적인 방법으로 해결하기로 합의했습니다."

6 · 25 남침에 대해 사과한 뒤 김정일이 그렇게 말했다. 그것이 끝이다. 이어서 이명박이 한 발표도 비슷했다.

"양국 정상은 기존 합의사항을 준수하고 한반도 평화 유지를 위해 최선을 다하기로 합의했습니다."

이렇게 말하는 것으로 끝났다. 아무 내용도 없는 발표였지만 김정일의 6 · 25 사과성명은 다른 모든 것을 덮고도 남았다. 두 정상이 100가지 합의사항을 줄줄 읽는 것보다 100배는 더 감동적이었다. 김정일이 탄 고려항공의 낡고 촌스러운 비행기가 서울 하늘로 솟아오르는 장면이 TV로 방송됐다. 여론조사 기관이 이때의 대한민국 국민 심정을 그대로 읽는다면 99.9%가 김정일에 대해 '우호적'으로 평가했을 것이다. 김정일의 왜소한 전용기를 두고 '고상하다' '웅장하다' 고 표현하는 데도 주저 없이 한 표를 던질 것이었다.

"아부지, 통장에서 돈 다 찾으셨어요?"

하고 홍대 근처 지하 슈퍼에서 정육점을 하는 윤재덕이 묻자 윤봉수가 대답했다.

"으응, 찾았다."

밤 10시 반, 윤재덕은 가게 문을 닫고 영등포 당산동의 아파트로 돌아온 참이다.

"아니, 아부지. 그 돈을 어디에 쓰시려고. 그리고 영규 엄마한테 시키시지 직접 은행까지 가시다니요."

이미 와이프 정순자한테서 전화 온 이야기를 들은 터라 윤재덕이 말을 잇는다.

"노인이 은행에서 혼자 돈 찾아 나오시면 위험하거든요. 그래서…."

"괜찮다."

90세지만 윤봉수는 아직 정정하다. 기억력도 좋아 식구 생일은 물론 어머니 제삿날도 다 외우고 있다. 정순자가 눈짓했으므로 윤재덕은 입을 다물고는 씻고 나왔다. 집 안에는 노인까지 셋뿐이다. 두 아들 중 결혼한 큰아들 식구는 전라도 광주에서 자동차 수리소를 한다. 둘째아들은 미혼이지만 군함을 타는 해군 중사다. 소파에 앉은 윤재덕이 수건으로 얼굴을 닦으며 정순자한테 물었다.

"또 전화 온 데 없어?"

"두 통 왔지만 내가 끊었어."

정순자가 짜증난다는 표정으로 말을 잇는다.

"노인 괴롭히면 고소한다고 했더니 금방 끊더구먼."

인터뷰하자는 언론사들이다. 윤봉수는 한 번도 인터뷰를 하지 않았다. 아들 윤재덕이 그 대신 김정일과의 면담 내용을 밝혔을 뿐이다. 윤봉수의 사정을 들은 김정일이 최선을 다해 가족을 찾아보겠다고 했다는 것이다. 그때 방에서 나온 윤봉수가 윤재덕의 앞쪽 소파에 앉았다. 윤봉수는 오늘 낮에 은행에 가서 30여 년간 모아놓은 돈 3700만 원을 찾아왔다.

"내가 너한테 부탁할 일이 있다."

윤봉수가 말하자 윤재덕이 머리부터 끄덕였다. 윤재덕 나이 65세, 여동생이 한 명 있었지만 어려서 죽고 어머니도 8년 전 돌아가셨다. 아버지가 자신에게 의지하듯이 윤재덕도 아버지를 의지하고 살아왔다. 윤봉수가 말을 이었다.

"네 고모 찾으면 나를 부른다고 위원장이 말했다. 네 고모가 살아 있으면 86세다."

윤재덕이 숨을 삼켰고 정순자는 바짝 긴장했다. 부른다는 말은 윤재덕한테도 안 했던 것이다. 고모 나이는 백번도 더 들었다. 윤봉수가 흐린 눈을 치켜뜨고 윤재덕을 보았다.

"네가 내 보험, 상조보험까정 다 찾아다오. 나는 그것까정 갖고 네 고모한테 갈란다."

"아부지."

"그곳에 네 조부모가 계셔. 총살당한 네 할아버지를 내가 묻어둔 곳도 가봐야겠다."

"아부지, 그럼 저는요?"

눈을 치켜뜬 윤재덕이 윤봉수를 노려보았다.

"저는 어떻게 허구요?"

"너는 필상이, 필호가 있잖으냐? 너는 그만하면 되었다. 날 좀 보내다오."

그러더니 윤봉수가 길게 숨을 뱉는다.

"네 고모, 살아 있을지 모를 친척들을 보고 죽는 게 내 소원이라고 했잖으냐?"

윤봉수의 시선이 정순자에게로 옮겨졌다.

"너희는 효자다. 그만하면 됐다."

머리를 든 서상국이 이애주를 보았다. 얼굴에 쓴웃음이 배어나 있다.

"내가 믿지 않는다는 건 아냐. 하지만 말이야."

둘은 지금 회사 근처 중식당 '남경'에서 점심을 먹는 중이다. 서상국이 말을 잇는다.

"이명박이를 만났다면 어떤 소스를 통해서라도 소문이 흘러나왔을 거야. 대통령의 일거수일투족을 그 사냥개 같은 기자들이 놓치겠어?"

이애주는 잠자코 짜장면을 씹었으므로 서상국은 한숨을 뱉었다.

"이명박이를 가장한 놈들일지도 몰라. 요즘은 분장술이 하도 발달해서 말이야."

"아유, 그만 하세요. 사장님."

씹던 것을 삼킨 이애주가 머리를 내저었다.

"제가 괜히 말을 꺼냈어요. 그냥 잊어버리세요."

"뜬금없이 이명박이하고 독대했다니까 내가 놀라서 그래."

이맛살을 찌푸린 서상국이 짬뽕 그릇에 다시 젓가락을 넣는다.

"딴 사람들한테는 그런 말 마. 이상하게 생각할 테니까."

이애주는 시선을 돌려 잠깐 옆쪽 벽을 보았다. 정색한 표정이다. 그러더니 문득 눈을 크게 뜨고 말했다.

"곧 대통령이 신풍운동에 대한 발표를 할 거예요. 노인들을 위한."

그러더니 반짝이는 눈으로 서상국을 보았다.

"그럼 그것이 제가 대통령을 만났다는 증거가 되겠네요."

언제부터인가 이애주는 '이명박'을 대통령이라고 부른다.

그런데 발표한 사람은 대통령이 아니라 이회창 국무총리다. 그로부터 사흘이 지난 오전 10시, 이회창이 TV 화면에 나왔다. 국무총리 특별담화 형식이다. 앞서 예고했지만 내용은 밝히지 않아서 TV 앞에 국민이 꽤 모였다. 요즘은 TV 뉴스 시청률이 평균 30% 이상이다. '빅 뉴스'가 터지기 때문이 아니라 '굿 뉴스' 때문이라는 방국 서진대학 교수의 말이 정곡을 찌른 표현이다. '항상' 출판사에서는 직원들이 다 출장을 가 서상국 혼자 TV를 보고 있다. 이회창이 입을 열었다.

"친애하는 국민 여러분, 오늘 저는 대통령 지시를 받고 신풍운동의 일환으로 다음과 같은 정책을 발표합니다."

이회창이 똑바로 서상국을 응시하며 말을 잇는다.

"행정안전부는 2009년 6월 1일부터 국가공무원을 포함한 개인기업 종사자들의 법적 정년을 70세로 상향 조정할 것입니다. 또한 70세에 법적으로 퇴직한다고 해도 건강에 지장이 없는 한 본인이 원한다면 75세까지 해당 직장에서 원로사원, 원로공무원 보수를 받고 근무하도록 조처할 것입니다. 이에 따른 세부 조항을 보완한 후 입법부에 넘겨 법제화하기로 당정(黨政)이 합의했습니다."

"아니, 그러면 진짜 만난 모양이네."

이회창이 잠깐 숨을 돌리는 사이 서상국이 헛소리처럼 말했다. 그러나 치켜뜬 두 눈을 화면에서 떼지 않는다.

"이것이여, 이애주가 말했던 노인들을 위한 신풍운동이 바로 이것이구면."

이른바 '정년 연장' 발표다. '50세 정년'으로 사회가 급속히 '조루'화하면서 40대부터 미래에 대한 불안감이 쌓이는 것이 현실이다. '50세 정년'은 경제 불황과 취업률 감소에서 발생한 직업인구의 빠른 순환이 원인일 것이었다. 젊은 두뇌가 필요해서라기보다 정년을 앞당겨 내보내야 대기층인 젊은이들을 취업시킬 수 있었기 때문이다.

그러나 이제 대한민국은 종교세 세수 증가와 내부 정리로 일자리를 창출함으로써 세계 역사상 최초로 법적 정년을 70세로 상향 조정했다. 건강에 이상만 없다면 '원로사원'으로 75세까지 일할 수 있게 된 것이다. 몇 년 후 닥쳐올 불안한 미래 탓에 방황하던 40대부터 50대까지 환호하는 것은 당연했다. 재정당국과 일부 기업은 울상을 지었지만 대한민국 역사상 이만큼 지지받은 정책은 없을 것이다. 재빠른 여론조사 기관들이 발표 날에 조사한 결과, 7개 기관에서 평균 지지율이 87%가 나왔다.

"아버지, TV 보셨죠?"

이회창의 발표가 끝났을 때 이애주가 전주에 있는 아버지 이영철에게 전화했다. 이영철은 전주 서학동 보국아파트 경비원이다.

"어, 봤다."

이영철의 목소리도 흥분으로 떨렸다.

"니 말이 맞구나."

이애주는 이영철한테도 대통령을 만났다는 이야기를 한 것이다. 대통령이 노인들을 위한 신풍운동을 곧 발표할 것이라고 이야기했더니 반응이 싸늘했다. 아니, 오히려 이애주한테 '이명배기' 만났다는 이야기를 남한테 하지 말라고 신신당부까지 했다. 네가 전주에서 그런 말 하고 다니면 왕따당한다고도 했다. 이명배기가 인기는 높지만 아직 떠들고 다닐 때는 아니라는 것이다. 이애주가 말을 잇는다.

"아버지, 들으셨죠? 70세 미만의 퇴직자는 원직장에 돌아갈 수 있다는 거 말이에요."

"응, 들었어."

"거기 그만두실 거지요?"

"응, 내일 사표 낸다."

"아버지."

해놓고 이애주는 목이 메었고 이영철도 가만히 있었다. 이영철은 54세. 작년에 다니던 대기업 계열사에서 부장으로 명퇴한 후 월급 85만 원짜리 경비역에 취직했다. 이애주 밑에 대학생부터 고등학생까지 돈 들어갈 자식이 둘이나 있는 터라 집에서 놀 처지가 못 되었기 때문이다. 그때 이영철이 갈라진 목소리로 말했다.

"애주야, 인자 아버지 살맛난다."

"아니, 국가재정은 어떻게 감당하려고?"

버럭 소리쳤던 이용섭 민주당 의원이 곧 입을 다물었다. 김진표 의원실 안이다. 방 안에는 강봉균, 김효석까지 넷이 모여 앉았는데 모두 경제통이다. 그들은 지금 '70세 정년'에 대해 토론 중이다.

"나 원, 이것 참."

반응이 없자 답답한 이용섭이 다시 입을 열었다.

"일자리가 300만 개는 더 늘어나야 할 것입니다. 그러기 위해서는 국가재정을 펑펑 쏟아부어야 한단 말입니다."

다 아는 소리다. 모두 다 경제에 일가견이 있는 터라 이번 '70세 정년'에 대한 반대토론을 하라면 24시간 쉬지 않고 이야기할 수 있다. 자료를 안 보고도 그렇다. 그때 강봉균이 입을 열었다.

"냅둬야지 어쩌겠소?"

모두의 시선을 받은 강봉균이 쓴웃음을 지었다.

"우리가 나서면 야당이 국가재정 걱정헌다고 국민이 비웃기부터 헐 거요. 그것이 여론이거든."

모두 입을 다물었고 강봉균이 말을 이었다.

"논리와 증거를 대고 조목조목 반대할수록 지지율은 추풍낙엽이 될 거요. 가만있는 게 낫습니다."

추풍낙엽 정도가 아니다. 현장에 익숙한 지역구 출신들이어서 민심에 민감한 그들이다. 반대했다가는 노인들한테 몰매를 맞을 수도 있다.

청와대 비서실장 조순형이 집무실로 들어섰을 때 이명박이 눈을 가늘게 떴다.

"조 실장, 무슨 일 있습니까?"

"예?"

정색한 조순형이 다가가 묻자 이명박이 다시 묻는다.

"무슨 좋은 일이 있는 것입니까?"

그러자 조순형이 손바닥으로 얼굴을 쓸었다. 그러고는 입맛을 다셨다.

"죄송합니다. 포커페이스가 안 되는군요. 기뻐서 그렇습니다."

"기쁘다니요?"

테이블 옆에 선 조순형이 말을 잇는다.

"지금 정부 각 부처에서 난리가 났습니다. 대통령님."

"..."

"퇴직금, 연금을 받고 나간 퇴직자들이 연금을 어떻게 반환하느냐고 문의를 해오는 통에 업무가 마비될 정도라고 합니다."

아직 방법은 정해지지 않았다. 그러나 연금이나 퇴직금을 반환하지 못했다고 재취업이 안 되는 것은 아니다. 그렇게 되면 '70세 정년' 원칙에 어긋난다. 국무총리 이회창이 발표를 한 지 일주일, 지금 정부당국과 여당 실무자들은 머리를 싸매고 연구 중이다. 2009년 6월 1일 시행을 위해 5월 15일까지는 법을 공포해야 하는 것이다. 모두 죽겠다고 아우성치지만 행복한 비명이다. 그때 조순형이 말을 이었다.

"보고드릴 일이 있습니다, 대통령님."

이명박의 시선을 받은 조순형이 다시 얼굴을 일그러뜨리며 웃었다. 참을 수가 없었던 모양이다. 조순형이 그 얼굴로 말을 이었다.

"민주당에서 '70세 정년' 입법화 작업을 돕겠다고 강봉균 의원 등 10여 명이 지원을 해왔습니다."

놀란 이명박이 눈만 치켜떴고 조순형의 목소리가 열기를 띠었다.

"머리가 좋은 사람들이니만치 좋은 아이디어가 쏟아져 나올 것입니다, 대통령님."

"그렇지요."

이명박이 커다랗게 머리를 끄덕였다.

"그 양반들 머리가 좋지요."

"이건 대한민국 역사상 처음 있는 일입니다, 대통령님."

둘의 시선이 마주쳤지만 당장에 입이 떨어지지는 않았다. 제각기 오만 가지 생각이 머릿속을 휘저었기 때문일 것이다.

"내가 선견지명이 있다니까."

전두환이 정색하고 말했다.

"나하고 이대통령하고 마인드가 같았던 거라. 그렇지 않나?"

"그렇습니다."

장세동이 대답했지만 말에 억양이 없다. 단조로운 목소리인 것이다. 그러자 전두환이 눈썹을 모았다.

"왜? 내 말이 틀렸나?"

"아닙니다, 각하."

장세동은 둘이 있을 때는 각하라고 부른다. 그래야 자연스럽다. 그때 전두환이 지그시 장세동을 보았다. 둘은 세상이 다 아는 복심(腹心) 관계다. 그것으로 비난하는 사람도 있지만 의리의 표본으로 삼는 사람도 많다. 그만큼 서로 믿고 의지하는 사이일 것이다.

"왜? 무슨 일 있나?"

"예, 각하."

심호흡을 한 장세동이 전두환을 똑바로 보았다.

"저한테 군 복귀를 희망하는 청원이 벌써 수십 건 들어왔습니다, 각하."

"…."

"'70세 정년' 법에 군도 포함시켜야 하지 않겠습니까? 지난번 복귀한 장성급은 50여 명밖에 안 됩니다."

"…."

"영관급 중 계급정년에 밀렸거나 예편될 장군 가운데 희망자는 복귀시켜야 '70세 정년' 취지에도 맞습니다."

"그렇다."

마침내 전두환이 머리를 끄덕였다.

"내가 대통령께 건의하겠다."

"개판이군."

뱉듯이 말한 김영삼이 소파에 등을 붙이고는 쓴웃음을 지었다.

"물론 나에게도 공과(功過)가 있다. 그러나 대한민국에 민주주의 뿌리를 확고하게 심은 사람은 바로 나다."

옆쪽에 선 김현철은 대답하지 않았다. 마산 본가에 내려온 김영삼은 김현철과 함께 방금 '70세 정년'에 직업군인도 포함된다는 뉴스를 들은 것이다. 김영삼이 말을 잇는다.

"내가 다 정비해놓은 민주체제, 군 파벌 해체, 정치 불간섭 체제가 이명박이 시대에 와서 확 무너졌다."

김현철은 대답하지 않았다. 그러나 다른 원로에 비해 아버지가 소외당한 느낌이 드는 것은 사실이다. 제각기 용도를 부여받고 활발하게 움직이는 다른 원로들을 보면 김현철의 마음이 무거워진다. 내 아버지가 무엇이 부족한가? 내 아버지만한 정치인이 있는가? 아버지와 비교하면 다른 전직은 연예인, 빠돌이 대장, 독재자, 뒷거래 명수일 뿐이다. 그때 방으로 비서 윤규환이 들어섰으므로 둘의 시선이 옮겨졌다. 윤규환이 손에 쥔 무선전화기를 김영삼에게 내밀며 말했다.

"각하, 세우리당 김무성 총무입니다."

"응? 김무성이가?"

눈을 크게 뜬 김영삼이 전화기를 받아 쥐었다. 긴장한 김현철의 시선을 받은 채 김영삼이 송화구에 대고 말한다.

"응, 김 총무. 무신 일이고?"

"예, 대통령님. 안녕하셨습니까?"

김무성의 굵은 목소리가 떨어져 있는 김현철에게도 들렸다. 김영삼이 대답한다.

"아, 나야 괜찮제. 거긴 이제 노인들한테 점수 따려고 난리더라. 하긴 노인표가 많아졌제."

"예, 바쁩니다. 대통령님."

"그래, 무신 일이고?"

"이번 경남에서 보궐선거 두 곳이 있는데 김현철 씨를 저희 당에서 공천하기로 결정했습니다, 대통령님."

"…."

"유능한 인재를 중용해야 한다는 것이 첫 번째 이유이고, 두 번째는 대통령님의 뜻을 이어 행동할 사람이 필요하다는 점에서 모두 동의했습니다."

"말은 잘한다."

했지만 김영삼의 말끝이 떨렸다. 헛기침을 한 김영삼이 말을 잇는다.

"너거들, 날 무시하믄 안 된다. 잘 생각해보래이. 내 뒤가 제일 깨끗하다는기 역사가 판단해줄 끼다."

"명심하겠습니다."

"여기 현철이 있으니까 이야기하고 바로 자네한테 올려보내 띠."

"예, 대통령님."

"전화 끊는다."

그래 놓고 전화기를 윤규환에게 건네준 김영삼이 다시 헛기침을 했다.

"다 들었쟈?"

머리를 든 김영삼이 묻자 김현철이 대답했다.

"예, 아버님."

그러자 머리를 끄덕인 김영삼이 혼잣소리를 했다.

"이명배기 냄새가 난다."

그러고는 숨을 들이쉰다.

21회 생과 사

윤봉수가 대한적십자사를 통해 북한에 남은 가족 소식을 받은 것은 2009년 5월 8일이다. 함흥에 누이동생 윤막내, 그녀의 두 딸 박기옥(60)과 박영순(54), 그리고 가족 12명이 살아 있다는 것이다. 직접 정육점을 방문한 대한적십자사 관계자가 윤재덕에게 서류 한 뭉치를 건네며 말을 이었다. 관계자의 얼굴은 흥분으로 상기돼 있었다.

"이건 특별 케이스가 되겠습니다. 북한은 아버님이 판문점을 통해 입국하시도록 배려했습니다."

"아버지 혼자요?"

윤재덕은 생전 보지도 못한 고모나 고모 가족에 대해서는 관심 없다. 오직 아버지 걱정뿐이다. 그러자 관계자가 당연한 일 아니냐는 표정으로 말했다.

"아, 그럼요. 아버님 혼자 가십니다."

"연세가 아흔 살이란 말입니다."

"그건 어쩔 수 없습니다. 이렇게 초청받은 것만 해도 특별 케이스라니까요."

윤봉수는 혼자 걸어서라도 갈 것이었다.

미루고 미뤘던 대통령의 미국 방문 일정이 결정되었다. 2009년 5월 10일이다. 취임하고 1년 3개월이 지난 후여서 늦은 감이 있다. 그러나 김정일의 서울 방문 다음이어서 한미 정상이 나눌 이야깃거리는 풍부해진 상태다.

"5월에는 할 일이 많군요. '정년법'이 통과하면 정부가 다 맡아서 해야 할 테니까요."

성남 서울공항에 배웅 나온 이회창에게 이명박이 말했다.

"당연히 바빠야지요. 6월 1일 시행에 차질이 없도록 노력하고 있습니다."

비행기를 향해 걸으면서 이회창이 말을 잇는다.

"야당 의원들까지 입법을 도와주는 정책입니다. 일이 고되더라도 신바람이 납니다, 대통령님."

프랑스와 스페인에 이어 그리스까지 한국의 신풍운동을 국가 경영 표본으로 특집 보도하는 상황이다. 오바마도 틈이 날 때마다 한국의 '개혁'을 칭찬하고 있다.

"이번 방문의 주목적은 한미연합사 해체 시기 연장입니다."

이명박이 말하자 이회창은 머리를 끄덕였다. 그것은 이제 한국 국민 대부분이 안다. 환송 나온 국내외 인사들에게 다가가면서 이명박이 쓴웃음을 짓고 말했다.

"노 전임이 애써 추진한 협정이지만 어쩔 수 없지요. 이건 국민의 여망이니까."

그래서 이명박을 압도적 표차로 당선시켜준 것이다. 한미연합사를 단순히 '자주국방' '굴종적 군사관계' 차원에서 비판하는 것은 억지라고 국민이 심판해주었다. 북한 핵위협이 커지는 마당에 한미연합사를 해체하는 것이야말로 북한에 굴종하는 음모라고 판단한 것이다.

이명박의 은밀한(?) 지시로 노무현에 대한 직접적인 수사는 없었지만 측근들에 대한 수사는 오히려 강도 높게 진행되었다. 이는 마치 범람한 강물이 흘러가는 것 같아 누구는 대세(大勢)라고도 부른다. 물결을 거스를 수 없다고 한다.

2009년 3월 24일 청와대 전(前) 비서관 추부길이 알선수재 혐의로 구속되었고, 25일에는 장인태 전 차관과 박정규 전 청와대 민정수석이 정치자금법 위반 혐의로 구속되었다. 26일에는 역시 정치자금법 위반으로 이광재 의원이 구속되었으며, 4월 7일 노무현은 홈페이지에 사과문을 게재했다. 이것으로 그친 것이 아니다. 거친 물살이 노무현을 휩쓸고 지나갔다. 4월 10일 노무현의 조카사위 연철호가 체포되었으며, 4월 11일 부산지검은 권양숙 여사를 참고인 신분으로 소환했다. 4월 12일에는 노무현의 장남 노건호가 소환되었으며, 마침내 4월 30일 노무현이 검찰에 출두해야 했다. 그리고 노무현이 봉하마을에서 이명박의 방미 행사를 TV로 지켜보는 5월 10일 오전 10시 반 현재, 응접실로 들어선 노정연이 말했다.

"아버지, 저 지금 갈게요."

머리를 든 노무현이 딸을 보았다. 시선이 마주치자 노정연이 머리를 숙였다.

"죄송해요, 아버지. 심려를 끼쳐드렸어요. 내일 다녀와서 연락드릴

게요."

머리를 든 노정연이 노무현의 가라앉은 표정을 보았다. 노정연의 입을 막듯이 노무현이 말을 잇는다.

"잘 다녀오거라. 기운 내고."

목이 멘 노정연은 숨을 들이쉰 뒤 몸을 돌렸다. 내일 남편과 함께 검찰에 참고인 신분으로 소환될 예정인 것이다. 박연차로부터 40만 달러를 받았다는 혐의다.

노정연과 엇갈려 방으로 들어선 비서관 김경수가 노무현 앞으로 다가와 섰다. 그러고는 굳은 표정으로 말한다.

"별일 없을 것입니다, 대통령님."

노무현은 음을 소거한 TV만 보았고 김경수의 말이 이어졌다.

"앞으로는…."

그때 노무현이 김경수의 말을 잘랐다.

"다 내 탓이야."

외면한 채 노무현이 말을 잇는다.

"이미 명예는 더럽혀졌어."

숨을 죽인 채 김경수는 움직이지 않았다. 그렇다. 가족, 측근이 저지른 일이라고 해도 그 책임이 다 돌아온다. 그 책임의 무게를 그들이 알겠는가? 알았다면 그러지 못했을 것이다.

문이 열리더니 노파 한 명이 두 손을 휘저으며 달려왔다. 비명 같은 괴성을 질렀으므로 윤봉수는 그야말로 모골이 송연해졌다. 분홍색 치마저고리를 입은 노파 모습이 성황당 귀신 같다. 그래서 윤봉수는 자리에서 일어서기만 했다.

"아이고, 아이고."

달려온 노파가 윤봉수의 소매를 움켜쥐더니 아예 대기실 바닥에 주저 앉았다. 그때 노파를 따라온 중늙은이 여자 둘이 따라서 통곡했으므로 대기실은 급살 맞은 초상집이 되어버렸다. 윤봉수는 눈을 부릅뜨고 윤막 내를 보았다. 1951년, 그러니까 58년 전 헤어졌으니 윤막내가 28세 때다. 30년 가깝게 얼굴을 보면서 살았지만 닮은 구석이 하나도 없다. 그리고 윤봉수는 눈썹을 찌푸렸다. 노파의 눈은 짓물러만 있었지 눈물 한 방울 흘러내리지 않았던 것이다.

"아이고, 외삼촌!"

옆에서 목청이 터질 듯 소리치며 우는 두 중늙은이는 거짓 울음이 확 연히 드러났다. 멀쩡한 두 눈동자가 우는 동안 쉴 새 없이 움직이며 윤봉 수의 눈치를 살폈던 것이다. 90세지만 총기가 흐려지지 않은 윤봉수다. 그동안 수백 번 초상집을 다니면서 가짜 울음, 가짜 슬픔을 판별했던 터 라 저절로 이맛살이 찌푸려졌다. 이년들은 소리만 크면 다 덮이는 줄로 아는 모양이다. 시끄러워 죽겠다.

"아, 시끄럽다!"

윤봉수가 버럭 소리쳤더니 세 노파의 울음이 일제히 뚝 그쳤다. 놀란 듯 세 명이 눈을 둥그렇게 치켜떴는데 그렇게 아우성치며 울었지만 눈에 는 물기도 없다. 그때 노파들을 안내한 남녀 둘이 당황했다.

"아이고, 선생님 죄송합니다. 할머니들이 감정을 주체하지 못해서."

"앉으시라우요."

남자는 윤봉수에게 변명을 늘어놓았고 여자는 노파들을 그때서야 원 탁 주위에 있는 의자에 앉힌다. 이곳은 평양 대동강변의 대동강호텔 안이다. 대기실에서 김정일 위원장의 특별 배려로 윤봉수의 가족 상봉이 이루어진 것이다. 한국이라면 TV 기자들이 몰려와 난리를 쳤겠지만 이곳에는 없다. 문 밖에서 웅성거리던 군상 가운데 서너 명이 이쪽 사진을 찍었는데, 갑자기 윤봉수의 고함소리에 놀라 모두 조용해진 상태다. 이젠 사진도 찍지 않는다.

백악관 집무실 소파에 이명박과 오바마, 그리고 유명환과 힐러리까지 넷이 둘러앉았다. 두 정상 사이에는 각각 통역이 한 명씩 끼었다. 오후 4시, 두 시간 가까운 한미 양국 정상회담이 끝나고 오바마의 초청으로 다시 넷이 집무실에 모인 것이다. 오바마가 웃음 띤 시선으로 이명박을 보았다.

"자, 그럼 미스터 김 이야기를 들어볼까요?"

오바마의 시선을 받은 이명박이 입을 열었다.

"핵은 폐기하겠다고 약속했습니다. 그래서 조만간 실사단을 입국시켜 핵시설을 점검하도록 할 것이고, 폐기 절차도 밟겠다고 합니다."

통역의 말을 들은 둘이 긴장했다.

"조건은 뭡니까?"

힐러리가 묻자 대답은 유명환이 했다.

"식량과 경제 지원, 미국의 규제 철폐, 그리고⋯."

통역의 말이 끝나기를 기다렸다가 유명환이 말을 이었다.

"후계자로 김정은을 인정해달라는 것이었습니다."

"누구요? 김 누구?"

통역이 정확히 발음했지만 김정일과 김정은의 이름도 비슷하다. 오바마가 재촉하듯 물었을 때 힐러리가 대답했다.

"김정일의 아들입니다."

"아들을 후계자로 인정하면…, 가만."

오바마가 머리를 기울였다가 이명박에게 묻는다.

"그럼 할아버지 때부터 3대가 계속 북한을 통치하게 되는 건가요?"

"그렇습니다."

통역의 말에 이명박이 대답하고는 다시 잇는다.

"1945년부터지요."

그러자 힐러리가 다시 덧붙인다.

"김정일의 건강이 아주 좋지 않습니다. 그래서 그런 것 같습니다, 대통령님."

그때 이명박이 오바마에게 말했다.

"대통령님, 한미연합사 해체 기일은 무기한 연기해주시지요. 저는 그것을 성과로 갖고 귀국하고 싶습니다."

오바마의 시선을 받은 이명박이 말을 잇는다.

"김정일이 이번에 서울을 답방하면서 유화 분위기를 조성했지만 앞으로 5~6년이 가장 위험합니다. 대통령께서 양보해주신 2015년까지의 연기로는 부족합니다. 그러니 무기한 연기해주시면 양국은 유종의 미를 거둘 수 있을 것 같습니다."

통역하기 쉽도록 한마디 한마디 정확히 말했고, 통역사가 정성 들여 메모를 했다. 통역이 끝났을 때 오바마와 힐러리가 서로 얼굴을 마주 보았다. 그러고는 오바마가 말했다.

"검토하겠습니다, 대통령 각하."

방북한 지 이틀째 되는 아침, 윤봉수에게 책임자가 찾아왔다.

"상부에 보고했더니 허락이 났습니다. 오늘 오후 버스 편으로 친척들과 함께 함흥에 보내드리지요."

"아이고, 고맙습니다."

윤봉수가 온 얼굴을 펴고 웃었다. 어제 책임자에게 고향 함흥에 가보고 싶다고 부탁했던 것이다. 동생 윤막내와 그녀의 딸들도 함흥에서 올라와 호텔에서 묵고 있었기 때문이다. 책임자가 기뻐하는 윤봉수를 보더니 따라 웃는다.

"노인 동무는 운이 좋습니다. 위대하신 장군 동지께서 특별대우를 하라는 명령을 내리셨기 때문입니다. 다른 사람이면 어림도 없단 말입니다."

"내가 죽어서도 장군님 은혜는 잊지 않겠다고 전해주시오."

"꼭 전해드리지요."

"책임자 동무가 아주 친절하게 잘해주신다는 것도 전해드리고 싶습니다."

"아이고, 됐단 말입니다."

손을 저어 보인 책임자가 서둘러 방을 나갔으므로 윤봉수는 길게 숨을 뱉는다. 이제 부모 묘소에도 가볼 수 있게 되었으니 자신이 복 받은 인간이라는 생각이 든 것이다.

방에 들어선 박근혜의 얼굴이 굳어 있다. 걸음걸이도 딱딱한 것이 마치 맞짱토론에 나선 것 같다. 테이블에 앉아 있던 김형태가 벌떡 일어서더니 박근혜를 향해 허리를 꺾어 절을 했다.

"안녕하십니까?"

김형태도 마찬가지로 굳었다. 얼었다는 표현이 적당할 것이다.

"잘 부탁해요."

다가선 박근혜의 웃음 띤 얼굴이 곧 어색하게 일그러졌다. 곧 둘이 테이불을 사이에 두고 마주 앉았을 때 김형태가 서류봉투를 두 손으로 내밀었다.

"저기, 제가 말주변이 없어서요. 제 인생관과 장래 희망, 그리고 성격까지 적어왔습니다."

"고맙네요. 나도 물어보려고 했는데."

그때 조금 진정이 되었는지 박근혜가 차분해진 시선으로 김형태를 보았다. 김형태의 자기소개서는 다 외우고 있다. 25세, 수원전문대 행정학과 2학년에 재학 중이며 작년 말 해병대를 제대했다. 아버지는 트럭 운전사이고 밑에 대학교, 고등학교에 다니는 두 동생이 있다. 지금 대학에 다니면서 주유소와 이삿짐센터에서 알바를 뛴다. 김형태는 세우리당 대표 박근혜가 늦게 맞아들인 '세대결연' 의 대자(代子)인 것이다. 박근혜가 지그시 김형태를 바라보며 웃었다.

"사진보다 실물이 훨씬 낫네."

"감사합니다."

손바닥으로 얼굴을 쓸면서 말한 김형태도 눈이 부신 표정을 지으며 박근혜를 보았다.

"박 대표님께서는 참 고우십니다."

"아유, 나는 내일모레가 60이야."

그때 종업원이 들어왔으므로 그들은 주문을 했다. 중식당이어서 김형태가 짜장면을 시키자 박근혜는 우동에다 탕수육을 시켰다. 분위기가 점점 자연스러워졌다.

"친구들이 엄청 부러워하는데요."

김형태가 웃음 띤 얼굴로 말을 잇는다.

"저는 처음에 세대결연에 대해 별로 기대하지 않았거든요. 젊은 층 지지를 끌어모으려는 대통령의 술수라고 생각했는데 그게 아니더라고요."

"그래?"

박근혜는 잘 듣는다. 분위기를 맞춰주자 김형태의 목소리가 열기를 띠었다.

"정치인들이 내놓는 정책은 다 그렇지요. 그런데 이건 아니었어요. 제 주변에 있는 대자들은 모두 만족스러워해요. 좀 싫은 대부를 만나도 배울 것이 많다고 해요."

"그렇군."

머리를 끄덕인 박근혜가 불쑥 묻는다.

"친구들이 내 이야기도 해?"

"예, 명실공히 대한민국 2인자."

그래 놓고 김형태가 손가락 두 개로 브이(V)자를 만들어 보였는데, 2인자라는 표시인지 빅토리의 브이인지 알 수 없다. 김형태가 술술 말을 잇는다.

"하지만 남북관계에 대한 소신이 분명치 않아 보이고, 소통과 포용력이 부족해 보이는 것 같습니다."

"어머나, 나는 그게 아닌데?"

박근혜가 놀란 듯 눈을 크게 떴다. 그러나 표정이 밝다. 대자의 말이어서 그런가 보다.

"왜들 그러는지 모르겠어. 그걸 어떻게 해명해야 하지?"

그 순간 박근혜는 자신 앞에서 이렇게 탁 털어놓고 말해준 측근이 있었던가 생각했다. 몇 명 있었지만 완곡한 표현을 써서 둥글둥글 넘어갔다. 정치적 표현에 익숙한 인간들이라 그런가? 그때 김형태가 정색하고 말했다.

"이명박 대통령의 인기는 역대 최고입니다. 그 이유는 바로 살신성인, 자신을 다 버리고 나라를 위한다는 자세가 보이기 때문이지요. 국민은 어리석지 않거든요. 이 대통령의 진심을 보는 거예요. 박 대표님도 이젠 그런 자세를 보이셔야 할 것 같아요."

그러자 박근혜가 짧게 웃었다.

"내가 대자가 아니라 정책참모를 만난 것 같다."

"제가 만나뵙고 드릴 말씀을 미리 준비를 좀 했거든요."

따라 웃은 김형태가 말을 잇는다.

"표를 위한 행동은 다 보여요. 그러다가 망한 사람이 많거든요. 박 대표님은 그것도 주의하셔야 해요."

이제는 정책참모를 지나 선생 노릇이다.

"아부지, 어무니. 저 왔습니다."

봉분 앞에 엎드린 윤봉수가 눈물범벅이 된 얼굴로 말한다.

"인자 소원 풀었습니다. 한도 풀었고요. 저는 복 받은 놈입니다. 아부지, 어무니."

봉분은 이틀 공사였지만 잘 만들었다. 아버지 시신을 암매장하듯이 묻고 돌덩이로 표시만 해놓았는데도 쉽게 찾을 수 있었던 것이다. 그때는 다 그렇게 대충 묻고 말았다. 흥남도 지명이 바뀌어 함흥시 흥남구가 되어 있다.

"아이고, 아부지."

그동안 아버지 묘가 어디 붙어 있는지도 몰랐던 윤막내가 뒤에서 또 대성통곡을 했다. 눈물 한 방울 안 나오는 울음이었지만 이제 윤봉수도 이해한다. 이번 묘 작업을 도와준 마을사람들에게 평양에서 사간 담배를 두 갑씩 나눠주었더니 그렇게 반가워할 수가 없다.

"아부지, 어머니. 저 인제 여기 있을랍니다."

윤봉수가 흐려진 눈으로 봉분을 향해 말했다. 어머니 묘까지 파서 같이 두 분을 합장해드린 것이다.

2009년 5월 14일, 4박5일 미국 일정의 마지막 날, 이명박은 백악관에서 오바마와 기자회견을 한다. 그 장면이 한국의 저녁 뉴스에서 보도됐다. 이명박이 화면을 응시하며 말했다.

"한미 양국은 지난번 합의했던 한미연합사 해체 협상을 파기하기로 결정했습니다. 이것은 한반도와 동북아 평화를 위한 것으로….'

저녁을 먹고 집에서 TV를 보던 윤재덕에게 정순자가 다가왔다. 손에 종이를 하나 들었는데 표정이 어둡다.

"이것 보시오. 아버님 편지가 옷 서랍장 위에 있네."

윤재덕이 TV에서 시선을 떼었다. 아버지를 북한에 보내놓고 심란해서 요즘은 정육점을 일찍 끝내고 집에 돌아온다. 서둘러 편지를 받아든 윤재덕이 그것을 읽었다. 아버지 글씨다.

"재덕아. 나는 착한 아들, 며느리를 뒀다. 필상이, 필호도 효손이지. 너는 아들도 잘 뒀다. 그런데 애비는 이번에 북한 가서 고향에 들르게 되면 안 오련다. 가서 아버지 어머니 잘 모셔놓고 거기 있으련다. 누구도 나를 못 보낼 거다. 그러니 내 아들아, 잘 살아라. 애비는 통일되면 찾아오거라. 재덕아, 내 아들. 애비 나이 90이다. 많이 살았다. 누구도 나 못 보낸다. 내가 60년을 아버지 어머니 모시려고 기다렸다. 미안하다. 네 처, 필상이, 필호한테 내 안부 전해다오. 고맙다. 윤봉수. 아비 씀."

편지를 다 읽은 윤재덕이 픽 웃었다.

271

"아부지도 참, 고집은. 북한에서 곧 보낼 거여. 어디, 아부지 맘대로 되나?"

2009년 5월 23일 오전 8시. 출근하려고 현관으로 나온 이명박에게 수행비서가 전화기를 내밀었다.

"상황실장입니다."

잠자코 전화기를 귀에 붙인 이명박이 응답하자 상황실장이 빠르지만 분명한 목소리로 보고했다.

"오늘 오전 7시 30분 노무현 전 대통령께서 봉하마을 뒷산에서 투신자살하셨습니다."

이명박은 숨을 들이켰다.

같은 시간.

"아아이고오."

방 안에 들어선 윤막내의 외침소리가 집 안을, 마을을 울렸다. 놀란 두 딸이 방 안으로 뛰어 들어갔더니 천장에 매달린 윤봉수가 보였다. 외삼촌은 목을 맸다.

"아아이고오."

윤막내가 다시 소리치며 윤봉수의 하반신을 부둥켜안자 두 딸도 아우성치며 껴안는다. 그랬구나. 그래서 어젯밤 몰래 불러 엄청난 돈을 나눠주었구나. 윤막내와 박기옥, 박영순의 울음소리가 높아지면서 눈물이 넘쳐흐른다. 눈물은 그동안 막혔던 둑이 터진 것처럼 끊임없이 쏟아져 나왔다.

22회 다 좋을 수는 없다

"그래, 통일이야."

이명박이 굳게 닫았던 입을 떼고 말했다. 2009년 5월 말, 전(前) 대통령 노무현의 자살로 한동안 뒤숭숭하던 사회 분위기가 정리되고 있다. 노무현은 국민장으로 봉하마을에 안장됐다. 일부 세력이 정권의 탄압으로 노무현이 자살했다고 시위, 선동했지만 철저히 무시당했다. 국민은 이제 어설픈 선동에 넘어가지 않는다. 하도 많이 겪다 보니 선동군보다 몇 수 앞을 보는 선수가 된 것이다.

이명박이 앞에 선 의전실 소속 행정관 박인수를 봤다. 박인수는 45세, 이명박을 20년 가깝게 모신 심복이지만 전혀 외부에 알려지지 않은 인물이다. 본인도 드러나기를 원하지 않아 공식석상에 일절 얼굴을 보인 적이 없다. 또한 한 번도 구설에 오르지 않은 인물이다. 그도 그럴 것이 지금까지 공직을 맡지 않다가 처음으로 의전실 행정관 직책을 받았기 때문이다. 만일 박인수가 작심하고 호가호위했다면 '소통령'이 되고도 남았다. 그러고는 지난번 측근 숙청 때 가장 먼저 사라졌을 것이다. 이명박이 말을 잇는다.

"초대 이승만 대통령부터 60년간 이어온 대한민국 대통령의 꿈이지. 통일대통령이 되는 것 말이야."

박인수는 잠자코 시선만 준다. 묻지 않으면 말하지 않는 것이 박인수의 습성이다. 그러나 일단 입을 열면 제 생각을 정직하게 내놓는다. 절대 분위기에 좌우되지 않는다. 판단은 이명박 몫이다. 어떻게 받아들이느냐가 바로 당사자의 자질인 것이다.

"어떻게 생각하나? 이젠 내치(內治)는 어지간히 됐다는 생각이 든다. 기반은 단단히 다졌다는 말이다. 이젠 통일사업을 해야 하지 않겠나?"

이명박이 묻자 박인수가 입을 열었다.

"경제 지원부터 시작해야 할 텐데요. 우리가 안 주고 시작할 수 있겠습니까?"

이명박은 눈만 껌벅였고 박인수의 말이 이어졌다.

"지난번 김정일 씨가 6·25에 대해 사과했지만 그것으로 끝입니다. 북한이 립서비스로 시간을 끄는 동안 남한은 엄청난 재원을 쏟아왔습니다. 이 상황이 변할 수 있겠습니까?"

"그것도 차근차근. 가랑비에 옷 젖듯이. 더우면 옷을 벗는 햇볕정책으로…."

말을 그친 이명박이 입맛을 다셨다. 바로 그 성과가 핵무장으로 돌아와 있는 것이다.

"아냐. 이번에는 다르다."

이명박이 혼잣소리처럼 말했다. 그러나 박인수는 대답하지 않는다. 동의하지 않는 것 같다. 지난번 김정일 답방 시 양국 정상이 합의한 내용 가운데 북측에 대한 식량지원이 있다. '핵폐기 단계적 실행' '평화 공존' '남북 교류 활성화' '개성공단 확장' '군실무자 협상 정례화' 등 합의 내용이 많았지만 '식량지원'이 가장 다급하게 실행돼야 할 현실적 과제다. 시급한 식량지원 문제 때문에 김정일이 답방했다는 사실을 모두가 안다.

그리고 김정일과의 평화조약으로 한반도에 평화가 올 것이라고 믿는 사람도 드물다. 이것은 이른바 학습효과다. 6·25전쟁 때부터 시작한 북측의 '교란' '테러' 행위는 남한 주민에게 깊은 불신감을 심어줬다. 뜨거운 눈물 한두 번으로 해소되지 않는다. 다시 머리를 든 이명박이 박인수에게 말했다.

"나는 철저히 주고받을 테니까. 그냥 주지는 않겠단 말이야."

세종시 건설이 백지화되면서 충청도 일부와 반(反)정부 세력이 이명박을 격렬히 비판했지만, 지지도는 여전히 85%를 지키고 있다. 역대 대통령 가운데 최고다. 그리고 6월 1일 국회에서 '정년법'이 통과해 7월 15일부터 시행될 예정이어서 사회 분위기는 뜨겁다. 6월 3일 국무총리 이회창이 청와대 비서실장 조순형의 방문을 받았다. 지난달은 노무현의 죽음으로 당정(黨政)이 잠깐 동요했고 '정년법'의 국회통과도 예상보다 며칠 늦어졌지만 이제 평정을 찾은 상태다.

"갑자기 무슨 일이오?"

총리실에 마주 보며 앉았을 때 이회창이 부드러운 표정으로 묻는다. 그러자 조순형이 정색하고 대답했다.

"대운하 말씀입니다. 대통령께서 각별한 관심을 갖고 계시는 데다, 선거 공약으로 국민의 승인을 받기도 했고. 이제 추진하는 것이 어떻겠느냐고 물으십니다."

"대운하라."

시선을 준 채로 이회창이 말을 잇는다.

"언제 시작하나 궁금했는데 마침내 나왔군."

그러자 조순형이 물었다.

"총리 생각은 어떠십니까?"

"환경단체나 야권, 언론의 반발은 미미할 거요."

조순형이 고개를 끄덕였다. 이른바 좌파 세력, 반정부 세력은 이미 소금 먹은 배추 꼴이 됐다. 추진하는 데 지장은 없다. 거대한 토목공사를 시작하면 고용이 증가하고 경제가 탄력을 받는다. 그것이 시너지 효과를 내어 사회 전체에 활력이 생긴다. 이명박은 건설업 출신이다. 손에 익은 일을 자신 있게 국정에 반영하고 싶기도 한 것이다. 그때 이회창이 말했다.

"나는 반대요. 대운하는 통일 후에 만들어도 된다고 생각해요."

조순형의 시선을 받은 채 이회창이 말을 잇는다.

"하지만 대통령께서 추진 의지를 꺾지 않는다면 협조하겠다고 전하시오."

"알겠습니다."

머리를 끄덕인 조순형이 쓴웃음을 지었다.

"제 생각에도 그렇습니다."

"그만둡시다."

조순형의 말을 들은 이명박이 말했다.

"맞아요. 대운하가 시급하지는 않아요."

"대통령님, 하지만…."

이명박의 빠른 반응에 조순형이 조금 당황했다. 그래서 주섬주섬 말을 잇는다.

"총리도 강하게 반대한 건 아니었습니다."

"아니, 마찬가지요."

정색한 이명박이 말을 잇는다.

"대운하 공사를 무기한 연기하겠다고 발표하겠습니다."

1차로 쌀 10만t을 받은 다음 날 김정일에게 남북협상 대표단의 북측 부대표였던 외무성 부상 리용호가 찾아와 보고한다.

"지도자 동지, 남측 통일부 장관이 금강산 관광사건에 대한 사과성명 발표와 재발방지 협상을 바라고 있습니다."

김정일의 시선을 받은 리용호의 이마에 진땀이 배어 있다. 그러나 말은 잇는다.

"2차분 선적 날짜를 알려주지 않고 금강산 관광사건 이야기를 꺼내는 것이 대답을 들어야 알려주겠다는 속셈인 것 같습니다."

"이명박이가."

쓴웃음을 지은 김정일이 의자에 등을 붙였다. 6월 5일 주석궁 집무실 안이다. 이제 사색(死色)이 되어 몸이 굳은 리용호는 입을 떼지 않는다. 김정일로서는 6·25 사과로 모든 것이 끝난 것이나 마찬가지다. 건별로 사과했다가는 수십 번도 더 해야 할 것이다. 기세(氣勢), 국격(國格) 문제다. 이것은 항복하는 모양새나 같다. 군부(軍部)가 충성을 빙자해 들고일어나 지도자를 깔아뭉갤 수도 있는 것이다.

"이명박이가 쌀 10만t으로 잔재주를 부리려고 한 건가?"

김정일이 잇새로 말했고 리용호는 더 오그라들었다.

"개새끼, 한번 혼이 나봐야 알겠구먼."

이것으로 리용호의 보고는 끝났다. 더는 입을 뗄 여지가 없다.

교육감 청문회는 국회에서 법이 통과한 후부터 지역별로 열렸는데, 서울시는 서울시의원들이, 도(道)교육감은 도의원들이 청문회를 주관했다. 물론 후보 추천은 교과부 장관 소관이다. 전북교육감 후보로 제청된 고기문 전북대 교수가 도의원들의 집단 거부로 청문회조차 하지 못한 경우를 빼면 나머지 지역은 순조롭게 교육감이 임명되고 있다.

전북교육감 후보 고기문은 현 민주당원인 전북지사에 대항해 지난 도지사선거 때 여당 후보로 나섰다가 낙선한 경력이 있다. 전라도는 야권 지배 지역이다. 따라서 기세 싸움이 됐는데, 교과부 장관은 고기문 추천을 밀어붙였고 전북도의원들은 결사반대로 맞섰다. 도의원 100%가 민주당원인 전북이다.

"죽었다 깨나도 고기문이는 교육감 못 혀."

도의회 부의장이며 이번 교육감 청문회 심사위원장인 송광수가 호기 있게 말했다. 58세인 송광수는 전주에 기반을 둔 덕진건설 사장으로 전주 토박이다. 전주시내 하수관 뚜껑이 몇 개 있는 것까지 다 안다. 하수도 공사 전문가이기 때문이다.

"지기미 씨발놈들이 즈그덜 멋대로 데려다 놓으면 우리가 받어준대? 택도 없는 소리다."

술잔을 든 송광수가 둘러앉은 도의원들을 둘러봤다. 서학동 룸살롱 '파리'는 송광수가 자주 다니는 단골술집이다. 손님 접대는 대부분 이곳에서 하는 터라 반반한 아가씨는 다 송광수 손을 거쳤다. 그때 도의원이자 송광수 측근 노릇을 하는 박명호가 말했다.

"위원장님, 교과부에서 조기만을 추천한다는 소문이 있던데, 그놈도 고기문이 짝 냅시다."

박명호가 호기 있게 말하자 몇 명이 소리 내어 웃었다. 다섯 명이 양주를 세 병째 비워가는 터라 술기운이 돌아 있다. 이때는 슬슬 옆에 앉은 아가씨와 진한 수작이 오고 갈 때다. 이곳에서 모두 여러 번 놀아본 인간들이라 마음 놓고 노닥거리는 중이다.

"자, 슬슬 옆집으로 가보셔들."

술잔을 내려놓은 송광수가 말하자 아가씨들이 먼저 일어섰다. 처음부터 2차를 나가기로 했던 터라 정치 이야기에 진저리를 치고 있던 참이었다.

"내가 계산은 다 혔응게 그런 줄 알고 가셔."

파트너 허리에 손을 두른 송광수가 먼저 방을 나서면서 호기 있게 말했다. 바로 뒷문 앞쪽의 전용 모텔 '국빈장'으로 옮겨가는 것이다. 밤 11시 반이 돼가고 있었다.

그로부터 나흘 후인 6월 12일, 전북교육감 청문회는 심사위원 12명 가운데 7명 찬성으로 교육감 고기문의 추천을 승인했다. 즉시 세우리당 출신인 고기문이 교육감으로 임명됐다. 그때까지 결사반대 방침을 고수하던 심사위원장 송광수를 포함한 청문위원 7명이 승인으로 돌아선 것이 전국적으로 화제가 됐다. 그러나 당사자인 송광수는 기자들 질문에 "이명박 정권의 독재적 폭거에 끝까지 저항하고 싶었으나 교육행정의 공백으로 학생들이 당할 피해를 우려해 피눈물을 머금고 승인했다"고 장렬한 변(辯)을 남겨 일부 도민을 감동시켰다.

그리고 그날 오후, 이명박은 국정원장 장세동과 독대했다. 장세동의 요청으로 마주 앉은 것인데 청와대 비서실장 조순형도 동석했다. 오후 5

시 대통령 집무실 안이다. 장세동이 예의 포커페이스로 이명박을 똑바로 보며 말했다.

"대통령님, 전북교육감으로 임명된 고기문이 심사위원을 협박, 매수한 혐의가 있습니다."

이명박은 눈만 크게 떴고 장세동의 말이 이어졌다.

"나흘 전 밤에 교육감 심사위원장 송광수를 포함한 심사위원 다섯 명이 룸살롱에서 아가씨들을 데리고 나와 2차를 갔습니다. 이 현장을 촬영한 비디오필름으로 고기문이 다섯 명을 협박, 승인을 받아낸 것 같습니다."

"…."

"도의원 두 명은 각각 6000만 원, 7000만 원을 받았다는 증거가 있습니다."

"…."

"송광수와 다른 4명은 협박 외에 회유도 받았습니다. 고기문이 당선되면 각각 1000만 원씩, 송광수는 3000만 원을 주겠다는 구두약속을 받았습니다."

머리를 든 장세동이 다시 똑바로 이명박을 봤다.

"대통령님, 지시를 내려주시면 따르겠습니다."

시키는 대로만 하겠다는 말이었다.

다음 날인 2009년 6월 13일, 전북교육감 고기문이 협박과 뇌물제공 혐의로 검찰에 긴급 체포됐다. 검찰은 고기문이 청문회 심사위원을 협박한 증거를 확보하고 있었는데, 7명 가운데 5명은 모텔에서 아가씨와 정사를 벌이는 장면이 찍힌 테이프라고 했다. 신문은 물론 인터넷에서 대소동이 일어난 것은 당연한 일이었다.

"이거, 개판 5분 전이야."

투덜거린 홍준표가 머리를 들었다가 옆을 지나는 김무성을 봤다.

"여보시오, 김 총무."

홍준표가 부르자 김무성이 걸음을 멈췄다. 의사당 2층 계단에는 의원들이 모여 있었다. 6·25 사진전이 열리고 있었기 때문이다. 다가선 홍준표는 목소리를 낮췄지만 눈은 치켜떴다.

"이런 일이 일어날 때까지 우리는 눈 가리고 귀 막고 있었단 말이오? 이거, 당이 추천한 인사가 이렇게 긴급 구속되는 꼴을 우리가 신문 보고 떠들어야 되겠어요? 총무는 알고 계셨습니까?"

"아니, 나도 나중에 들었습니다."

김무성이 정색하고 말했으므로 홍준표가 혀를 찼다.

"세우리당도 창당 석 달 만에 진이 빠졌구먼. 검찰이 당 소속 교육감을 구속해도 신문을 보고 알다니."

"대통령님은 알고 계셨다고 합니다."

불쑥 김무성이 말하는 바람에 홍준표가 바짝 다가섰다. 얼굴이 굳어져 있다.

"대통령이? 그게 무신 말이오?"

"국정원에서 보고받고 검찰에게 잡아넣으라고 시켰다는 거요."

"…."

"나도 답답해서 조 실장한테 연락했더니 말해줍디다."

"조 실장? 청와대 비서실장 말이오?"

"그럼 조 실장이 또 있습니까?"

"그 양반이 그렇게 말했단 말이오?"

"아, 그렇다니까요."

그래 놓고 김무성이 '아차' 하는 표정을 짓더니 서두르듯 말한다.

"홍 최고만 알고 계시오. 이건 극비요."

오늘은 저녁을 김 여사와 먹겠다며 집무실을 나가는 이명박에게 조순형이 말했다.

"김 총무가 답답하다고 전화했기에 내막을 이야기해주었습니다."

이명박은 듣기만 했고 조순형이 말을 이었다.

"이야기하지 말라고 했지만 금방 소문이 나겠지요. 국정원에서도 굳이 입 다물고 있지는 않을 테니까요."

"잘하셨습니다."

걸음을 늦춘 이명박의 얼굴에 쓴웃음이 번졌다.

"수단과 방법을 가리지 않고 이기기만 하면 된다는 사고는 변해야 하겠지요."

"그렇습니다."

했지만 조순형의 얼굴에도 쓴웃음이 떠올랐다. 이것으로 민주당 소속 도의원 7명도 고기문과 함께 공멸한 것이다. 고기문 혼자서만 처벌받는 경우에도 같은 결과가 될 것인가. 조순형 머릿속에 떠오른 생각이다.

같은 시간 평양 주석궁에서 김정일이 김정은, 매제 장성택과 둘러앉아 있다. 주석궁 집무실 안이다. 김정은은 자연스러운 태도였지만 장성택은 긴장하고 있다. 한때 방탕한 생활로 숙청당하고 다시 평양 권부로 돌아온 후부터는 신중해졌다. 두 번의 행운은 찾아오지 않을 것이었다. 김정일이 머리를 돌려 장성택을 봤다.

"이명박이 2차분 계획을 알려주지 않는다. 너는 어떻게 생각하나?"

"대가를 받고 주겠다는 표시입니다."

장성택이 바로 대답하더니 말을 잇는다.

"이명박은 작년 7월부터 대결 자세를 갖추고 내부를 정리했습니다. 이젠 자신감을 갖춘 것 같습니다, 지도자 동지."

"나도 이번에 서울에서 그걸 느꼈다. 여론조사 성적이 좋은 것 같더군."

"위험합니다, 지도자 동지."

정색한 장성택이 말하자 김정일은 쓴웃음을 지었다.

"그놈한테 지금 가장 필요한 것이 무엇인 것 같으냐?"

이제는 장성택이 눈만 껌벅였고 김정일의 말이 이어졌다.

"성과다. 나머지 4년 동안 만들어낼 성과. 남조선 대통령놈들은 다 그랬다. 그래서 임기 중에 꼭 정상회담에 매달렸고 통일에 대한 환상을 제 인민들한테 심어줬지."

"…."

"그러고는 떠났다. 엉망이 된 가계부, 지갑을 후임자한테 넘겨주고 말이야."

"…."

"그런데 이명박이 전임들하고 다를까?"

그렇게 물었던 김정일이 제 말에 제가 대답했다.

"마찬가지다. 돈 욕심을 내다가 나중에는 명예를 쥐고 싶은 것, 그것이 인간 본성이다."

김정일의 시선이 김정은에게로 옮겨졌다.

"잘 기억해둬라. 아무리 고고한 척하던 놈도 다 허물어진다. 약점 없는 인간은 없는 법이다. 이명박에겐…."

잠시 말을 그쳤던 김정일이 얼굴을 일그러뜨리며 웃었다.

"그래. 그럴듯한 미끼를 보여주기로 하자. 그놈이 덥석 물도록 말이야."

금강산 관광지를 포함한 동해안 전연지대 방어사령관이며 북한군 1군 단장인 박격식 대장 명의의 사과문이 전달된 것은 2009년 6월 15일이다. 전혀 예상 밖의 일이어서 한국 언론은 갖가지 추측을 내놓았다. 당연한 일인데도 갖가지 추측이 나오는 것은 그만큼 비정상, 비상식이 판을 쳤다는 증거가 될 터이다. 북한 측은 당장 내일부터 금강산에서 안전을 위한 협상을 하자고 서둘렀는데 한국 측으로서는 거부할 명분이 없다. 아니, 현대아산과 함께 반기는 분위기라고 해야 맞다.

"잘돼가는 것 같습니다."

국무회의 결과를 보고하려고 청와대에 온 국무총리 이회창이 웃음 띤 얼굴로 말했다. 대통령 집무실 안이다.

"그래서 정부에서는 2차분 쌀 선적 계획을 통보해주려고 합니다."

이제는 미룰 이유가 없는 것이다.

23회 청춘대한민국

　광우병 시위가 이명박 정권의 향방을 결정했다고 해도 과언이 아니다. 광우병 시위대가 매일 밤 서울 시청 앞 광장을 메우고 유모차를 끈 아줌마들까지 몰려나왔을 때 이명박은 측근이 쓴 이른바 '아침이슬' 발표문을 읽기 직전까지 갔던 것이다.

　그 순간 이명박을 '위대한 대통령'으로 만들려는 신의 기적이 일어났다. 이명박이 마음을 바꾼 것이다. 그때까지 이명박이 가슴에 품었던 사상은 '중도실용'이었다. 좌도 우도 다 끌어안고 함께 실용노선으로 나아가자. 우리에게 경제가 최우선 아닌가. 그렇게 확고하게 무장했던 것이다.

　이명박이 만일 측근이 써준 '청와대 뒷산에 올라 아침이슬을 따라 불렀다'라는 내용의 발표문을 읽었다면 그때부터 레임덕이 시작되었을 게 분명하다. 집권 4개월 만에 레임덕이 오는 것이다. 그러나 이명박은 '중도실용'을 집어던졌다. '아침이슬' 원고를 찢어 던졌고 530만 표차로 밀어준 '건국세력' '자유민주세력' 편에 섰다.

그리고 2009년 8월 이명박은 1년 6개월 만에 역대 대통령 5명이 30년 동안 해결하지 못했던 수많은 일을 해냈다. 그야말로 이승만에 이어 '제2 건국대통령'으로 불릴 만했다. '쥐박이' '겁쟁이'로 부르며 조소하던 좌익 세력은 쥐구멍에 머리만 박고 있다 지금 모조리 잡혀가고 있다. 그들이 그렇게 파기하려고 애썼던 '국가보안법(국보법)'이 '쥐덫'이었던 것이다. 쥐를 잡으려는 쥐덫일 뿐이어서 대한민국 국민에게는 어떤 해나 부담이 없다.

"이제는 통합입니다."

청와대로 찾아온 이회창에게 이명박이 말했다. 집무실에는 청와대 비서실장 조순형까지 셋이 둘러앉았다. 이명박이 말을 잇는다.

"통합부터 해놓고 통일을 추진해야 합니다."

물론 대한민국 내부 통합이다. 국보법을 통해 국회는 물론 사법부, 행정부, 언론계와 학계, 시민단체와 노조에까지 광범위하게 침투했던 종북·좌익 세력을 소탕했지만 아직 진행 중이다. 지난 김대중, 노무현 정권에서 좌파는 영양분을 잔뜩 먹고 배양되었던 것이다. 좌파 번식의 시작은 김영삼 정권 때부터다. 민주화, 문민정권의 탄생에 고무된 김영삼 정권은 민주화 가면을 쓴 좌파가 번식하는 것을 방조 또는 방관했다. 그때 이회창이 머리를 들었다. 이회창은 두 번의 대선 패배로 김대중, 노무현 정권을 탄생시켰다. 본의는 아니었지만 좌파 정권을 탄생시킨 책임이 있다.

"어떤 복안이 있으십니까?"

이회창이 묻자 이명박은 가라앉은 표정으로 말했다.

"신상필벌. 그러나 자성하고 전향한다면 최대한 관용을 베풀겠다고 공표하겠습니다."

"쉽지 않을 것 같습니다."

조순형이 말했으므로 시선이 모아졌다. 조순형이 말을 잇는다.

"뿌리가 깊고 단단해서 겉으로 나온 것은 빙산의 일각입니다."

강력한 단속 때문에 종북·좌익 세력의 준동은 눈에 띄게 줄었지만 반발은 더 기술적이고 은밀해졌다. 지금도 인터넷과 트위터에는 반정부, 반이명박 세력이 잔뜩 포진해 있다. 그들은 언제 어디서 터질지 모르는 휴화산 같다. 이명박이 입을 열었다.

"수십 년간 단련된 종북 사고(思考)가 몇 달 만에 지워지겠습니까? 강력하면서도 끈기 있게, 거기에다 관용과 회유책을 번갈아 내놓아야 할 것입니다."

대통령 임기와 연임에 대한 법안이 2008년 국회에서 통과함으로써 2012년에는 4년제 대통령을 뽑는 첫 선거를 치른다. 그리고 2012년 당선된 대통령은 2016년에 재선될 가능성이 높다.

"박근혜가 대세지만 정몽준, 김문수, 이재오에다 이회창까지 대권 주자에 낄 테니까 말이야."

'항상' 출판사 사장 서상국이 홍익대 근처 삼겹살집에서 아는 체를 했다. 오늘도 서상국은 인테리어 업자 오종택과 대녀(代女) 이애주까지 셋이서 삼겹살에 소주를 마시는 중이다. 이애주는 이제 고정 멤버가 됐다. 서상국의 심복이 되었을 뿐 아니라 오종택의 대녀였기 때문이다. 술잔을 든 서상국이 말을 잇는다.

"2012년 여당 대선후보 경선은 볼만하겠어. 경선이 볼만해야 국민이 관심을 보이고 또 그것이 대선 승리로 이어지는 거다."

"안철수라고 들어봤냐?"

불쑥 오종택이 묻자 서상국은 눈만 끔벅였다. 그때 이애주가 대답했다.

"네, 저는 알아요."

"알아?"

오종택의 시선을 받은 이애주가 말을 잇는다.

"대학가에서 인기예요. 저도 안철수의 '희망콘서트' 라는 강의를 두 번이나 들었어요."

"허어."

오종택이 감탄했을 때 이번에는 서상국이 묻는다.

"강의 내용이 뭔데?"

"젊은이에게 희망을 심어주는 내용으로, 기존 정치에 환멸을 느낀 젊은 세대에게 미래에 대한 새 비전을 제시한다는 평가를 받아요."

"허, 그런 사람도 있나?"

서상국이 감탄했을 때 이애주가 말을 잇는다.

"대학생들이나 20, 30대층은 안철수가 미래 대통령감이라고 이야기해요."

그때 삼겹살집 주인이 벽에 걸린 TV 볼륨을 높였으므로 셋의 시선이 그쪽으로 옮겨졌다. 그러고 보니 8시 뉴스 시간이다. 대통령 이명박이 화면에 떴으므로 셋은 가만히 있었다. 1년 전만 해도 두 전라도 중년의 입에서 당장 쌍욕이 튀어나왔을 것이다. 그때 이명박이 이쪽을 똑바로 응시하며 입을 열었다.

"우리는 통합해야 합니다. 한마음으로 통합해 한반도 통일을 이룩해야 합니다. 따라서…."

오종택과 서상국은 물론 삼겹살집 손님들은 '초등학교 3학년 국어책'을 읽는 듯한 이명박을 바라본다. 10초쯤 지나면 모두의 시선이 돌아갈 것이다. 그때 이명박이 말을 이었다.

"따라서 정부는 국보법 위반자의 '대사면'을 실시할 것입니다. 전향하겠다는 의사를 밝힌 수배자나 형을 집행 중인 자까지 포함한 모든 국보법 위반자는 소정의 교육을 마친 후 대한민국 국민으로 복귀합니다. 전(前) 직장에 재취업토록 할 것이며 취업도 책임지겠습니다."

"이런."

오종택이 화면을 응시한 채 잇새로 말했다.

"이건 특혜다. 나도 국보법 위반을 해야 쓰겄다."

그 시각, 주석궁 휴게실에서 김정일이 TV에 나온 이명박을 응시한다. 이명박 목소리가 방을 울렸다.

"단, 진심으로 전향하겠다는 의지가 보이는 위반자만 해당합니다. 우리는 한반도 통일 이전에 대한민국 통합을 이룩해야 할 것입니다."

"꺼라."

김정일이 말하자 뒤쪽에 서 있던 경호국 장교가 서둘러 리모컨을 눌러 화면을 껐다. 회의실 안이 갑자기 조용해졌다. 방 안에는 김정일과 김정은, 장성택, 리영호까지 넷이 둘러앉았다. 이윽고 김정일의 시선이 리영호에게로 옮겨졌다.

"2차분 쌀 받았지?"

"예, 지도자 동지."

상반신을 세운 리영호가 대답하자 김정일이 심호흡을 한 뒤 말했다.

"미끼를 내주었더니 덥석 물기는 했구먼. 이것이 이명박식 대북정책이란 말이지?"

김정일이 말한 미끼는 1군단장 박격식의 박왕자 사살 사건에 대한 사과다. 그 사과를 받은 한국 정부가 2차분 쌀 10만t을 보내준 것이다. 철저히 주고받는 모양새를 취했지만 주도권을 쥔 쪽은 북한이다. 김정일이 정색하고 좌중을 둘러보았다.

"자, 핵사찰 받겠다고 해."

"세대결연으로 젊은 세대와의 소통은 다소 나아졌지만 아직 탄력을 받지는 못했습니다."

당정협의체인 국민소통위원회 위원장 정몽준이 이명박에게 보고했다. 청와대 대통령 집무실 안에는 청와대 비서실장 조순형까지 셋이 둘러앉았다. 정몽준이 말을 잇는다.

"각각 대부(代父), 대자(代子) 관계가 굳어지면서 세대 간 소통이 원활해진 효과는 드러나고 있습니다. 그러나 젊은 층이 가진 미래에 대한 불안감, 현실에 대한 불만이 아직도 상당합니다."

집무실에 잠깐 정적이 흘렀다. 그것을 수치로 표시할 수는 없다. 19세에서 30세까지, 30세에서 40세까지 분류해놓고 불안감, 불만 종류를 늘어놓은 다음 0%에서 100%까지 구분해 각각 처방을 내리는 국가는 없다. 스탈린이나 히틀러, 진시황이 살아 있어도 그렇게는 못한다. 그리고 다 좋게 만드는 국가도 없다. 그런 국가는 정신병을 가진 국가다. 이윽고 머리를 든 이명박이 묻는다.

"안철수라는 사람이 대학생들을 상대로 '희망콘서트'라는 강연을 한다면서요?"

"예, 인기가 있다고 합니다."

정몽준이 말을 이었다.

"대학생들은 안철수 씨 강의에 신선한 느낌을 받는 것 같습니다."

"대학생뿐이 아닌 것 같던데요."

이번에는 조순형이 끼어들었다. 조순형은 비서실장이라기보다 이명박의 자문역이다. 이제는 이런 모습이 자연스럽게 받아들여지는 것이다. 둘의 시선을 받은 조순형이 무표정한 얼굴로 말했다.

"미래에 대한 자신감, 불안감은 대부분 본인의 능력 유무에서 기인하는 법입니다. 없는 능력을 의지로 극복하는 젊은이도 있습니다. 우리는 능력과 의지를 배양하도록 해야 합니다."

그러자 정몽준이 머리를 끄덕였다.

"그렇지요. 그래서 세대결연으로 나이 든 대부에게서 험한 현실에 대한 경험 이야기를 듣고 배우라고 한 것이지요."

"그런데 현실의 불만과 불안을 모조리 기성세대, 정치권 탓으로 몰아붙이고 비판만 해서는 안 됩니다."

조순형의 쓴소리가 이어졌다.

"그러려면 정치권에 진입해 흙탕물을 뒤집어쓰면서 젊은이를 위한 법과 제도를 만들어내야 합니다. 투쟁해야 하는 것입니다."

"……"

"밖에서 딴 세상 사람처럼 온갖 미사여구로 감수성에 빠지기 쉬운 젊은이들을 대안도 없이 선동만 하면 안 되지요."

"하지만 젊은이에게 미래에 대한 희망과 기대를 품게 해준 것은 사실인 것 같더군요."

이명박이 마침내 결론을 냈다. 머리를 든 이명박이 정몽준을 보았다.

"그래서 우리는 안철수 씨 강연을 긍정적으로 평가했습니다. 그것도 좋은 방법이라는 생각이 들었지요."

정몽준이 긴장하고 있다. 갑자기 만나자는 연락을 받고 별생각이 다

들었는데 바로 이것이다. 이명박이 말을 이었다.

"국민소통위원회 주관으로 저명인사 300명쯤을 선정해 콘서트를 열도록 기획해주세요. 정부에서 적극 지원하겠습니다. 콘서트 방법을 다양화해 '캠프'도 좋고 '수련회'도 좋습니다. 그렇지. 이건 내가 지어낸 이름인데…."

이명박이 눈을 가늘게 뜨고 정몽준을 보았다.

"이 콘서트 이름을 '청춘대한민국'으로 하십시다. 위원장 생각은 어떻습니까?"

정몽준이 이명박의 시선을 받고는 숨을 들이켰다. 마치 정답이냐고 묻는 초등학생 표정이다. 어떤 미친놈이 안 좋다고 하겠는가. 정몽준이 엄숙한 표정으로 대답했다.

"좋은 이름입니다, 대통령님."

자수성가한 기업가가 어디 한둘인가. 온갖 역경을 이겨내고 기업을 이룬 기업가의 인생역정은 드러나지 않았을 뿐, 수백 수천 건이 넘는다. 그런 기업가, 존경받을 만한 기업가도 수천 명인 것이다. 그들은 그저 묵묵히 일한다. 강연할 시간이 있으면 제품을 개발하고 시장 개척 회의를 한다.

정몽준은 일단 기업가들의 수기를 모았다. 본인 대신 직원들이 써준 수기도 다 받았다. 기업가뿐이 아니다. 공무원, 군인, 교육자, 시장 상인, 해외 이주민을 대상으로도 현상 공모를 해 '약력'과 줄인 '사연'도 모았다. 사비와 국고 보조를 합쳐 입선작에도 상금 1억 원을 걸었더니 공모 나흘째부터 응모 '작품'이 쏟아지기 시작했다.

"야, 이것만으로도 성공이오."

정부 측 주무부서인 문화체육관광부의 유인촌 장관이 들뜬 얼굴로 말했다.

"그만큼 관심 있다는 표현 아니겠습니까?"

담당 국장 김영수가 대답했다.

"기간을 정해놓지 않았기 때문에 몇천 건이 올지 알 수 없습니다."

"끊임없이 새로운 스토리가 필요하니까요. 계속해서 와야 합니다."

책상에 놓인 목록을 들치면서 유인촌이 얼굴을 펴고 웃는다.

"이거, 여기서 수백 편의 연극, 영화 소재가 발굴되겠는데."

맞는 말이다. 이곳에서 선정한 사연은 '청춘대한민국' 교재뿐 아니라 연극, 영화, 드라마 소재로도 쓰일 것이다. 그리고 사연 주인공은 본인이 원하면 강사로 나서게 될 것이다. 그러면 수백 수천 명의 '안철수'가 탄생한다. 이것은 수백 수천 명의 '희망 전도사'가 탄생한다는 말이나 같다.

"씨발놈이 배가 아파서 그런 거야."

잇새로 말한 김주상이 술잔을 들고 최재문을 보았다. 인사동 한식당 안이다. 오후 7시여서 홀 안은 손님이 가득했고 떠들썩하다. 옆자리에서 막걸리에 소주를 타먹는 대학생 무리가 가장 시끄럽다. 김주상이 말을 잇는다.

"갑자기 인해전술로 밀고 들어오다니. 어디 두고 보자."

했지만 말끝이 흐렸고 눈동자도 흔들렸다. 앞쪽에 앉은 최재문도 외면한 채 말대꾸를 하지 않는다. 둘은 전(前) 한나라당 지역구의원과 비례의원을 지낸 전 의원이다. 둘 다 지난번 총선 때 공천을 받지 못했고, 재기를 노리던 중 안철수를 만나 멘토를 자임했다. '청춘콘서트'에 감동받았기 때문이다. 정치인 출신답게 둘은 안철수의 정계 진입을 목표로 삼았다. 그러고는 '새 정치' 기수가 되려는 꿈을 키우는 참에 이명박의 '청춘 대한민국'이 터진 것이다. 그때 한 모금에 소주를 삼킨 최재문이 입을 열었다.

"다음 주부터 전국에서 동시 다발적으로 '청춘대한민국' 콘서트가 열려. '기업가' '문화인' '공무원' '생활인' '상사원' '이주민' 등 다양한 레퍼토리로 말이야."

"…."

"각 지방의 전통 음악, 시조, 연극, 쇼 등 각종 경연과 함께."

"씨발."

"안철수보다 더 훌륭한 사람이 있다는 걸 내보이려는 거야."

"개새끼."

"자료수집 예산을 500억 원이나 쌓아놓고 합동공연비를 무제한으로 문화체육관광부에서 지원해준다니 우리 '콘서트'는 물 건너갔어."

"좆같이."

했다가 김주상이 눈을 치켜뜨고 최재문을 보았다.

"자네, 오후에 안 박사 만났지? 뭐라고 그래?"

그러자 최재문이 다시 한 모금에 소주를 삼키고는 말을 잇는다.

"잘되었다고 하더구먼."

"뭐가?"

"청춘대한민국 콘서트 말이야."

"아니, 왜?"

"방황하는 젊은 세대를 위해서 잘된 일이라고. 그래서 '희망콘서트'도 함께 계속할 것이라고 했어."

이제는 김주상이 한 모금에 소주를 삼켰다. 그렇다면 윈윈(win-win)인

가. 하지만 자신과 최재문의 꿈은 사라졌다. 안철수를 정치판으로 끌어들일 명분도, 뒷심도 사라진 것이다.

방한 시 6·25 남침 사과로 김정일은 한국 국민에게 깊은 인상을 남겼지만 립서비스 한두 번으로 끝낼 일은 아니다. 그래서 김정일은 박왕자 피격에 대한 사과와 이번에 핵사찰 수용을 발표했지만 한국 국민에게는 그것도 아직 미흡한 느낌이 들었다. 핵사찰 수용은 김정일이 몇 번 우려먹은 내용이었기 때문이다.

국정원장 장세동이 1급 이상 간부들을 브리핑실로 불러들인 것은 2009년 8월 중순 오후 3시경이다. 아침에 긴급 소집 명령을 받은 간부들은 해외 출장 중인 세 명만 빼고 다 모였다. 장세동이 머리를 들었을 때 방 안은 숨소리도 들리지 않았다. 그만큼 군기가 잡혔고 서슬이 시퍼런 분위기. 장세동이 입을 열었다.

"대통합을 이루기 위해서는 내부 정비가 최우선이다. 김정일이 오판하지 못하도록 위반자를 철저히 색출하도록."

장세동 목소리가 방을 울렸다.

"음지에서 일한다고 흔적도 보이지 말라는 것이 아니다. 반역자에게는 추상같은 존재로, 대한민국 국민에게는 믿음직한 수호자로 보여야 한단 말이야!"

그러더니 눈을 가늘게 뜨고 좌우를 둘러보았다.

"다 잡아라. 국보법 위반으로 형을 살고 나왔다가 민주화보상심의회에서 민주운동가로 인정받고 보상금 타먹은 인간들도 있다. 그 심의회 의원들을 조사하는 것이 우리 임무다. 그 반역자들한테 건네진 국민 세금을 회수하는 것도 우리 의무다!"

헌법기관인 법원에서 간첩형을 선고받은 뒤 형을 살고 나온 간첩이 민주화보상심의회(민보상위)에서 보상금을 타먹은 경우도 있는 것이다. 국무총리 산하 '민보상위'는 사법기관에서 내린 판결도 무시했다. 장세동의 말이 이어졌다.

"너희가 대한민국 주춧돌이다. 주춧돌은 잘 보이지 않지만, 없으면 집이 무너진다. 그것을 명심하도록."

초등학생 앞에서 훈계하는 교장선생님 같았지만 나이를 따지면 그럴 만하다. 장세동은 2009년 현재 74세. 1985년에서 87년까지 제13대 안기부장을 지냈고 지금 두 번째다.

24회 천안함 공격 미수

2009년 10월 2일 오후 3시, 북한 주석궁 안 소회의실에서 국방위원장 김정일이 앞에 앉은 세 사내를 바라보고 있다. 세 사내는 김영철 정찰총국장, 김영춘 인민무력부장, 그리고 정명도 해군사령관이다. 김정일은 찌푸린 표정이다. 입을 꾹 다물면 그런 표정이 된다. 포커페이스가 안 되는 얼굴이다. 방 안은 조용하다. 김정일이 먼저 말을 꺼내야 대화나 토론이 시작된다. 이윽고 김정일의 시선이 김영철에게로 옮겨졌다.

"말하라우."

"예, 지도자 동지."

허리를 편 김영철이 똑바로 김정일을 보았다. 결의에 찬 표정이다.

"공격 준비 완료했습니다."

김정일은 시선만 주었고 김영철의 말이 이어졌다.

"물증은 절대 남지 않습니다, 지도자 동지."

"확실한가?"

"예,지도자 동지."

이런 약속은 목숨을 담보로 해야 하지만 김영철은 필사적이다. 그래서 벌써 이마에 개기름이 번들거리고 있다. 김정일의 시선을 정면으로 받으며 김영철이 말을 잇는다.

"백령도 근해 해상에서 밤 9시에서 11시 사이에 남조선 해군 초계함을 격침한 후 돌아오는 것입니다."

"초계함?"

김정일이 묻자 김영철의 목소리가 열기를 띠었다.

"예,남조선군의 포항급 1200t 초계함 말씀입니다."

"말하라우."

"아군 소형잠수함이 백령도 해저에서 잠복하고 있다 어뢰를 쏘아 격침하는 것입니다."

"…"

"사전 연습을 다섯 번이나 했습니다."

그 순간 김정일이 어금니를 물었다. 절치부심이라는 표현은 이런 때 써먹는 것이다. 1999년과 2002년 제1,2차 연평해전에서 북한 해군은 남조선 해군에 유린당했다. 1차는 말할 것도 없고, 승리했다고 대내외에 떠들었던 2차 해전에서도 북한은 철저히 패한 것이다. 장비, 숙련도, 전투원 사기에 이르기까지 남조선은 북측을 압도했다. 이윽고 김정일이 입을 열었다.

"대기하고 기다려."

KBS 보도국장 임명수가 차장 박동민과 곱창 안주로 소주를 마시고 있다. 이명박 정권 2년차, 정확히 1년 7개월이 지난 지금 둘의 기대는 무너졌다. 애초 이명박에 대해 호감이 없고 비판적이었던 두 사람이다. 그래서 엎어지고 발목 잡히고 비판받아 지지율이 바닥을 쳐야 하는 이명박이 사사건건 박수를 받아 국정 지지율이 92%가 되어 있으니 뭘 먹지 않아도 배가 아프다. 그리고 이제 슬슬 이명박에 대한 비판의식이 지워지고 있다. 둘은 그것이 안타깝고 두렵기까지 하다. 이것이 지금 둘의 근황이다. 술잔을 든 박동민이 말했다.

"국장님, 북한이 박왕자 씨 사건을 1군단장 사과로 끝낼 것 같은데, 자꾸 밀린다고 생각하는 것 같습니다."

"잘 봤어."

한 모금에 소주를 삼킨 임명수가 쓴웃음을 지었다.

"이쪽이 원칙대로 나가니까 북한 쪽 수가 훤히 보이는 거야. 그게 정석이지."

"아니, 이제는…."

말을 그친 박동민이 소주를 삼키고는 입맛을 다셨다.

"국장님은 비판 기능이 무뎌지신 것 같습니다."

"좆 까고 있네."

쓴웃음을 지은 임명수가 의자에 등을 붙였다. 곱창집 홀 안은 소란하다. 소란하면 옆자리에 신경을 안 쓰게 된다. 이쪽 말을 나누기도 힘들기 때문이다. 임명수가 정색하고 박동민을 보았다.

"너, 연평해전이 언제 일어난지 알아?"

"그걸 누가 모릅니까?"

했지만 눈을 가늘게 떴던 박동민이 손가락을 꼽고 나서야 말했다.

"1차가 1999년이었지요."

"2차는?"

그것은 박동민이 대번에 대답했다.

"아, 그것은 월드컵 때니까 2002년이지요."

"너 제1,2차 연평해전의 공통점이 뭔지 알아?"

잔에 소주를 채우면서 임명수가 묻자 박동민의 머리가 다시 기울어졌다.

"북이 도발한 것 말입니까?"

"아니, 그거 빼고."

"우리가 이겼잖아요. 2차도요."

"그것 말고."

"연평도?"

했다가 임명수의 눈치를 살피던 박동민이 이맛살을 찌푸리며 묻는다.

"뭡니까, 공통점이?"

"김대중 정권 때 일어났다는 거."

그 순간 박동민의 몸이 굳었다. 숨도 잠깐 죽인 박동민이 임명수를 응시하다 이윽고 어깨를 늘어뜨렸다.

"그러네요."

"자, 그 맥락으로 생각해봐라. 그다음 노무현 정권 때는 아무 일도 없었어."

그러자 박동민이 천천히 고개를 끄덕였다.

"그땐 대통령까지 국보법을 비판하고 전작권(전시작전통제권) 회수를 밀고 나가는 분위기인데 도발할 이유가 없었지요."

"그럼 DJ는 북에 비판적이라 그런 거냐?"

"아니, 도대체 무슨 말씀을 하시려고 이렇게 뜸을 들입니까?"

"캐릭터."

임명수가 뱉듯이 말했지만 주위가 시끄러워 박동민은 못 알아들었다. 상반신을 앞으로 기울인 박동민이 다시 묻는다.

"뭐라고요?"

"성격."

소리치듯 말한 임명수가 정색했다.

"DJ, MH. 둘 다 북에 호의적이었지만 DJ가 유연하게 보인 거다. 김정일한테 말이야."

임명수가 한마디씩 말을 이었고 박동민의 얼굴이 굳었다.

"MH 캐릭터를 봐라. 오히려 DJ보다 더 북에 호의적이었지만 말이야."

"아아."

그때서야 탄성을 뱉은 박동민이 머리를 끄덕였다. 두 눈이 번들거린다. 한 모금에 소주를 삼킨 박동민이 말을 잇는다.

"그렇지요. MH 성격으로는 김정일이가 제3차 연평해전을 일으켰다면 가만 안 두었겠지요. 앞뒤 안 가리고 받아버렸을 겁니다."

그러자 임명수도 머리를 끄덕였다.

"그러니까 김정일이 우리 대통령 캐릭터 보고 덤볐을 가능성도 있단 말이다."

"그렇다면…"

하고 박동민이 임명수를 보았다. 초점이 멀어져 있다. 박동민은 말을 잇지 않았고 임명수도 묻지 않았지만 맥락으로 봐서 같은 생각을 하는 것은 분명했다.

"여기서 기다렸다 쏘면 백발백중입니다."

김영철 정찰총국장이 이제는 브리핑 차트에 지휘봉을 붙이고 말을 잇는다.

"2년 전부터 남조선 2함대의 동향, 초계함의 이동 상황과 특징, 백령도 인근의 경비체제와 조류까지 연구했고 실제 기습훈련도 어제까지 여섯 번을 완료했습니다."

김영철이 지휘봉으로 짚은 것은 한국군 초계함이다. 옆에 제원이 적혀 있다. 1200t, 미사일 탑재, 속력 32노트…. 그때 김정일이 머리를 돌려 장성택을 보았다. 오늘은 노동당 행정부장 겸 국방위 부위원장인 장성택이 불려왔다. 그리고 김정일 오른쪽에 김정은까지 앉아 있다. 김정일이 묻는다.

"작전은 완벽하다. 어떻게 생각하나?"

김정일이 묻자 장성택은 허리를 폈다.

"예, 지도자 동지."

라고 해놓고 장성택의 시선이 원탁에 둘러앉은 군 지휘관들의 얼굴을 스치고 지나갔다.

"예. 인민군의 사기 진작에 큰 도움이 될 것입니다, 지도자 동지."

"절대 물증도 남지 않는다는 거야."

김정일이 대답을 기다리는 듯 시선을 떼지 않는다. 그때 김영춘 인민무력부장이 말했다.

"이명박이 강경정책으로 돌아선 상황에서 아직 뜨거운 맛을 보지 못했습니다. 우리에게 꼭 필요한 방법입니다."

지금까지 도발을 수없이 했지만 단 한 번도 보복을 받지 않았다. 김영춘이 자신 있게 말할 만한 것이다. 그때 다시 김정일의 시선이 돌아왔으므로 장성택은 헛기침을 했다. 김영춘이 나서주는 바람에 한숨 돌린 참이었다. 김정일이 다시 말했다.

"동무 의견을 말하라우."

"예, 지도자 동지."

이젠 도망칠 수 없다. 김정일은 책임지려고 하지 않는 인간에게는 책임

있는 직책을 주지 않는다. 장성택이 말했다.

"물증이 남지 않더라도 남조선은 우리 소행으로 주장할 것입니다."

둘러앉은 오극열, 김영춘, 김영철의 표정에는 '그래서 어쩌란 말인가? 남조선이 지금까지 제대로 대들어본 적이라도 있더냐?' 라는 말이 똑같이 씌어 있다. 그것을 본 장성택이 말을 잇는다.

"우리는 이명박의 성격을 분석할 필요가 있습니다. 그것이 가장 중요한 일이라고 생각합니다. 물증이 있든 없든 남조선은 이명박의 지시에 따라 대응할 것이기 때문입니다."

그 순간 군 수뇌부는 서로 얼굴을 보았다. 감히 김정일의 얼굴까지 살피지는 못한다. 이제 그들의 얼굴은 '아차' 하는 표정으로 바뀌었다. 무엇을 두고 온 표정 같다. 그때 김정일이 말했다.

"과연 그렇다."

국정원장 장세동은 노회하다. 그리고 다 알다시피 뚝심이 있다. 그래서 '돌쇠' 라고 했던가. 그리고 가장 중요한 것은 20년 전이지만, 13대 안기부장을 지낸 경력이 있다는 점이다. 1985년에서 87년까지다. 장세동은 국정원장이 된 뒤 지난 10년간 빠져나간 대북팀, 공안팀을 다 불러 모았다. 또한 색깔이 불분명한 채 정권 입맛대로만 움직인 요원을 모두 해임했다. 대숙청이다. 국정원은 국군만큼 체제와 헌법에 충실해야 하는 기관이다. 인사를 어설프게 하면 국가가 위험해진다. 그 장세동이 오늘 이명박과 독대를 하고 있다. 약방의 감초처럼 청와대 비서실장 조순형이 메모지를 들고 동석했다.

"북측 동향이 수상합니다."

장세동이 말했고 이명박은 앞에 놓인 보고서를 펼쳤다.

"여러 정보를 수집한 결과, 북측은 서해안에서 도발할 것 같습니다."

긴장한 이명박이 자료를 읽는다. 군도 북한군 동향을 보고하지만 국정원 보고서는 모든 정보를 통합한 것이다. 이런 체제에서는 누가 나서서 조정해주기를 기다리거나 부서 간 파워 게임으로 내놓고 안 내놓고 하면 역적이나 같다. 얼마 전부터 대북 정보와 동향은 장세동의 국정원이 통합했다. 장세동이 말을 잇는다.

"북측은 잠수함을 이용해 아군 함정을 공격할 것 같습니다."

이명박의 시선이 보고서에 박혀 있다. 보고서에는 감청 내용, 북측 잠수정이 다녀간 행적까지 표시되어 있다. 장소는 백령도. 한국군 초계함이 다니는 코스를 노린다. 머리를 든 이명박이 장세동과 조순형을 보았다. 차분한 표정이다.

"할까요?"

이명박이 건조한 목소리로 묻자 둘이 동시에 머리를 끄덕였다. 보고서도 그렇게 결론을 냈다.

"할 것입니다."

대답은 장세동이 했다.

"막을 방법은?"

보고서에는 그것이 씌어 있지 않았다. 장세동이 머릿속에 담아왔겠지. 보고서에 기록하면 정보가 샐 가능성이 있는 것이다.

이틀 후인 10월 6일 오후 1시, 서해 백령도 부근 영해를 순시하던 참수리 315호의 정장 이만성 대위가 눈에서 망원경을 떼었을 때 부함장 오복규 중위가 말했다.

"NLL 북방 15km 지점입니다."

이쪽과의 거리는 3.5km로 육안으로도 보인다. 눈 초점을 맞추고 앞쪽을 보던 이만성이 심호흡을 했다.

"전속력."

"전속력."

복창한 오복규가 지시했고 곧 315호는 시속 30노트의 속력을 냈다. 그러자 자매함 316호가 우측 100m 후방에서 뒤를 따른다.

오후 1시 20분, 대한민국 해군 제2함대 사령부 상황실의 당직사령 윤준호 중령은 제23 고속정편대 소속 315정 정장 이만성 대위로부터 직접 보고를 받는다.

"적 경비함 2척이 NLL을 500m 침범하고 발포했으므로 즉시 316함과 함께 응사하고 있습니다."

스피커에서 총성과 함께 외침 소리가 울렸다. 교전하는 것이다. 상황실의 모든 근무자가 스피커와 윤준호를 번갈아 보았다. 다시 요란한 함포 소리가 상황실을 울리더니 다시 이만성의 목소리가 울렸다.

"명중! 적 경비함 한 척이 침몰합니다. 아군의 집중사격을 받은 적함이 침몰하고 있습니다."

"이봐! 이 대위!"

"적 경비함은 등산곶 684함입니다. 지금 침몰합니다."

그러고는 다시 포성과 함께 교신이 끊겼다. 윤준호가 일어선 채 눈을 부릅떴다. 이것이 무슨 우연인가. 등산곶 684함은 제1차 연평해전을 도발한 북한 함정이다. 1차 해전에서 대파당한 데다 함장까지 전사했고 다시 3년 후인 2002년 6월 29일, 684함은 아군 참수리 357정을 기습해 격침했다. 그러다 2009년 이제 아군에게 격침당한 것이다.

"뭬야?"

정명도 해군사령관이 눈을 부릅떴다. 지금 정명도는 평양 서쪽 남포시 해군사령부에서 전화를 받는다.

"그기 무신 말이야?"

소리치듯 묻자 부포의 6전대장 우재하 대좌가 악을 쓰듯 보고했다.

"놈들이 분계선을 넘어왔단 말입니다. 전속력으로 넘어와 쏘고 돌아갔단 말입니다. 684함은 격침당했단 말입니다."

"이 간나 새끼야! 똑바로 말해."

"684함이 격침당했단 말입니다. 참수리 두 놈이 갑자기 넘어와서…"

정명도가 전화기를 귀에서 떼었다. 6전대장이 횡설수설했지만 684함이 격침당한 것은 사실 같다. 참수리 2정이 분계선을 넘어왔다니. 이것은 자세히 알아봐야 할 일이다. 정명도의 기억으로는 분계선이 그어진 이후 남조선 함정이 넘어온 적은 없기 때문이다.

"이 간나들이 미쳤나?"

혼잣소리처럼 말했던 정명도의 온몸에 소름이 돋았다. 난생처음 남조선에 대한 공포심이 일어난 것이다. 정명도는 무거워진 팔을 들어 전화기를 다시 쥐었다. 보고해야 하는 것이다. 공격을 받았다는 보고를 하다니.

"NLL을 500m 침범한 북한군 경비함을 아군 고속정 편대가 격침했습니다."

오후 2시, 정규 방송을 중단한 모든 방송에서 뉴스특보로 보도한 첫 멘트다. 내용은 이렇다.

"1시경 북한군 경비함 684,652호가 백령도 북방 NLL을 침범, 남하하기 시작했고 이를 감시하던 아군 참수리 고속정 315,316호가 즉각 발포

해 북한 경비함 684호는 침몰하고 652호는 대파된 채 도주했다."

아군 측 피해는 전무했다고 맨 나중에 겸손하게 보도했다. 따라서 전군 (全軍)에 데프콘 3단계가 발령되어 휴가와 외출이 금지됐다.

"684함은 저놈들의 상징이나 같았지."

2함대 작전참모 김태식 대령이 잇새로 말했으므로 정보참모 박용일 중령이 시선을 주었다. 오후 2시 10분, 둘은 상황실에 나란히 서 있다. 옆쪽 얼굴에 박용일의 시선을 받으며 김태식이 말을 잇는다.

"저놈들은 684함을 내세워 우리를 떠보았어. 1차 때도, 2차 때도 말이야."

맞다. 1999년 6월 15일 제1차 연평해전 때는 684 경비함이 먼저 도발했다. 아군의 반격을 받아 함장이 전사하고 대파했다. 그러자 북한은 684를 다시 수리하고 갑판장을 함장으로 임명한 후 2002년 6월 29일 다시 도발했다. 제2차 연평해전이다. 이 기습으로 아군은 윤영하 소령 등 6명이 전사했지만 684함 함장 역시 전사했다. 그리고 이번에 684함은 침몰해버린 것이다. 제3차 연평해전이 되겠다. 그때 박용일이 물었다.

"확전될까요?"

김태식은 해사 3년 선배로 장군 진급 0순위자답게 이번 사건에 기민하게 대처했다. 예상하고 있었던 것처럼 한 치의 빈틈도 없이 전투 배치를 끝낸 것이다. 김태식이 입술만 달싹이며 말했지만 박용일은 들었다.

"어디, 두고 보자고."

"도발입니다."

오늘 참석한 서해안 전연지대 사령관인 4군단장 박격식이 말했다.

"남조선 고속정이 분계선을 넘어와 기습 공격을 한 것입니다."

"용납할 수 없습니다."

얼굴이 하얗게 굳은 김영철 정찰총국장이 거들었다. 그의 옆에는 준비해온 브리핑 차트가 걸려 있다. 이번에는 구체적인 실행 계획이다. 김영철이 말을 잇는다.

"652함장이 증언했습니다. 이번에는 넘어가지 않았다는 것입니다. 그런데도 남조선 315, 316정이 1km나 분계선을 넘어와 쏘고 도망쳤다는 것입니다."

이윽고 김정일의 시선이 브리핑 차트로 옮겨졌다. 차트에는 잠수정이 격침할 남조선 초계함의 함번과 이름까지 적혀 있다. 해군 2함대 소속 초계함 PCC-772 천안함이다. 김정일의 시선 끝을 본 김영철이 열기 띤 목소리로 말했다.

"천안함은 내일 밤 9시경 백령도 해상을 통과할 것입니다. 그때 격침하겠습니다."

그러자 김정일이 다시 머리를 돌려 김영철을 보았다. 회의실 안이 조용해졌다. 장성택, 김영춘, 오극렬의 시선도 모두 김정일에게로 옮겨졌다. 그때 김정일의 입이 열렸다.

"작전 보류."

뱉듯이 말한 김정일이 자리에서 일어섰다. 그 이유를 말할 필요도 없다. 다 알아서, 제 나름대로 해석하고 자아비판을 하면 되는 것이다. 그렇게 천안함은 북한의 잠수함 공격에서 벗어났다.

25회 고려시

"다음 대통령 임기내에 통일이 될겁니다."

이명박이 말하자 회의실안에는 숨소리도 들리지 않았다. 오늘은 청와대에서 국무회의가 열리고 있다. 국무회의는 특별한 사항이 없을때 총리공관에서 총리 주재로 열렸는데 오늘은 있다. 회의 주제가 '통일준비' 인 것이다. 이명박이 말을 이었다.

"따라서 이번 임기내에 통일 준비를 해 놓아야 합니다."

자, 과연 그 방법이 무엇인가? 장관들은 긴장했다. 이명박이 또 어떤 수를 쓸것인가?

청와대 비서관 최길중은 외교안보수석실 소속으로 지난번 김대중을 수행하고 평양을 다녀온적이 있다. 그러나 한번도 언론에 등장하지 않아서 청와대 내부에서도 최길중이 누구인지 모르는 사람이 많다. 최길중은 47세, 경력은 동광대학 정치학과 교수로 되어있지만 국정원 요원이다.

312

대북관계 업무만 10여년째 맡은 베테랑이어서 이론만 빠삭한 교수 행정가가 아니다. 그 최길중이 지금 베이징 이화원 근처의 조그만 호텔 식당에 앉아있다. 중식당의 방안에는 최길중과 동행한 행정관 오병수가 동석하고 있다.

"3시, 맞아?"

손목시계를 내려다본 최길중이 묻자 오병수가 힐끗 문쪽을 보았다.

"맞습니다."

그런데 손목시계는 오후 3시 25분을 가리키고 있다. 예의가 아닌것이다. 최길중이 입맛을 다셨을때 문에서 노크 소리가 들리더니 문이 열리면서 두사내가 들어섰다. 50대 중반쯤으로 보이는 사내들이다.

"아이구, 죄송합니다."

앞장선 사내가 최길중을 향해 손을 내밀며 말한다. 웃음띤 얼굴이다.

"지시를 받느라고 늦었습니다."

사내의 이름은 박명환. 지금까지 한번도 이름이나 얼굴이 언론에 노출되지 않았던 북한측 인사로 지난번 방북시에 알게 되었다. 최길중은 그가 김정일의 최측근인것은 눈으로 확인했다. 김정일을 옆에서 수행하고 있었기 때문이다. 그리고나서 김정일 답방시에 서울에서 박명환과 최길중은 두 번 만났다. 물론 비밀리에 만난것이다. 둘이 두 지도자의 '핫라인' 역할을 맡기로 한것은 남북정상회담의 또 다른 성과일 것이었다. 넷이 원탁에 둘러 앉았을때 각각의 보좌관을 소개했다. 박명환의 보좌관 이름은 김한종. 오병수처럼 긴장하고 있다. 먼저 최길중이 입을 열었다.

"대통령께서 '개성' 건을 다음달 안에 결정하자고 하셨습니다."

박명환은 시선만 주었고 최길중은 말을 잇는다.

"한국측은 준비가 다 되었다고 하셨습니다. 미국측도 전폭적으로 도와주겠다는 확인을 받았습니다."

"알겠습니다. 보고 드리고 바로 연락을 드리지요."

박명환이 대답했을때 최길중이 말했다.

"그리고 대통령께서 김정은 씨를 북한 외무성 파견관 형식으로 한국 외교부에 보내면 청와대의 대통령실로 불러 들이시겠다고 합니다."

"…."

"그럼 자연스럽게 북한 후계자로써 부각됨과 동시에 한국측에서 받아들이는 형식이 되지 않겠느냐고 하셨습니다. 국내외의 비판도 감소될 것입니다."

"…."

"게다가 후계자가 한국과 미국 체제에 대한 이해를 하게 될것이라는 기대감도 상승될 것이구요."

"그렇군요."

입술만 달싹이며 말한 박명환이 얼굴을 일그러뜨리며 웃었다.

"그 문제 때문에 지도자 동지께서는 물론이고 당 지도부에서도 연구를 많이 하고 있었습니다."

이번에는 최길중이 입을 다물었고 박명환이 말을 이었다.

"바로 보고드리고 연락드리겠습니다."

국가간 비선(非線)의 비밀회담은 이런식이 되어야만 한다. 둘은 마주보며 웃었다.

"아이구, 오랜만입니다."

이명박이 활짝 웃는 얼굴로 손을 내밀었다. 청와대 집무실 안이다. 이명박의 환대를 받은 인물은 정동영이다.

"반갑습니다."

하면서 이명박의 손을 잡는 정동영이 누구인가? 민주당의 대선후보로써 이명박에게 정권을 빼앗겼던 경쟁자. 그 정동영을 집무실로 불러들인 것이다. 비밀회동도 아니었으므로 내일 대학교수 정치평론가들은 온갖 추측을 쏟아낼 것이었다. 그 추측이 틀렸을때 교도소에 간다던가 교수 모가지가 떨어진 경우가 단 한명도 없었기 때문에 그저 TV 앞에 세워진 것에 흥분해서 마구 떠든다. 마구 떠드는 횟수가 많을수록 대중의 인지도가 높아지는것 뿐이다. 자, 이명박과 정동영이 집무실에서 마주보고 앉았다. 배석자는 국무총리 이회창과 대통령실장 조순형이다. 이명박이 입을 열었다.

"개성공단에 애착이 많으신줄 압니다."

정동영이 시선만 주었고 이명박이 말을 잇는다.

"그것 때문에 뵙자고 한겁니다."

정동영은 지난 2004년, 평양을 방문하여 김정일과 회동한후에 개성공단의 초석을 세웠다. DJ에 이은 MH 시대에서 개성공단이 남북합작 사업으로 결실을 맺는데 실무 책임자로 공헌을 한것이다. 정동영은 이명박이 보자고 부른 이유를 모르고 있었다. 말해주지 않은 것이다. 그래서 듣기만 한다.

"이번에 남북한은 개성을 '개성특별구'로 확장하고 자유무역지대로 분리해서 관리할 계획입니다."

이명박이 말했을때 이번에는 이회창이 나섰다.

"개성특별구는 중립지역으로 특별구 장관이 통치를 합니다. 장관은 남북한 정권의 동의로 임명되며 특별구 주민 비율은 일단 1대9로 하고 매년 합의하에 변경합니다. 그리고."

이회창이 메모지를 펼치고 이어 읽는다.

"내부 치안은 남북한이 5:5의 비율로 담당하며 행정조직도 마찬가지입니다. 또한 '개성특별구'에 '카지노' 및 '해외은행' '유흥구역'을 설치해서 자금 유입을 활성화 시킬 계획입니다. 일단 한국인의 출입부터 자유화 시켜…"

"잠깐."

마침내 정동영이 손을 들어 이회창의 말을 막았다. 정동영이 이명박과 이회창, 조순형까지를 훑어보며 묻는다.

"지금 저한테 무슨 말씀을 하시려는 겁니까?"

'개성특별구'는 개성직할시 남쪽의 판문군과 서쪽의 개풍,배천,연안군 남쪽 지역까지 포함시켜서 서울시 면적만 했다. 따라서 이 지역의 북한측 인구만 2백30만명. 북측 전연지대 지역이어서 4군단 소속 37개 내륙, 해안기지, 6개 해군기지가 포함되었다. 2009년 12월 3일, TV 방송은 저녁뉴스로 일제히 '개성특별구' 설치안을 발표하면서 대한민국 지도를 화면에 펼쳐놓았다. 전에는 기상예보나 할때 대한민국 지도를 보던 시청자들이 입을 딱 벌리고 서쪽을 본다. '개성특별구'다. 이제는 모델 같은 기상 캐스터 대신 방송국 대표 앵커가 나와 '개성특별구'를 가리키며 열변을 토하고 있다. 이곳은 마포 홍대 근처 삼겹살집. 오종택과 서상국이 SBS를 보고있다. 식당 손님 모두가 주목하고 있어서 앵커의 목소리가 크게 울린다.

"정부는 그동안 북한측과 교섭한 결과, 이 지역이 '개성특별구'로 결정되었습니다. 50년간 '자유무역구역'으로 특별 관리될 지역인 것입니다."

앵커가 가리킨 지역이 푸른색으로 칠해져 있다. 개성 아래쪽에서 연안까지 뻗쳐진 구역, 강화도 위쪽 북녘땅이 푸른 색이다.

"와아, 이제 통일이 되겠다."

마침내 오종택이 격정을 참지 못하고 말했다. 소주잔을 든 오종택이 말했다.

"인구 230만의 특별구. 여기서부터 통일이 시작 되는거다."

"거기가 붉은색이 되면 남쪽도 물이 들겠지."

서상국이 낮게 말했지만 오종택이 들었다. 게스트겸 조언자 역할까지 맡게된 오종택의 대녀(代女) 이애주도 오늘 끼어있었는데 서상국에게 시선을 준다. 둘의 시선을 받은 서상국이 말을 잇는다.

"특별구의 부(富)는 대부분 북측으로 빠져나갈테니까 말야. 그렇게되면 정권을 안정시킨 북측이 다시 욕심을 내겠지."

그러면 단결력에서는 단연 북측이 강하다는 말이 되겠다. 그것이 지금까지 당파 싸움에 신물이 난 남측 국민들의 선입견이다. 그때 이애주가 불쑥 말했다.

"제 주변에서 특별구로 가겠다는 사람들이 많아요."

이제는 둘의 시선이 이애주에게로 모였다. 이애주가 말을 잇는다.

"특별구가 신천지라고 하는 애들도 있어요. 그곳에서 새로운 세상을 만들겠다고도 해요."

"이건, 참."

놀란듯 서상국이 술잔을 내려놓더니 심호흡까지 했다.

"이명박이, 김정일이도 생각하지도 못한 일이 특구에서 일어날지도 모르겠다."

그러자 이애주가 말을 받는다.

"이미 일어난것 아닌가요?"

서상국은 입을 다물었고 오종택은 말할것도 없다. 하긴 그렇다. 역사는 대세(大勢)에 따라 만들어진다는것이 정설이다. 그런데 그것이 사소한 사건, 또는 시작에서 대세를 몰고오는 것이다. 그것이 바로 인간사(人間史)며 역사다.

특구의 한국인 이주자는 1차로 25만명이 예정되었다. 일단 북한 인구의 10분지1이다. 25만명의 선발기준은 다양하다. 건설 인력에서부터 기술자, 상인, 이주 공장의 노동자, 가족, 교원, 병원 의료진, 은행 관계자에서 경비 인력까지 주요 업종만 174개나 되었다. 앞으로 연안군 남단의 'F' 지역에 '유흥구'가 들어서면 대한민국의 미인은 다 그쪽으로 갈것이라는 소문도 떠돌고 있다. 2009년 12월 15일, 남북한은 동시에 성명을 발표하여 제1대 특구 장관으로 정동영을 임명했다. 정동영이 비록 남북한 정부로부터 임명은 받았지만 250만 인구인 '개성특별자치구'의 첫 장관이 된것이다. 장관의 권한은 독특했다. 비록 남북한 5인 동수로 구성된 10인 위원회가 조정 역할을 하지만 행정과 치안까지 장악한 장관이었기 때문이다. 언론에서는 '개성특구'를 '제3의 대한민국'이라고 칭했는데 과장한것이 아니었다. 12월 16일 오후 3시, 정동영이 주석궁의 접견실로 들어선다. 정동영은 특구 장관 취임 인사차 차편으로 판문점을 통과하여 평양까지 온것이다.

"여, 정장관."

김정일이 웃음띤 얼굴로 정동영을 맞는다.

"이사람, 남조선 대통령이 되어갖고 만나는건데. 장관으로 또 만났군."

정동영의 손을 흔들면서 김정일이 위로를 했다. 그렇다. 정동영이 통일부장관일때 만나고 지금 다시 만나는셈이 되었다. 그들은 자리에 앉았

는데 배석자는 김정일과 정동영을 안내해온 외교부상 리용호 뿐이다. 김정일이 말을 잇는다.

"나한테는 '개성특구'가 마지막 희망이네. 정장관이 내 목을 쥐고있는 셈이야."

"책임이 막중합니다."

정색한 정동영이 말했을때 김정일은 쓴웃음을 짓는다.

"이명박은 나름대로 계산이 있겠지만 나도 그렇지. 그리고 우리는 서로 상대방의 의도도 파악하고 있지. 그렇게 생각하지 않는가?"

"그렇습니다."

그렇게 대답하면서 정동영은 언제부터 이양반이 나한테 말을 놓았는가를 따져 보았다. 지난번에는 안그랬다. 지금 갑자기 그런다. 김정일이 말을 이었다.

"그리고 또 있어."

정색한 김정일이 똑바로 정동영을 보았다.

"개성특구와 정동영."

숨을 죽인 정동영이 김정일을 보았다. 시선이 마주치자 김정일이 빙그레 웃고나서 말을 잇는다.

"개성특구의 정동영이 본의 아니게 변수가 되었지. 거기 식으로 표현하면 다크호스라고 하나?"

"…"

"2012년의 한국 대선때가 되면 동무가 여야를 막라한 대선후보가 될 수도 있겠다는 말일세."

정동영의 얼굴이 굳어졌다. 그때 눈을 치켜뜬 김정일이 정동영을 보았다. 다시 말하지만 김정일은 포커페이스가 안된다. 웃거나 노려보거나 둘중 하나다. 지금 정색한 표정은 후자다.

"이명박이 그것까지 예상했다면 나는 한수 뒤졌다고 솔직히 시인하겠네. 그래서."

길게 숨을 뱉은 김정일이 옆에 앉은 김정은을 턱으로 가리켰다.

"얘를 청와대로 보낼거야. 이명박은 인질로 생각 하겠지만 난 감수하겠어."

김정은에게 시선을 주었던 정동영이 다시 김정일을 보았다. 그리고는 어깨를 펴고나서 똑바로 김정일에게 묻는다.

"위원장님, 저한테 그런 말씀을 해주시는 이유를 알고 싶습니다."

"부탁한다는 뜻이지."

기다렸다는듯이 대답한 김정일이 다시 웃었는데 얼굴이 일그러졌다. 그리고는 말을 잇는다.

"이명박이가 그냥 놔두었다면 나도 내 나름대로 이쪽 구도를 만들었겠지만 나를 끌어들이고 있어."

"…"

"이것이 대세야. 나, 이명박, 그리고 동무가 갑자기 떠올라 있네. 그래서 동무한테 부탁 하는거야."

그리고는 외면한채 목소리를 낮췄지만 정동영은 알아들었다.

"내가 언제 떠날지 알 수 없기도 하고."

"생각해 보십시오."

세우리당 최고위원 이한구가 원내총무 김무성을 향해 말했지만 상석에 앉은 당대표 박근혜가 들으라고 한말이나 같다. 지금 국회 소회의실 안에서는 '관계자외 출입금지'를 시켜놓고 당대표 주재로 당3역, 최고회

원 회의가 열리고 있다. 이한구가 말을 잇는다.

"정동영이 특구 장관으로 매일 매스컴을 탈겁니다. 김정일이는 열심히 분위기를 띄워 줄것이구요. 거기에다 김정은이가 청와대에서 애교를 부린단 말입니다. 이렇게 나가면 2012년에 정동영 신당이 세워집니다. 틀림없습니다."

이한구의 열변이 끝났을때 분위기가 뜨거워졌다. 마치 안에서 끓고 있다가 뚜껑이 열린 냄비같다. 숨을 고른 이한구의 말이 이어졌다.

"우리들이 허를 찔린것 같지만 아직 늦지 않았습니다. 법을 만들어야 됩니다. 특구의 장관이하 행정요원은 예외로 취급을 해서 대한민국의 선거권을 제한하는 것입니다. 특구에서 나오더라도 1년간 제한하도록 하십시다."

"아마 민주당에서도 대부분 찬성 할테니까요. 그쪽 대선 후보들도 우리하고 마찬가지 생각일겁니다."

하고 홍준표가 거드는 바람에 분위기는 더 뜨거워졌다. 그때 박근혜가 가볍게 헛기침을 했으므로 모두의 시선이 모여졌다. 박근혜가 입을 열었다.

"저기, 대통령께서 그제 저한테 전화를 해주셨어요."

조순형은 보내지 않고 직접 통화를 한 모양이다. 회의실은 기침소리도 들리지 않았고 박근혜의 말이 이어졌다.

"우리는 통일에 대비해야 될것이라고 하시데요. 그래서 2012년 대선은 남북한 동시 선거가 될지도 모르겠다고. 그러니 시야를 넓힐 필요가 있다고 하시더군요."

그리고는 머리를 든 박근혜가 입술끝만 올리고 웃었다. 특유의 웃음이다. 부드럽지만 강한 분위기가 퍼진다. 박근혜가 낮게 말을 맺는다.

"그래서 저도 공감 했습니다. 지금 그런 이야기를 꺼내는건 좀 맞지 않을것 같으네요."

이것으로 토론은 종결되었다. 냄비속 물은 어느덧 식어있어서 뚜껑을 덮고 자시고 할 필요도 없어졌다.

2010년 3월 26일 오전 11시, 판문군 아래쪽 바닷가에 세워진 '특구청'에서 '특구선언식'이 거행되었다. '특구청'의 현관에는 '고려시'라고 거대한 현판이 붙여져 있다. 이제 '개성특구'는 남북한 합의에 의하여 '고려시'로 부르게 된것이다. 행사장에는 남북한 정상과 해외 축하 사절이 대거 참석했는데 미 · 중 · 일 · 러 4개국 정상이 모두 참석했으며 국가 정상만 해도 18명이나 되었다. 고려시민 5만여명이 참석한 환영식장에서 남북한 정상과 외국 정상들의 축하 연설 분위기는 마치 새로운 국가가 탄생된것 같기도 했고 남북한이 통일 된것처럼 보여지기도 했다. 맨 마지막에 고려시 장관 정동영이 연단에 올라 말했다.

"고려시는 남북한 평화통일의 기반이 될것입니다."

딱 그렇게만 말하고 연설을 끝냈으므로 행사장의 관중들로부터 가장 많은 박수를 받았다. 그 박수를 치는 고려시민중에 '항상' 출판사 사장 서상국과 사원 이애주가 끼어있다. 옆에 인테리어 업자 오종택도 서 있다. 모두 고려시로 이전 신청을 해서 받아들여진 것이다. 그들 뒤쪽 세 번째 줄에 영등포의 철물점 사장 오종근도 서있다. 옆쪽 가게 박경술과 같이 신청을 했지만 오종근만 뽑힌 것이다. 고려시민 신청자가 너무 많아서 각 업체별 경쟁이 평균 30대1이었다. 오종근의 '철물소매업'도 경쟁률이 74대1이었는데 겨우 추첨으로 선발된 것이다. 고려시에서 사업장 건물은 물론 자재까지 전폭 지원을 해주는터라 새출발을 하는데 이보다 더 좋은 조건이 없다.

"정동영이가 점수 좀 따겠는디."

행사가 끝났을 때 오종택이 웃음띤 얼굴로 말하자 맞장구를 칠줄 예상했던 서상국이 이맛살을 찌푸렸다.

"야, 여기선 그딴 이야기 말자."

오종택의 시선을 받은 서상국이 머리까지 저었다.

"이젠 신물이 난다. 한국 정치."

그날 밤, 11시 30분, 연평도 해역 순찰을 마친 제2함대 소속 초계함 천안함의 함장 최원일 중령이 항해일지에 이렇게 썼다.

"연평도 해상. 이상 없음."

26회 후계자

  2010년 4월 2일, 2009년 기준의 국민소득이 정확하게 계산되었다. 37,250불. 이명박 집권 2년간 12,000불 가량이 상승한 것이다. 국민소득 37,250불은 세계 5위다. 일본도 추월했다. 그 이유는 엄청난 종교세의 유입과 경제의 비약적 성장으로 인한 1백여만개의 일자리 증가, 국보법으로 정리된 20여만개의 일자리까지 창출되었기 때문이다. 이제는 기업이 구인난에 쩔쩔매는 상황으로 바뀌어졌다. 그렇다고 정부는 방대한 세금을 퍼주기식 복지로 낭비하지 않았다. 일부 대학생들이 '반값 등록금'을 내걸고 시위를 했지만 정부는 한마디로 잘랐다. 그것을 비유하면 '대학부터 정비하고나서 30% 등록금도 가능토록 하겠다' 는 것이다. 지금은 대학 건물만 세워놓고 개나 소나 다 총장하고 대학생 행세를 하는 상황인 것이다. 자격있는 대학, 실력있는 학생을 가려서 시행 하겠다는 의지다. 그러니 군말이 있을 리가 없다. 시위대는 쏙 들어갔고 선동꾼들은 낙인이 찍혀졌다. 정치란 국민이 등 따숩고 배부르게, 그리고 편안하게 만들어 주는 것을 기본으로 삼는 것이다. 그것은 처음으로 역사가 기록된 중국 고대국가 시대부터의 철칙이다. 이제 대한민국은 그렇게 되었다. '국보법'으로 '불평분자'를 소탕했더니 세상이 '천국'이 되었다. 그때서야 국민들은 그 '불평분자'가 '반역자'들이었다는것을 깨닫게 되었다. '민주'와 '자유' '기본권'을 부르짖었지만 그들 자신만의 '민주, 자유, 기본권'이었던 것이다. '인권 위원회' '민주화 보상 심의 위원회' 등에 박혀있던 '반역자'들도 소탕되어 중형을 선고 받았다. 노점상이 낸 세금으로 보상금을 타먹었던 '간첩'들은 보상금을 게워놓고 다시 수감되었다. 이것은 제대로 법을 시행했을 뿐인 것이다. 지금까지 법조계에까지 박혀있던 '반역자'들이 법을 '무시' '희롱' 했기 때문에 이런 현상이 방치되었다. 따라서 궁극적으로 모든 책임은 정치권, 즉 대통령에게 귀결된다. 이명박은 비로소 법을 시행했고 대한민국의 기틀을 다시 세웠다.

"이제 2년 남았습니다."

세우리당 의원 이정현이 그렇게 말했을때는 2010년 4월 5일, 국회의사당의 소회의실 안이었다. 마침 법안을 처리한 직후여서 의원들은 삼삼오오 모여 있었는데 유유상종이라는 말이 맞다. 끼리끼리 모였다. 이정현의 주위에는 진영, 이혜훈, 유기준, 홍사덕, 최구식등 친박 정예들이 둘러 서거나 앉았다. 이정현이 말을 잇는다.

"대표님 위상이 흔들리는게 아니지만 주위에서 뭔가 쑥쑥 올라오는 느낌이 들어서 말입니다."

"나는 땅이 쑥쑥 꺼지면서 함정이 만들어지는 느낌이 드는데."

그렇게 말한것은 유기준이다. 쓴웃음을 지은 유기준이 말을 이었다.

"물론 일부러 판 함정은 아니겠지만 말요. 우리가 잘못 밟으면 빠질수도 있다는 말입니다.”

“정리를 해야됩니다.”

정색한 이혜훈이 말을 받았을때 홍사덕이 헛기침을 했다.

“내 경험상 2010년이 대한민국 헌정사상 가장 활발한 의정활동이 기대되는 해가 될겁니다. 이제 장벽이 가셔지고 목표가 분명하게 드러난터라 우리 뿐만 아니라 민주당도 민생과 경제, 나아가 통일작업에 매진할 수 있는 상황이 되었어요.”

주위를 둘러본 홍사덕이 말을 잇는다.

“이런 상황에서 대권 경쟁을 시작 하는것은 모양새도 좋지 않을 뿐만 아니라 국민들의 비판을 받을겁니다. 당분간 물 흐르는대로 놔 둡시다.”

그러자 진영이 말을 받았다.

“큰 물은 예상한대로 흐르니까요. 그것이 대세지요.”

그러나 다 그대로 되는것이 아니다. 이곳은 민주당 최고의원 강봉균의 의원실 안이다. 소파에는 방 주인 강봉균을 중심으로 박주선, 이용섭, 김진표, 홍재형, 정세균등 거물급들이 둘러앉아 있었는데 분위기가 무겁다. 강봉균이 입을 열었다.

“지금은 여야 구분이 희미해진 상황이 된것 같아요. 이것이 우리한테 실보다 득으로 봐도 될것 같습니다.”

했지만 어두운 표정으로 말을 잇는다.

“민생과 통일 문제에 대해서 여당과 협조한다고 우리가 주도권을 빼앗기는것이 아닙니다. 함께 참여하면서 기회를 봐야 합니다.”

그때 김진표가 나섰다.

“문제는 우리한테 경주마가 충분하지 않다는 겁니다. 경주마를 서둘러

양성해야 됩니다. 이제 2년밖에 남지 않았단 말입니다."

그러자 잠깐 방안이 조용해졌다. 모두 공감한 때문이다. 이윽고 그 정적을 홍재형이 깨뜨렸다.

"2년이면 충분합니다. 여권보다 오히려 우리가 더 인재풀이 넓습니다."

주위를 둘러본 홍재형이 말을 잇는다.

"먼저 손학규 고문에다 이곳에 계신 분들도 후보로 손색이 없으시고, 고려시 장관이 된 정고문도 다크호스가 된 상황 아닙니까? 박대표 독주 체제가 되어버린 여권보다 우리측 흥행 효과가 몇배나 높을겁니다."

"차기 대선은 남북한 통일 문제에 영향을 받을지도 모릅니다."

그렇게 말한것은 이용섭이다. 이용섭의 목소리가 방을 울렸다.

"김정일의 지지를 받는 후보가 대통령이 될 가능성이 많다는 말입니다."

"말도 안되는 소리."

그때 박주선이 나섰다. 이맛살을 찌푸린 박주선이 이용섭을 쏘아 보았다.

"난 그 반대 생각입니다. 김정일이 지지하는 후보는 유권자의 거부반응을 받아 낙선될겁니다."

"아니, 오해하셨는데."

손까지 저어보인 이용섭이 정색하고 말을 잇는다.

"나는 김정일이 연방대통령을 제의할지도 모른다고 생각합니다."

모두의 시선이 모여졌으므로 이용섭이 쓴웃음을 지었다.

"물론 말도 안된다고 하시겠지만 '고려시' 가 반년도 안되어서 인구 280만의 '중립구' 로 가동되는것을 보십시오. 2년안에 어떤 변화가 있을지도 모릅니다."

조용한 방안에 이용섭의 말이 이어졌다.

"만일 김정일이 고려연방을 제의하고 북한을 한국 경제권으로 내주었을때 한국 대선은 연방대통령 선거가 됩니다. 그럼 북한의 2천만표는 이명박과 김정일의 후계자에게 넘어가는 것이지요."

그때 정세균이 머리를 끄덕이며 거들었다.

"김정일이 제 아들인 김정은의 장래만 보장시켜 준다면 그럴 가능성도 있지요. 김정일의 건강 상태는 자신이 제일 잘 알고 있을테니까요."

같은 시간에 청와대의 대통령 집무실에서 이명박이 대통령실장 조순형에게 묻는다.

"여권 후보로 누가 나올까요?"

그러자 조순형이 기다리고 있었던것처럼 대답했다.

"먼저 박대표에다 김문수 경기도지사, 정몽준 의원도 나설것이고 김태호 경남지사, 이재오 의원도 나설 가능성이 있습니다."

거기까지 말한 조순형이 심호흡을 했다. 그것만으로도 다섯명이다. 이명박의 시선을 받은 조순형이 다시 말을 잇는다.

"임태희, 원희룡, 남경필등 소장파 의원들도 유망합니다. 다만 대통령님의 후원이 있어야만 가능하겠지요."

"…."

"그리고 범여권이 되겠습니다만 이회창 전(前)총재도 대통령님이 밀어주신다면 유력한 후보가 됩니다."

"허어, 참."

입맛을 다신 이명박이 쓴웃음을 지었다.

"내가 공작정치를 하는것처럼 들리네요."

"그게 정상이지요. 국민들도 지지해줄테니까요."

"그럼 야권은 누가 나올것 같습니까?"

이명박이 묻자 이번에도 조순형이 술술 대답했다.

"손학규, 김두관, 정세균, 박준영 등 인재가 많습니다. 문재인 씨도 나올 가능성이 있지요."

"그렇겠군."

"이젠 친북, 종북 성향의 인사들이 모조리 제거된터라 이념보다 민생, 복지, 성장, 통일에 대한 신념으로 후보가 결정될 것입니다."

조순형의 말에 열기가 띄워졌다.

"그러나 가장 중요한 요인은 대통령님의 노선을 이어갈 후계자가 누구냐는 것입니다. 따라서."

머리를 든 조순형이 이명박을 보았다. 두눈이 번들거리고 있다.

"대통령님께서는 여야 후보중 누구를 지명하셔도 대통령에 당선될 것입니다."

그러더니 덧붙였다.

"국민들은 그 지명을 당연하게 받아들일 것이구요."

김정은이 청와대 비서실에 합류한것은 공식적으로 2010년 4월 14일이다. 서울 도착은 4분 7일이었지만 그동안 주위환경에 적응시킨 것이다. 4월 14일, 김정은은 비서실의 대북수석에 임명되었고 휘하에 6명의 비서관과 30명의 행정관, 50여명의 지원인력이 배치되었다. 대북수석 지위는 수석급중 선임인데다 대통령 특보까지 겸하게 되어서 장관급이다. 또한 김정은은 북한에서 데려온 인력으로 비서관 3명, 15명의 행정관, 20여명의 지원인력을 채웠다. 남북한 동수의 인력으로 대북수석실을 구성한 것이다. 언론은 연일 김정은 수석의 업무와 향후 남북관계 등을 보도

했지만 2010년에 들어서부터는 교수들의 정치 평론은 거의 사라졌다. 그 가장 큰 이유가 학생들이 강의와 연구에 몰두하지 않고 트위터를 조물락거리거나 언론에 등장하기 좋아하는 교수들을 배척했기 때문이다. 그러나 학생들의 비난을 뚫고나온 서승대학의 고민 교수가 SBS의 '정치전망' 시간에 등장했다.

"김정은의 비서실 합류는 남북연방의 시작이라고 표현해도 과언이 아닐 것입니다."

고민이 자신있는 표정으로 말을 잇는다.

"남북한은 김정은을 통해 수많은 합의와 실행을 할것이며 이것으로 김정은은 급속하게 경륜을 쌓게 될것입니다. 남북한 정상은 지난 정상회담 때 김정은의 역할과 남북한의 미래까지 구상해놓은것이 분명합니다."

여의도 KBS 근처 삼겹살 식당에서 보도국장 임명수와 차장 박동민 둘이서 TV에 나타난 고민을 바라보고 있다. 오후 8시, 식당은 손님이 바글바글해서 주인은 TV 볼륨을 크게 높여 놓았다. 고민의 목소리가 다시 퍼진다.

"고려시의 성장과 함께 남북한 연방제로 나아가는 것입니다. 그러기 위해서는 차기 대선이 가장 중요합니다. 다음 대통령이 통일작업을 마무리해야되기 때문입니다."

고민이 부릅뜬 눈으로 삼겹살 식당안의 손님들을 내려다 보았다. 손님들도 이제는 거의 입을 다물었고 고민을 올려다보고 있다. 고민이 말을 잇는다.

"이 중대한 과업을 성취시킬 사람은 이명박 대통령 뿐입니다. 대통령과 김정일인 것입니다. 나는 한민족의 숙원인 남북 통일과 번영을 위하여…."

한번 숨을 들이켰다가 뱉은 고민이 말을 맺는다.

"이명박 대통령이 이 과업을 마무리 해주셨으면 합니다. 이것은 내 개인적인 소망이지만 이 과업을 마무리 해줄 사람은 이명박 대통령 뿐이라고 믿습니다."

"이런."

임명수가 짧게 탄식하더니 주위를 둘러 보았다. 2년전에 누가 이런 코멘트를 했다면 TV로 술병이나 음식 그릇이 날아 갔을 것이다. 식당안은 욕설과 고함으로 뒤덮였을 것이고 나중에는 식당 주인을 팼을지도 모른다. 그런데 임명수의 시선이 역시 식당을 둘러보던 박동민과 마주쳤다. 박동민도 같은 생각을 하고 있었던것 같다. 시선이 마주친 순간에 쓴웃음을 지은 것이다. 식당안은 조용했다. 모두 들었을 터인데도 제각기 술잔을 들거나 안주를 젓가락으로 집고 있다. 화면이 바뀌자 이제는 다른 이야기들을 한다. 그때 박동민이 말했다.

"이대통령이 재선에 나와도 반대할 사람이 적을것 같아요."

박동민은 언제부터인가 이대통령이라고 부르고 있다.

"어때? 견딜만 해?"

이명박이 묻자 김정은이 손으로 뒷머리를 만졌다. 얼굴에 천진한 웃음이 떠올라 있다.

"예, 괜찮습니다."

대통령 집무실 안이다. 오전 11시, 이명박이 집무실로 김정은을 부른 것인데 방안에는 조순형까지 셋이 둘러앉았다. 이명박이 부드러운 표정으로 다시 묻는다.

"어제 홍대 근처에 가 보았다면서?"

"예, 조그만 카페에서 술 마셨습니다."

"허, 그래?"

이명박은 처음 만났을때부터 김정은에게 말을 놓는다. 김정은도 그것을 자연스럽게 받아들여서 옆에서 듣는 조순형은 둘이 사이좋은 부자간 같이 느껴졌다. 그때 김정은이 머리를 들고 이명박을 보았다.

"제가 평양을 빠져나가 북조선땅 여러곳을 돌아다녔습니다."

어느덧 김정은이 정색한 표정으로 말을 잇는다.

"물론 지도자 동지의 지시를 받았기 때문이지요. 지도자 동지께서는 북조선 인민들의 실상을 두눈으로 똑똑히 보라고 말씀 하셨습니다."

이명박과 조순형의 시선이 마주쳤고 김정은의 목소리에 열기가 띠워졌다.

"비참했습니다. 그리고 이곳 남조선에 와보니까 그 차이가 엄청나서 기가 막혔습니다."

"지도자 동지가 그래서 자네를 이곳에 보낸거야. 시작이 반이라고 했어. 우린 이미 절반은 온 것이라구."

"개방해야 된다는 생각이 듭니다."

정색한 김정은이 말하자 이명박이 머리를 끄덕였다.

"이제 북한도 체제 위험은 없어졌어. 서로 도우면 우리가 뭘 못하겠어? 한국을 봐. 60년전만 해도 세계 최빈국이었던 한국이 이제는 세계 10위권 안의 경제대국이야. 북한은 한국이 있으니 더 빨리 될거라구."

이명박은 매일 20분씩 김정은을 불러 남북간 대화를 나누고 있다. 김정일이 차기 북한 통치자인 김정은을 자신에게 보낸 목적을 알고 있는 것이다. 그것은 한국 경제 발전을 배우라는 것이 아니다. 그러기에는 너무 시간이 촉박하다. 그저 이해만 해주는 것으로 족하다. 김정은을 보낸 것은 연방의 인질인 것이다. 자신과 가족은 물론 체제를 지키려는 고단위 처신이다. 타협하고 화합 한것처럼 보이면서도 자존을 잃지않는 노회한 수단이다. 이명박은 김정일의 실사구시에 감동하고 있다.

박근혜는 서승대학 고민 교수의 이명박 재집권 발언을 직접 들었지만 웃지도 않고 외면했다. 그것이 박근혜의 장점이다. 행동에 품위가 있다. 제 아무리 수양이 잘된 남자라고 하더라도 그런 경우에 박근혜 같은 반응은 하지 못했을 것이다. 그런데 경솔한 측근 내지는 추종자들이 박근혜가 쌓아올린 품위 내지는 위상을 깎아먹는다. 더구나 수염난 남자들이. 고민 교수가 연구실에서 나왔을때 이른바 박빠 두 사내가 플라스틱 병에 든 오줌을 뿌렸는데 그것을 노리고있던 오유어뉴스 기자가 사진을 찍어 인터넷에 올렸다. 그것으로 이명박 재선 발언의 충격 절반은 상쇄되었을 것이다. 정치는 이렇게 변수를 탄다.

"그만두세요."

박근혜가 말하자 이정현은 입을 다물었다. 의사당의 박근혜 대표실 안이다. 소파에는 박근혜와 이한구, 김무성과 유승민, 홍준표, 이정현까지 여섯이 둘러 앉았는데 방금 이정현의 이명박 성토가 중간에서 끊긴 참이다. 이정현은 고민 교수의 TV 발언이 청와대의 암시 내지는 교사를 받은 여론 형성용 및 충격 완화용이라는 것이다. 박근혜가 웃음띤 얼굴로 모두를 둘러보았다.

"제가 그렇게 대권에 집착하는 것처럼 보이시게 할건가요? 앞으로는 절대로 경솔한 행동을 하지 말아주시기 바랍니다."

방안에 무거운 정적이 덮여졌고 박근혜의 말이 이어졌다.

"설령 이대통령이 재선을 원한다고 해도 그것이 국가와 민족, 그리고 조국의 평화통일을 위해 꼭 필요한 일이라면 저는 적극 도와드릴 용의도 있으니깐요."

그리고는 박근혜가 앞에 펴놓은 노트를 접으면서 말했다.

"저는 이대통령을 믿습니다. 그렇게 말씀 해주시면 좋을것 같네요."

고려시 청사 아래쪽 사거리에 오종택의 '고려 인테리어' 사무실이 있다. 오전 11시반, 같이 점심을 먹으려고 서상국이 들렀더니 낯선 사내와 이야기를 나누던 오종택이 자리에서 일어섰다. 그러더니 사내와 악수를 나누고는 문 밖까지 배웅 하고나서 돌아왔다.

"누구냐?"

사내가 앉았던 자리에 앉으면서 서상국이 묻자 오종택은 심호흡부터 했다.

"응, 여기 주민이야."

"네가 여기 주민을 알어? 언제부터?"

"응. 며칠 됐어."

하더니 오종택이 상반신을 굽혀 바짝 다가앉는다. 두눈이 번들거리고 있다.

"F지역 주민이야"

F지역이라면 곧 들어설 유흥구에 사는 주민이다. 고려시는 북한령이라 토지가 국가 소유지만 F지역에 거주하는 주민은 토지권을 인정받는다. 그러나 보상금의 90%는 국가 소유이고 주민은 거주 면적에 재건축되는 건물의 등기상 주인이 되는 것이다. 서상국의 시선을 받은 오종택이 말을 이었다.

"야. 나 F지역에다 룸사롱 하나 차릴란다. 방금 다녀간 김씨하고 이웃에 사는 박씨의 집까지 내가 구입하기로 했어. 그 두채를 헐고 룸사롱을 세우는거야. 아마 1년안에 밑천 뽑고 3년이면 거금을 만지게 될거다."

오종택이 번들거리는 눈으로 서상국을 보았다.

"고려시 행정청에 후배가 있어. 그놈한테 돈 좀 쓰면 허가를 받게 될거야. 담당관인 북한놈도 돈으로 구워 삶을 수 있다는거야."

서상국은 어깨를 늘어뜨렸다. 여기서도 다시 시작이다.

〈끝〉

이원호의 생각

초판 1쇄 인쇄 : 2012년 9월 3일
초판 1쇄 발행 : 2012년 9월 7일

지은이 : 이원호
그린이 : 난나
펴낸이 : 박연
펴낸곳 : 도서출판 한결미디어

등록일자 : 2006년 7월 24일
등록번호 : 제 313-2006-000152호
주소 : 서울 마포구 성산동 133-3 한올빌딩 6층
대표전화 : 02 · 704 · 3331
팩스 : 02 · 704 · 3360

ISBN 978-89-93151-43-5   03810

ⓒ한결미디어